ERKAKUM ORBIS GEOGRAPHICA AC
10
고블린
어
GOBLIN SLAYER!
does not let anyone roll the dice.

경사스런 일이라　포도송이 맺었네
꽃이 싹터 있는　풍만한 언덕에서
하늘에 춤추는 파란 날개　가을의 보름달
지모신 님의　가슴 장신구

꽃이 피어나고　열매 맺으면
두 번의 밤하늘에　사랑스런 사람과
동틀 녘 종 울리고　숲 속의 새소리
지모신 님이　어루만지는 손길

달콤 쌉싸름한 한 방울이라
마음에 밝혀진 등불이어라
쌍둥이 달과 별이 도누나
지모신 님의 행복의 시

Contents

GOBLIN SLAYER!
He does not let anyone roll the dice.

고블린 슬레이어

GOBLIN SLAYER!

He does not let anyone roll the dice.

10

저자 카규 쿠모

일러스트 칸나츠키 노보루

고블린 슬레이어

인물 소개

CHARACTER PROFILE

—그러니까 나는,
놈들 입장에서 고블린이다.

고블린 슬레이어

Goblin Slayer

변경 도시에서 활동하는 별난 모험가. 고블린 토벌만 해서 은 등급(서열 3위)까지 올라간 희귀한 존재.

—지키고, 치유하고, 구하라.
『지모신의 세 마디 성스러운 구절』

여신관

Priestess

고블린 슬레이어와 콤비를 짠 마음씨 고운 소녀.
고블린 슬레이어의 무모한 행동에 휘둘리고 있다.

—무지한 자들이야말로
행복한 것이다.
알게 되는 것은 가장 커다란
기쁨이니까. 『엘프의 격언』

엘프 궁수

High Elf Archer

고블린 슬레이어와 모험을 함께 하는 엘프 소녀.
탐색자(레인저) 역할을 맡고 있는 굉장한 솜씨의 활잡이.

—그녀에게 중요한 것은,
언제나 날씨, 가축, 작물과
그 사람이다.

소치기 소녀

Cow Girl

고블린 슬레이어가 묵고 있는 목장에서 일하는 소녀.
고블린 슬레이어의 소꿉친구.

—펜과 종이도 없이, 어떻게
모험을 할 수 있을까요?

접수원 아가씨

Guild Girl

모험가 길드에서 일하는 여성.
고블린 퇴치를 솔선해서 하는 고블린 슬레이어 덕분에 언제나 마음의 짐을 덜고 있다.

드워프 도사 Dwarf Shaman

고블린 슬레이어와 모험을
함께 하는 드워프 술사.

리자드맨 승려 Lizard Priest

고블린 슬레이어와 모험을
함께 하는 도마뱀 수인 승려.

중장 전사 Heavy Warrior

변경 도시의 모험가 길드에
소속된 은 등급 모험가.
여기사를 포함한 변경 최고의
파티를 이끌고 있다.

마녀 Sorceress

변경 도시의 모험가 길드에
소속된 은 등급의 모험가.

창잡이 Lancer

변경 도시의 모험가 길드에
소속된 은 등급의 모험가.

검의 처녀 Sword Maiden

물의 도시에 있는 지고신 신전의
대주교. 과거에 마신왕과 싸운
금 등급의 모험가이기도 하다.

경사스런 일이라　포도송이 맺었네
꽃이 싹터 있는　풍만한 언덕에서
하늘에 춤추는 파란 날개　가을의 보름달
지모신 님의　가슴 장신구

꽃이 피어나고　열매 맺으면
두 번의 밤하늘에　사랑스런 사람과
동틀 녘 종 울리고　숲 속의 새소리
지모신 님이　어루만지는 손길

달콤 쌉싸름한　한 방울이라
마음에 밝혀진　등불이어라
쌍둥이 달과　별이 도누나
지모신 님의　행복의 시

제1장 『폭풍이 오기 전(스톰 프론트)』

Goblin Slayer
He does not let anyone roll the dice.

“히약?!”

사나운 주둥이가 눈앞으로 닥쳐오자 여신관은 비명을 지르며 수풀에 넘어져 깔려버렸다.

“으, 아, 아……아!”

반사적으로 내민 석장에 송곳니가 콰악, 파고든다.

송곳니에서 흘러내린 지저분한 타액이 그녀의 여린 얼굴로 뚝뚝 떨어지자, 오한에 몸을 떨었다.

괴물— 충혈된 눈으로 노려보는 기이하고 거대한 악마견. 와르그(마랑(魔狼))에게 물리면 단숨에 죽는다.

“으, 크…… 크으……윽!”

여신관은 슬금슬금 다가오는 송곳니를 조금이라도 떨어뜨리고자 힘을 주며, 하얀 다리로 허공을 찼다.

여신관의 목보다도 두꺼운 와르그의 사지가 가녀린 몸을 짓밟고, 부드러운 살에 손톱이 파고든다.

“으, 아……윽?!”

사슬 갑옷 덕분에 상처는 없다. 하지만 폐와 배가 짓눌려, 여신관의 입에서 흐느끼듯 호흡이 흘러나왔다.

산소가 부족하여 시야가 깜빡깜빡 명멸한다. 와르그 너머에 어두운 숲의 나무들이 보였다.

땅바닥에 넘어져 발버둥 치는 모습은 포식되기를 기다리는 먹잇감 같았고, 한눈에도 꼴사나웠다.

그러나 여신관은 필사적이었고, 열심이었다. 현명하다고 바꿔 말해도 된다.

단 한 수, 미약한 한순간만 넘어서면 된다는 것을 이해하고 있었으니까.

"GQRW?!"

다음 순간, 옆에서 걷어차인 와르그가 캐갱 비명을 지르며 여신관 위에서 굴러 떨어졌다.

"무사한가."

"네…… 네에!"

여신관이 콜록콜록 기침을 하고, 호흡을 가다듬으며 올려다본 곳에는 모험가 한 명이 있었다.

지저분한 가죽 갑옷, 싸구려 철 투구. 손에는 어중간한 길이의 검, 자그마한 원형 방패를 고정했다.

"고블린 슬레이어 씨, 아직 더 와요……!"

"알고 있다."

"GAAWRG!!"

으르렁거리며 드높이 뛰어서 덤벼든 와르그의 콧잔등을, 그가 방패로 호되게 두드렸다.

"흥."

비명을 지르며 또 다시 넘어진 와르그에게 뛰어들었다. 목덜미에

검을 박아 넣고 파헤쳐 마무리 짓는다.

숨이 끊어질 때까지 방패로 눌러서 저항을 막고, 고블린 슬레이어는 천천히 일어섰다.

"……지금 이걸로 눈치를 챘겠군."

"네. ……아마도."

"감이 둔해졌다."

여신관은 그의 말에 대답하지 않고, 진흙과 잔디를 털어내면서 일어섰다.

두 사람의 시선 끝에는 숲 속에서 갑자기 나타난 것 같은 동굴이 입을 쩍 벌리고 있었다.

입구에는 잡동사니와 여러 종류 — 아마 사람 것도 있을 것이다 — 의 뼈를 조합한 기괴한 탑이 있었다.

버려진 오물의 산이 풍기는 악취, 구멍에서 떠도는 분뇨와 성교의 냄새가 나무들의 향을 더럽히고 있었다.

여신관이 보기에도 고블린의 소굴이란 것은 명백했다.

"샤먼에…… 개도 늑대가 아니라 와르그였으니까, 규모가 클 것 같아요."

"그래."

고블린 슬레이어는 역겨운 기색으로 말했다.

"매복하고 있겠군."

이제는 말할 것도 없는 일이지만, 두 모험가는 고블린 퇴치를 하러 왔다.

질서와 혼돈의 세력이 다투는 싸움은 끝날 조짐이 없이 이어지고 있었다.

과거에 질서의 영역이었던 장소도, 지금은 어느 쪽인지 알 수 없는 중간의 세계에 지나지 않는다.

사람들이 그곳에 마을을 만들고, 생활의 터전을 펼치면 당연히 괴물과 마주치는 일도 종종 일어날 수 있다.

고블린 한두 마리라면 마을의 젊은이들이 쫓아낼 수 있으리라.

그렇게 자신감이 생긴 그들이 모험가가 되는 것도 흔히 있는 일이다.

두 해 전의 봄, 여신관도 그런 모험가들과 나란히 서서 첫 모험에 도전했었다.

역시, 고블린 퇴치.

마을의 젊은이가 감당할 수 없는 규모로 고블린이 늘어나고 피해가 생기면, 그때는 모험가가 나설 차례가 된다.

—벌써, 3년……이라니.

여신관은 수풀에 몸을 숨기며 옆에 웅크리고 있는 그의 투구를 살며시 올려다보았다.

고블린 슬레이어라는 기묘한 모험가와 함께 행동한지, 올해 봄으로 3년째가 된다.

자신도 열일곱이 되었고, 조금은 성장했다— 라고 생각하지만, 어떤 걸까?

—그다지 실감이 안 나요.

조금 쓴웃음을 지은 그녀는 양손으로 석장을 단단히 쥐었다.

"어떻게 할까요?"

"잡혀간 아가씨도 있었지."

그는 냉정하게 말했다.

"연기로 끌어내어, 수를 줄인다."

"알겠습니다, 준비할게요!"

곧장 고개를 끄덕인 여신관이 가방에서 모험가 세트를 뒤지더니 쐐기와 망치, 밧줄 한 뭉치를 꺼냈다.

"모험에 나설 때는 잊지 말 것……."

그녀는 손수건으로 입가를 덮어 냄새를 막더니, 살금살금 발소리를 죽여서 동굴 입구에 다가갔다.

그리고 쐐기를 땅에 박아 밧줄을 팽팽하게 쳐놓고, 살금살금 기는 것처럼 수풀로 돌아왔다.

그동안 고블린 슬레이어는 검을 휘둘러 나무들의 가지를 떨어뜨려 모으고, 여신관과 교대하듯 소굴 입구로 가서 그 가지와 잎을 묶어 바닥에 던졌다.

"생목은 장작으로는 못 쓰지만, 연기를 내기엔, 좋다."

네. 여신관은 웃으면서 수긍하고, 고블린 슬레이어가 부싯돌을 때리는 걸 지켜보았다.

잠시 지나, 부싯돌 상자에 들어 있는 기름 먹은 천을 불쏘시개 삼아서 하얀 연기가 뭉게뭉게 피어오르기 시작했다.

물론 이대로는 자연의 바람을 타고 연기가 흩어지거나, 잘못하면 이쪽으로 흘러와서 험한 꼴을 당한다.

연기로 따끔따끔하는 눈을 깜빡거리며, 여신관은 익숙한 기색으로 석장을 치켜들었다.

"《자비 깊은 지모신이여, 부디 나약한 우리들을 대지의 힘으로 지켜주소서》!!"

천상의 드높은 곳까지 영혼을 접속하여 직접 탄원을 하자, 보이지 않는 역장이 기적처럼 내려왔다.

경건한 신도를 지키는 《프로텍션(성스러운 벽)》이 연기의 역류를 막아 동굴 안에 그것을 가둬버렸다.

이제는 연기를 피해 고블린들이 뛰어나오고자 할 때, 함정에 발이 걸려 넘어진 것을 죽인다.

그저 그뿐인 작업— 전에 산채에서도 비슷한 수를 썼다. 그때는 화공이었지만.

"물론, 연기도 깊숙한 곳까지는 못 간다. 전멸하지는 않겠지. ……인질도 있고."

어쨌든지 들어가야 한다. 고블린 슬레이어는 낮은 목소리로 결론을 내렸다.

"으음."

여신관은 가는 손가락 끝을 입술에 대고서 생각한 다음, 걱정스레 말했다.

"다른 출입구가 없으면 좋겠는데요……."

"잠시 지나면 한 바퀴 돌지. 등 뒤를 조심해라."

"네, 잘 보고 있을게요!"

물론 잘 알고 있어요. 작은 가슴을 자신 있게 펴고, 여신관은 모자를 쓱 고쳐 썼다.

이번에는 둘뿐이다.

그는 「감이 둔해졌다」라고 말했지만, 그건 다른 동료들이 동행하지 않은 탓이리라.

평소에는 엘프 궁수의 사격 한 번으로 와르그를 처치하고, 파티는 신중하게 소굴 안으로 들어갔을 것이다.

드워프 도사가 소굴의 구조를 읽어내고, 뒷문의 유무나 고블린의 채굴 동향을 알려준다.

막상 전투에 들어가면 리자드맨 승려가 쨍쨍한 괴조음과 함께 손톱 손톱 송곳니 꼬리를 휘두를 것이다.

이렇게 단 둘이 동굴에 도전할 때면, 동료들이 얼마나 듬직한지 알 수 있었다.

—그렇지만.

그러나 괘씸하다는 자각을 하면서도, 여신관은 가슴 속에서 어쩐지 기쁨을 느꼈다.

요즘 들어 소동이 많아서 그와 둘이서 고블린 퇴치를 갈 기회가 별로 없었던 것이다.

—오랜만, 이니까요.

그것이 어쩐지 대단히 기뻐서, 여신관은 힐끔힐끔 그의 투구에 눈길을 주고 만다.

"아……."

문득 코끝에 살랑거리며 달콤한 향기가 풍겼다.

그쪽으로 눈길을 돌리자, 통통하게 맺힌 야생 포도가 흔들리고 있었다.

여신관은 그것을 보고 뭐라고 해야 할까, 손가락으로 가리킬지 말지 망설이며 두 번 세 번 입을 열다 말았다.

"왜 그러나."

그래서 고블린 슬레이어가 문득 투구를 이쪽으로 돌렸을 때 무심코 숨이 막혔다.

"그, 그러고 보니……."

그가 먼저 말을 걸고 나서야 말을 자아낸 여신관이, 작은 가슴에서 크게 뛰는 심장을 누르는 것처럼 손을 대었다.

"이번에, 이른 수확의 포도로…… 포도주를 만들거든요."

"포도주."

고블린 슬레이어는 앵무새처럼 되뇌었다.

"지모신의 사원에서 말인가?"

"네."

여신관은 강아지가 꼬리를 흔드는 것처럼, 몇 번이나 고개를 세로로 끄덕끄덕 움직였다.

그때 이미 그의 시선은 소굴을 향하고 있었다. 여신관은 볼을 붉힌 채 그것을 따랐다.

"수확제 때도 쓰는 제사주예요. 주조신님의 신전에서 만드는 것 정도는 아니지만요."

"그런가."

"그래요."

여신관이 의식해서 자연스런 식으로 말했다.

그리고 힐끔 곁눈질하여 고블린 슬레이어의 기색을 살폈다.

"……다 되면, 마셔봐주시면 안 될까요?"

"상관없다."

고블린 슬레이어는 짧게 말했다.

“그러나, 고블린을 죽인 다음이다.”

이제 나온다. 그 낮은 목소리에, 여신관은 「네」 하고 힘차게 대답했다.

입술을 꾹 다물고 있지만, 얼굴에는 꽃이 흐드러지는 것처럼 미소가 떠올랐다.

그 다음 고블린 놈들이 어떻게 되었는지에 대해서는 이제 와서 말할 것도 없으리라.

여름의 기척이 다가오는, 따스한 날의 일이었다.

§

“아, 어서 오세요!”

“어서 와!”

길드의 문을 열자 접수원 아가씨와 소치기 소녀 두 사람의 밝은 목소리가 기다리고 있었다.

늦은 오후였다. 모험가의 모습도 드문드문하고, 어쩐지 나른한 공기가 떠돌고 있었다.

그 가운데, 고블린 슬레이어는 성큼성큼 발을 들였다.

휴가인지 아니면 숙취인지, 마찬가지로 일을 마친 다음인지, 드문드문 있는 모험가들의 시선이 박힌다.

그러나, 그것도 한순간이다.

“여어, 돌아왔냐.”

"그래."

"또 고블린이야?"

"그렇다."

"가끔은 다른 것도 받아보는 게 어때?"

"아니."

"너무 저 애한테 무리 시키면 안 돼요."

"그래."

『뭔가 이상한 녀석』을 향해 차례차례 스스럼없이 말을 건다.

같은 도시를 거점으로 삼고 있지만, 대개 모험가들은 8할 정도가 얼굴이나 아는 관계에 머무른다.

그러나 거꾸로 말하면, 아무리 대도시라도 얼굴 아는 정도는 된다는 것이다.

특징적인 싸구려 철 투구를 보면, 한 마디 잡담을 나누며 인사 정도는 하는 법.

어찌됐건 이 남자는 자기가 먼저 말을 거는 일은 거의 없지만, 그래도 대답은 하는 것이다.

나쁜 기분은 안 든다.

실제로 고블린 슬레이어는 그를 부르는 목소리에 성실하게 응답하며 똑바로 접수처로 향했다.

"와 있었나."

그 말은, 역시 접수처에 앉아 있는 소꿉친구 소녀를 향하고 있었다.

"응, 배달 일이야."

담담한 낮은 목소리였지만, 카운터의 소치기 소녀는 웃으며 고개를 끄덕이고 풍만한 가슴을 내밀었다.

찰칵. 그녀 앞에 놓인 컵이 흔들리며 그 안에 담긴 차가 작게 요동쳤다.

"에헤헤."

소치기 소녀는 그것을 보고 쑥스럽게 볼을 긁적이더니 얼버무리는 것처럼 덧붙였다.

"……그 다음에, 잠깐 차 마시고 있었어."

"비밀이에요?"

땡땡이치는 건 아니지만 접수원 아가씨가 입술 앞에 손가락을 세우고, 아가씨 두 사람이 키득키득 웃었다.

겨울에 일어난 그 싸움 이후로 벌써 몇 개월이 지났다.

언뜻 봐서 소치기 소녀의…… 과거에 고블린의 습격으로 고향이 멸망한 마을 아가씨의 표정에 그림자는 없었다.

그것을 볼 때마다, 고블린 슬레이어는 안도한 것처럼 숨을 내쉬었다.

접수원으로서도 소중한 친구가 상처를 입고서 풀이 죽은 기색이 없는 것은 기쁜 일이었다.

—함께 차를 마시고 이야기할 수 있는 친구는, 소중하니까요.

어흠. 그리고 헛기침을 한 접수원 아가씨는 고블린 슬레이어의 등 뒤에 힐끔 눈길을 주었다.

"수고하셨어요. 다친 곳은 없으신가요?"

"네."

총총총. 종종걸음으로 고블린 슬레이어 뒤를 따라온 여신관이 고개를 끄덕였다.

아무래도 그녀에게 말을 거는 목소리는 쓴웃음이 섞이거나 동정하는 투가 많았다.

누가 뭐래도 아직 앳된 기색이 남아 있는 — 실제로 이제 막 열일곱이 된 참이다 — 소녀가, 온몸이 피투성이니까.

그럼에도 여신관은 피로가 드러난 얼굴에 기특하게도 미소를 지어 보였다.

"간신히 어떻게든, 이지만요."

"정말로?"

그것을 보고…… 라기보다, 지금은 검붉게 지저분해진 하얀 신관복을 보고 소치기 소녀는 표정을 찌푸렸다.

"말을 확실하게 하는 편이 좋을걸?"

소치기 소녀는 게슴츠레 눈을 뜨고, 옆에 있는 그를 노려보는 것처럼 보았다.

"말을 안 하면 모르는 사람이니까."

"음."

설교 같은 말에 고블린 슬레이어가 작게 신음했지만, 반론하지는 않았다.

그는 입을 다물었다. 그것이 난처할 때의 버릇이라는 걸 알고 있는 소치기 소녀는 속으로 웃음을 죽였다.

고블린 슬레이어는 철 투구를 저쪽으로 돌린 다음, 억지로 화제를 바꾸었다.

"보고를 하고 싶다."

"네, 그럼요. 고블린 퇴치로군요. 어떠셨나요?"

접수원 또한 키득키득 웃음소리를 내더니, 펜과 종이를 준비해서 자리에 고쳐 앉았다.

“고블린이 있었다.”

고블린 슬레이어는 모험의 자세한 사항을 모두에게 말했다.

그리고 조금 생각하더니 「개도 있었다」라고 덧붙였다. 여신관은 쓴웃음을 짓고 조심조심 입을 열었다.

“와르그를 기르고 있는 고블린의 둥지였어요. ……어떻게든, 되긴 했지만요.”

“규모가 다소 크긴 했지만, 별난 점은 없었다.”

그는 여신관에 이어서 말한 다음, 덧붙여 또 한 마디, 재미없다는 것처럼 중얼거렸다.

“고블린 놈들은, 여전하다.”

네. 고개를 끄덕인 접수원이 조용히 펜을 움직였다.

고블린 퇴치 의뢰가 많아지는 건 신입 모험가 등록이 늘어나는 이른 봄 무렵이다.

일부 모험가는 하수도나 다른 모험을 떠나고, 대부분은 고블린 퇴치 의뢰를 받는다.

그리고 태반은 성공하며, 소수가 실패하여 도망쳐 돌아오고, 극히 일부가 돌아오지도 않는다.

딱히 그것은 고블린 퇴치에 한정된 이야기는 아니다.

그러나 숫자로 확인할 수 있는 접수원에게는 싫은 계절이다.

—그래도, 올해는 나은 편이군요.

접수원은 내심 그렇게 생각하며, 한숨을 가슴 속에 숨겼다.

어쨌든 극히 소수라지만— 훈련장에 가서 지도를 받는 신인이 종종 있는 것이다.

과거 모험가였던 여상인의 지원, 그리고 많은 모험가들의 노력한 보람이 있는 법, 이리라.

—이걸로, 조금이나마 살아 남아주는 분도 늘어나면 좋겠는데요.

미약하긴 하지만, 쌓이고 쌓이면 커다란 것이 되는 것을 접수원은 잘 알고 있었다.

엘프가 아닌 흄이 앞일을 생각하는 것은 어렵지만, 한 걸음 내디딘 곳이 길이라는 것은 알 수 있는 법이다.

어찌됐건 드워프가 아닐지라도, 길을 이어가는 것은 흄의 특기 중 하나니까.

—그렇지만…….

지금 현재도 잊어선 안 된다.

누가 뭐래도 신인 모험가의 등록이 가장 많은 건 이른 봄이고, 절정기는 이미 지났다.

이제 좋다고 고블린 퇴치 의뢰를 받는 자도 없을 것이다.

단 한 명을 빼고서.

"……올해도, 폐를 끼치게 될 거라고 생각합니다만."

"상관없다."

접수원이 송구한 기색으로 하는 말에, 반쯤 가로막는 것처럼 고블린 슬레이어가 말했다.

"내가 할 일이다."

단언하는 그의 옆에서 여신관이 뭐라 말하기 어려운 표정을 지었다.

그것을 힐끔 본 접수원은 그 이상 아무 말도 없이 일어섰다.

그리고 금고에서 돈주머니를 꺼내, 천칭으로 무게를 확인한 다음 접시에 올린다.

농민들이 긁어모은 동화와 몇 안 되는 은화. 환산해도 무게는 변함이 없으리라.

고블린 슬레이어는 그것을 받아 내용물을 둘로 나누더니 절반을 여신관에게 밀어주었다.

"보수다."

"아, 고맙습니다!"

허둥지둥 황급히 고개를 숙인 여신관이 가방 안에서 귀여운 자수가 들어간 지갑을 꺼냈다.

정성스레 경화를 넣는 그녀를 곁눈질하며, 고블린 슬레이어는 거침없이 돈 주머니를 가방에 넣었다.

그리고 소치기 소녀에게 천천히 투구를 돌렸다.

"어떡할 건가, 돌아갈 건가?"

"으음……."

소치기 소녀는 조금 생각하는 기색을 보이더니 자신의 손가락을 매만졌다.

여러모로 하고픈 말이 있다. 그런 기색이었다.

그녀는 고블린 슬레이어의 철 투구를 가만히 바라보았다.

그리고 소치기 소녀는 그 말을 전부 삼켰는지, 후우 숨을 내쉬었다.

"아니, 됐어."

그녀는 고개를 옆으로 젓더니 빙긋, 어쩐지 부드러운 미소를 지었다.

"아직 장볼 게 있거든. 다들 돌아온 모양이니까 인사라도 하고 오는 게 어때?"

"그런가."

그는 철 투구를 주점 쪽으로 돌렸다.

"그러지."

소치기 소녀는 고개를 끄덕이고 그의 투구를 향해 검지를 척 겨누었다.

"그리고, 저 애는 꼭 옷 갈아입도록 해줘!"

"음……."

문득 화제가 된 당사자는「흐에?!」하는 소리를 흘리며 가방에서 고개를 들었다.

"아, 아뇨. 저는 괜찮으니까요. 정말로……!"

"아니요. 역시 한 번 갈아입고 산뜻하게 씻는 편이 좋을 거라고 생각한답니다?"

접수원이 딱 잘라 사무적인 어조로 쓴 소리를 하더니, 난처한 표정으로 철 투구를 보았다.

"사실은 고블린 슬레이어 씨한테도 말하고 싶지만요……."

"언제 고블린이 나올지 알 수 없으니까."

그럴 수도 없다. 짧게 단언해 버리면 한숨을 쉬는 수밖에.

그러나 그 말을 들은 여신관은 자신의 소매나 옷깃의 냄새를 맡아 보고 한심스레 눈썹을 떨구었다.

"저, 저기, 혹시…… 냄새나요?"

소치기 소녀는 심각한 표정으로 고개를 끄덕였다. 인정은 쓸모없고, 자비는 없었다.

"……조금."

"……그렇겠죠."

대단히 풀이 죽은 표정으로 고개를 숙이는 여신관. 그것을 보고 고블린 슬레이어는 깊게 숨을 내쉬었다.

"갈아입고 와라. 나는 먼저 가서 기다리지."

"네……."

여신관이 풀이 죽어 자리에서 일어서더니 털레털레 위층의 자기 방으로 걷기 시작했다.

그 어깨가 축 늘어진 작은 등을 배웅한 다음, 고블린 슬레이어도 일어섰다.

"그러면, 나는 간다."

그가 말하고, 그리고 조금 생각하더니 「저녁 식사 때까지는 돌아간다」라고 말했다.

"응, 알았어."

소치기 소녀가 웃으며 응답하자, 그는 왔을 때와 마찬가지로 성큼성큼 거침없는 발걸음으로 주점을 향했다.

그의 동료— 그 기묘한 조합의 세 사람이 지금쯤 주점에서 점심을 먹고 있으리라.

조금 지나면 옷을 갈아입은 여신관도 합류하여, 소란스럽고 즐거운 대화가 시작될 것이 틀림없다.

—그는, 어떤 이야기를 하는 걸까?

소치기 소녀는 아마도 자신이 결코 끼어들 수 없는 대화를 상상하고, 살며시 고개를 옆으로 저었다.

생각해도 어쩔 수 없는 일이다.

그렇게 두 사람이 물러가고, 잠시 뒤.

접수원이 그의 보고를 정리한 서류를 통통 정돈하여 모으더니 작은 어깨를 으쓱거렸다.

"여전, 하네요."

"네, 정말로."

두 아가씨는 얼굴을 마주보며 「못 말리겠네요」라고 시선만으로 말하며 웃었다.

그렇다면 이쪽은 이쪽대로, 이 두 사람만 할 수 있는 대화를 해야지.

"차, 한 잔 더 어떠세요?"

"……마실래요."

§

"고블린이 있었다."

고블린 슬레이어는 모험의 자세한 사항을 모두에게 말했다.

그리고 조금 생각하더니 「개도 있었다」라고 덧붙였다. 여신관이 쓴웃음을 지었다.

"와르그를 기르고 있는 고블린의 둥지였어요. ……어떻게든, 되긴 했지만요."

"어허. 그것 참 아깝군."

커다랗게 입을 벌려 치즈를 깨문 리자드맨 승려가, 씹지도 않고

통째로 삼킨 다음에 말했다.

"소승이 있었다면 악마견 따위, 턱을 찢어내고, 목을 비틀어 처리를 해주었을 것을."

"리자드맨은 하는 짓이 야만스러워."

"무슨 말씀을 하시는가? 소승들만큼 문명적인 종족도 없다네."

엘프 궁수의 태클에도 태연하다. 리자드맨 승려는 혀로 코끝을 낼름 핥았다.

"그리고, 야만스럽다는 의미에서는 엘프 놈들도 남 말 할 수는 없지 않느냐? 나뭇가지 하나에 팔 하나라 했던고?"

"실례잖아!"

옆에서 드워프 도사가 참견하자, 엘프 궁수의 기다란 귀가 쫑긋 곤두섰다.

"그건 엄~청 옛날 규칙이야! 요즘 들어서 없애자는 이야기가 있단 말야!"

"너희들의 『요즘』이라는 건 언제더냐?"

"그~러니까…… 그게, 어라?"

손가락을 꼽아 세던 엘프 궁수가 갸우뚱 고개를 기울이더니 「언제였더라?」라는 소리를 흘렸다.

드워프 도사가 어깨를 으쓱거리고, 리자드맨 승려가 유쾌한 기색으로 눈알을 돌리고, 고블린 슬레이어는 입을 다문다.

주점의 원탁— 이미 그들의 정위치가 되어 2년이 지난 그 탁자에 파티가 빙글 둘러앉았다.

그 눈에 익은 광경에, 여신관은 눈이 부신 것처럼 눈을 가늘게 떴다.

모험가가 되고자 했을 때는 이렇게 될 것이라고는— 여러 가지 의미로 생각도 못했다.

문득 눈길을 옆으로 돌리자, 새로운 장비로 몸을 감싼 모험가들의 모습이 종종 보인다.

아직 어색한 기색으로 얼굴을 마주보면서, 하수도에 갈 것인지 약초를 캐러 갈 것인지 의뢰를 의논한다.

"그러면 이 유적은 어때? 슬라임이 있다고 하던데."

"아니지이, 무리야. 기어오는 점액(크리핑 크러드)도 위험하단 얘기를 들었다."

"그렇구나……. 우~응. 역시 하수도인가……."

들려오는 대화에, 여신관은 눈치 못 채도록 살며시 볼을 풀었다.

몇 명인가 훈련장에서도 얼굴을 본 기억이 있다. 잘 되면 좋겠다. 진심으로 그것을 바랐다.

—모든 것이 다, 잘 될 수는 없는 것이겠지만…….

살며시 작은 가슴 속으로 성인을 그으며 속삭이듯 성구를 읊고, 자비로운 지모신에 대한 기도를 바쳤다.

기도하는(Prayer) 자이기에, 죽음과 마주서는 일이라 해도, 그 모험의 앞길에 축복을.

"그래서다. 아가씨야."

"네?"

문득 드워프 도사가 말을 걸자 여신관은 당황해서 떨어지려는 모자를 눌렀다.

수염 난 얼굴의 드워프는 에일을 술단지에서 직접 잔에 따라 벌컥 들이켜더니, 트림을 흘리고 말했다.

"어쨌든, 지모신 사원의 일은 끝냈노라."

옆에서 「싫다니까아」라며 엘프 궁수가 코를 잡고 파닥파닥하는 것도 신경 쓰지 않고, 또 한 입.

순식간에 잔을 들이켜는 것을 보고, 여신관은 술단지를 집어 두 잔째를 따라주었다.

"고맙습니다. 죄송해요, 부탁해버려서……."

"뭘, 그러느냐."

붉은 얼굴의 드워프 도사가 기분 좋게 말했다.

"술을 위해서라면 별 것도 아니니라."

"에잇, 드워프. 의뢰인한테 술시중 들게 하지 마."

곧장 엘프 궁수가 날카롭게 말했지만, 여신관은 「아뇨」라며 쓴웃음을 짓고 그녀의 잔에도 포도주를 따랐다.

"저는 신경 안 써요……. 그리고, 이 정도밖에 못하니까요."

"딱히 이쪽도 대단한 일은 안 했어. 며칠 정도 포도원 경비를 한 것뿐이니까."

엘프 궁수가 홀짝홀짝 핥는 것처럼 포도주를 맛보고, 기다란 귀를 움직이며 말했다.

"그야 뭐, 용이나 뭐가 나왔다면 모를까. 족제비나 까마귀나, 그런 거잖아?"

"하지만 신뢰할 수 있는 사람이 아니면 부탁을 못 하니까요……."

그렇게 말하며 여신관은, 술을 철 투구 틈으로 흘려 넣고 있는 고블린 슬레이어를 보았다.

"……이 사람을, 내버려둘 수도 없고요."

여신관이 고블린 슬레이어와 동행하면서 세 사람에게 의뢰를 했다— 라는 게 아니다.

의뢰의 중개. 아니, 의뢰 자체는 길드에도 냈으니까 소개라고 하는 편이 좋을 것이다.

혹은 단순히 대리를 부탁했다는 의미에서는 의뢰일까— 어쨌든.

태어나 자란 사원에서 포도원의 경비를 부탁 받았다. 한편으로 고블린 퇴치 일이 들어왔다.

고민 끝에 여신관이 스스로 고블린 퇴치에 가는 것을 포기하지 못한 것은, 그의 영향일까 아닐까?

"성가시긴 했지만, 늘 있는 일이다."

그 당사자, 고블린 슬레이어는 낮게 으르렁거리며 한 마디.

"나 혼자서 갔어도 상관없었다만."

"그럴 수는 없어요."

여신관은 검지를 척 세우고, 설교하는 어조로 말했다.

"혼자서 가는 건 무리나 무모한 짓, 그런 거라고 생각해요."

"흠."

"요전에도 고블린 슬레이어 씨 혼자서 힘들었다고 들었어요."

"그런가?"

"그랬어요!"

"그런가."

정말이지 참. 화내는 여신관의 얼굴에는, 그러나 「못 말리는 사람이네요」라는 미소가 떠올랐다.

엘프 궁수와 드워프 도사의 말다툼이 늘 있는 일이라면, 이 두 사람의 대화도 늘 있는 일이다.

"그건 그렇고, 주조란 것은 흥미롭군."

흐뭇하게 보고 있던 리자드맨 승려가 텅 빈 그릇을 아쉬운 듯 손톱으로 두드리며 말했다.

"소승들의 고향에서는, 샘에 포도 따위가 떨어져 술로 변하는 것을 기다릴 뿐이었네만."

엘프 궁수가 그리움을 곱씹는 것처럼 고개를 끄덕였다.

"그리고 우리들도 포도 열매가 샘에 떨어지면 술기운을 띨 때까지 기다리거나…… 벌꿀을 넣어두거나."

"뭐, 기다리면 된다는 것은 길쭉귀들에게 맞는 주조로구나."

"드워프는 화주잖아?"

"오냐."

드워프 도사가 자신 있게, 자기 배를 힘차게 두드렸다.

"증류는 연금술사들도 한다만, 우리들의 도구는 당해낼 수 없느니라."

드워프들의 손재주에 대해서는 이제 와서 새삼 말할 것도 없으리라.

엘프가 활이나 숲의 근사함을 노래하는 것과 마찬가지로, 드워프들은 기계장치의 정밀함을 논하는 것이다.

그것은 그들에게 미주나 미식과 같은 것이니, 드워프 도사는 수염을 매만지며 씨익 웃었다.

"이번에 만드는 술도, 다 되면 꼭 마셔보고 싶구먼."

"아, 네. 저희가 만든 거라도 괜찮으시다면, 이지만요."

무슨 일인지 볼을 붉히며, 여신관이 쑥스럽게 말했다.

뭐가 창피한지 엘프 궁수가 물어봐도 그녀는「아니에요」라며 말을 흐렸다.

흠. 고블린 슬레이어는 철 투구를 갸웃거리고 낮은 소리를 흘렸다.

"그런데, 매년 하고 있었나."

"오르크볼그. 주변을 너무 신경 안 쓰잖아."

엘프 궁수가 이번에는 빙글 그의 철 투구 쪽으로 고개를 돌리더니, 기가 막힌 한숨을 토했다.

"그래서, 매년 하는 거야?"

"이것아."

"그치만."

드워프 도사가 게슴츠레한 눈으로 노려보자, 엘프 궁수는 기다란 귀를 흔들었다.

"작년에는 내 고향에 갔었고, 재작년에는 물의 도시에 갔었잖아?"

듣고 보니, 그랬었다.

지난 2년, 여름 무렵에는 바깥으로 출장을 하는 일이 이어져서 모험가들은 변경 도시에 머무르지 않았다.

이른 수확의 포도로 만든 포도주— 듣고 보니, 라고 생각하는 것도 무리가 아니었다.

문제는 이 싸구려 철 투구의 모험가는 벌써 이 도시에서 7년째가 된다는 것, 이것이었다.

"신경 쓰지 않은 게 아니다."

그는 변명처럼 말했다.

"바빴을 뿐이다."

"고블린 퇴치로……."

여신관은 그를 가만히 올려다보았다.

"말이죠."

"그래."

"그럴 것 같았어요!"

토라진 것처럼 — 본심은 아니겠지만 — 그녀는 의자에 오도카니 앉아서, 고개를 획 돌렸다.

그리고 힐끔 곁눈질로 그를 보더니, 입술을 삐죽거렸다.

"수확제 때 돌리는 술도 우리가 만들거든요?"

"그랬었나."

"그래요. 뭐 그야, 주조신님의 사원 같은 곳이랑은 비교가 안 되지만요……."

재작년에 했던 풍요 기원의 봉납 연무. 지금 생각해도 여신관은 부끄러움에 얼굴이 뜨거워진다.

그러고 보니 그 얇은 옷 한 장의 의상도, 칭찬을 해줬었는데—.

"……어쨌든!"

그녀는 획획 고개를 저으며 말했다.

"약속은 잊지 마세요."

"그래."

고블린 슬레이어가 응답한 것에 만족했는지, 여신관은 생글생글 자신의 잔을 손에 집었다.

각자 모험을 마친 뒤풀이다. 낮이라지만, 모두의 기분도 다소 풀어지는 법.

익숙한 도시의 요리를 즐기며, 술을 마시고, 동료와 이야기하는 시간은 얼마나 마음 편한 일이란 말인가.

"아아, 여급 선생!"

리자드맨 승려가 바닥을 꼬리로 두드리면서 외친 것은, 다들 상당히 취한 다음이었다.

"네~에!"

짐승의 귀와 손을 가진 여급이 총총 달려오자, 리자드맨 승려가 묵직하게 고개를 끄덕였다.

"치즈를 한 그릇 더. 그, 있지 않은가? 뭐라고 했던지. 주머니처럼 되어 있던 것을."

"아아, 크림을 치즈로 감싼 거 말이죠."

짐승의 귀를 흔들면서 그녀가 키득키득 웃었다.

"그럼, 조금 푸짐하게 가져다 드릴게요!"

"오오, 그것은 참으로!"

감탄의 목소리와 기괴한 손놀림으로 합장을 하며 경배하자, 수인 여급이 「에이 그러지 마세요」라며 손을 흔들었다.

"그런데, 소귀 살해자 선생."

총총 달려가는 그녀를 배웅하고, 리자드맨 승려는 딱히 심각하지도 않은 어조로 말했다.

"포도원 변두리에 작은 발자국이 몇 개 있었네만. 어찌 생각하시는가?"

"고블린이다."

즉답이었다.

"있었나."

"아마도."

리자드맨 승려가 기다란 목을 돌렸다.

"악동 같은 것은 아닐까 생각했네만, 단언할 수는 없다네."

"그런가."

고블린 슬레이어는 낮게 으르렁거리고, 포도주가 아니라 물을 잔에 따르더니 벌컥 들이켰다.

"다른 녀석들에겐 말했나."

"사원의 사람들과, 술사 선생에게는."

리자드맨 승려는 간결하게 말하고, 엘프 궁수와 대화를 꽃피우고 있는 여신관을 보았다.

엘프 궁수가 같은 또래인가는 그렇다 치고, 여신관은 열여섯, 일곱의 소녀다운 표정이다.

지모신의 사원은 고아로서 자랐다는 그녀의 생가라고 들었다.

"혹 기우라면, 굳이 걱정을 끼칠 필요도 없지 않겠는가."

"알았다."

고블린 슬레이어는 전혀 망설임 없이 고개를 끄덕였다.

"내가 보지."

리자드맨 승려는 고개를 끄덕였다. 그리고 이 화제를 다시 꺼낼 생각은 안 했다.

"네~에. 기다리셨습니다~!"

수인 여급이 눈앞에 치즈가 몇 개나 쌓여 있는 접시를 달칵 놓고 갔다.

주머니 모양의 치즈가 안에 든 크림으로 듬뿍 부풀어 있었다.

리자드맨 승려는 그 중 하나를 통째로 삼키듯 던져 넣고 한 번 외쳤다.

"오오, 진미!"

§

다음날은 아침부터 소나기가 쏟아졌다.

하늘은 회색. 빗방울이 가차 없이 지붕과 창을 때리며 터지고, 홈통에서는 퐁퐁 소리가 울린다.

"있지, 비 내리는데. 정말로 나갈 거야?"

창틀에 기대어 밖을 보고 있던 소치기 소녀가 어깨너머를 훌쩍 돌아보면서 말했다.

곁에 매달아둔 새장 안의 카나리아가 주인에게 동의하는 것처럼 작은 소리로 지저귄다.

"그래."

그는 짧게 응답하고 재빨리 장비 점검을 마쳤다.

철 투구에 장갑과 신발. 벨트와 고정구를 점검하고, 느슨해지지 않은 것을 확인한다.

누가 뭐래도 그의 일과는 이른 아침의 순찰이다. 이 빗속에서 그것을 했으니 이미 흠뻑 젖어 있었다.

만약을 위해서 한 번 닦아내고, 또 기름을 치고 다시 입게 되면 그만큼 수고가 든다.

물론 싸구려 무구다. 제대로 입었다고 해도 어느 정도 차이가 있을지 알 수 없다.

그러나 그 싸구려 무구 덕분에 몇 번을 목숨을 건졌던가? 수고를 아낄 부분이 아니다.

그가 그렇게 말했기에, 소치기 소녀는 묵묵히 진행되는 작업에 참견할 생각은 없었다.

하지만 그렇다고 해도 날씨가 이 지경이다.

"내일 가는 편이 좋지 않아? 아니면 조금 이따가 그칠지도 몰라."

"아니."

"정말—."

배려하는 목소리조차도 들을 기색이 없자, 소치기 소녀가 불만을 흘렸다.

—고집이 세다니까, 정말이지.

일하러 가는 거냐고 물어보니 그렇지는 않다고 한다.

꼭 오늘이 아니면 안 되냐고 물어보니 급한 일이라고 한다.

소치기 소녀는 몇 가지 설득의 말을 생각했지만, 한숨을 대신하여 그것을 풍만한 가슴 속에 넣었다.

그의 생각을 바꾸는 것이 얼마나 어려운가, 에 대해서…….

—그 정도는 아주아주 잘 알고 있으니까.

"그러면, 잠깐 기다려. 도시락 같은 거 준비할 테니까."

"……음."

훌쩍 마음을 바꿔 말하자, 그는 낮은 목소리를 흘리고 작업하던 손을 멈추었다.

소치기 소녀는 창틀에서 슥 떨어지더니, 아래쪽에서 들여다보는 것처럼 그의 철 투구를 보았다.

"아니면, 그 정도도 못 기다려?"

"……아니."

그는 단념한 것처럼 숨을 내쉬고, 천천히 철 투구를 좌우로 흔들었다.

"부탁하지."

"그래요. 부탁받았습니다."

의도하지 않았지만 목소리가 들떴다. 소치기 소녀는 그것을 얼버무리는 것처럼 빙글 돌아서 부엌으로 갔다.

—그렇지만.

너무 수고를 들여서 마련할 시간은 없으리라.

소치기 소녀는 걸어둔 앞치마를 훌쩍 몸에 두르고, 허리 뒤에서 끈을 묶으면서 생각했다.

"뭐, 샌드위치겠지."

요리라고 할만한 건 아니지만, 급할 때는 이게 좋다.

구운 빵을 접시 대신 삼아 요리를 올려서 대접하는 것이 언제부터 시작된 것인지는 모른다.

그것에 빵을 겹쳐서 들기 쉽도록 하여 먹는 것도, 역시 아주 옛날부터 해온 일이다.

오늘은 이렇게 비가 내린다. 도시에 있는 빵 가마— 제빵 기술자의 길드에서 빵을 사올 수가 없다.

그렇지만 찬장 안에는 이럴 때를 위한 빵이 여분으로 있는 법이다.

“갓 구운 건 아니지만 말야.”

딱딱하게 구운 호밀빵을 손가락으로 콕 찌르고서 꺼내어, 얇게 썰어내 버터를 듬뿍 바른다.

그 위에 역시 덩어리에서 얇게 썰어낸 치즈를 올리고, 그리고.

—사실은 달걀도 넣고 싶지만…….

아쉽게도 비가 내린다. 분명히 닭도 알을 낳지는 않았으리라. 매일 듬뿍 나오는 것은 아니다.

자양이 듬뿍 담겼으니 꼭 먹이고 싶었지만, 익힐 시간도 없으니까…….

—그러면 다른 걸로 보충하자!

소치기 소녀는 얼른 포기하고, 소금에 절인 돼지고기를 얇게 두세 장 슬라이스해서 치즈 위에 겹쳤다.

“그~리~고…….”

이것만으로는 좀 아쉽다.

저장고 안을 삭 살펴보고, 건조시킨 허브를 조금. 그리고 절임 병을 꺼냈다.

맛과 색채에 신경을 썼다고 하기에는 부족하지만, 무미건조란 말도 있다. 간은 중요하다.

“~♪”

간소하다지만 요리는 요리다. 만드는 것도 즐겁고, 콧노래도 나오는 법이다.

소치기 소녀는 재주 좋게 절임 야채를 썰고, 허브를 찢어 그것을 고기 위에 적당히 뿌렸다.

이제 또 한 장, 버터 바른 빵을 겹치면 완성이다.

좋아. 숨을 내쉰 소치기 소녀는 몇 갠가 만든 샌드위치를 셋으로 나누어 천 보자기로 단단히 싸맸다.

마지막은 물로 희석한 포도주를 병에 넣어서 준비하면—.

"다~ 됐다!"

"얘야."

"히약?!"

문득 누가 말을 걸어서 무심코 놀라 펄쩍 뛴 소치기 소녀는 가슴을 누르면서 돌아보았다.

옆 문으로 들어왔으리라. 비옷에서 물을 떨어뜨리며 눈을 동그랗게 뜨고 놀란 삼촌의 모습.

"사, 삼촌이구나. 깜짝 놀랐어……."

소치기 소녀는 풍만한 가슴을 안도하여 쓸어내리고 「어땠어?」라고 물었다.

"비, 그칠 것 같아?"

"오늘은 안 되겠다."

삼촌은 떫은 표정을 지었다.

"소는 밖으로 내보낼 수가 없어. 바람이 강하지 않으면 괜찮다만."

"그렇구나……."

소치기 소녀는 눈썹을 찌푸리고, 살며시 창으로 바깥을 살폈다.

과연 분명히, 빗줄기가 강해지기만 하고 있었다.

하늘은 어둡고, 뇌전룡이 쿠르르르 목을 울리는 소리도 들린다. 폭풍 뒤에는 여름이 온다고 하지만.

"뭐, 어쩔 수 없네."

날씨라는 건, 아무리 신경 써도 바뀌지 않는다. 신들의 주사위 나름이다.

"이거, 도시락."

소치기 소녀는 도시락 꾸러미를 들어 삼촌에게 내밀었다.

"아아, 미안하구나."

삼촌은 도시락을 소중하게 받더니, 허리 뒤춤에 단단히 묶어 외투 안에 넣었다.

그리고서 힐끔 부엌에 남아 있는 도시락 2개를 보더니, 살짝 표정을 찌푸렸다.

"……녀석도 나가는 거구나."

"아, 응."

소치기 소녀가 고개를 끄덕였다.

"모험은 아닌 것 같지만."

"수고를 하는구나……."

한숨을 섞어서 중얼거린 말에는 어쩐지 가시가 돋쳐 있어서, 소치기 소녀는 고개를 숙였다.

삼촌은 그런 그녀의 모습을 잠시 묵묵히 바라보았지만, 이윽고 꺾인 것처럼 숨을 내쉬었다.

"……옛날에, 내가 쓰던 비막이 외투가 있었지."

어? 소치기 소녀가 고개를 들자, 역시 삼촌은 떫은 표정을 지은 채 무뚝뚝하게 말했다.

"빌려줘라."

"……괜찮아?"
"몸이 밑천인 장사 아니냐?"
삼촌은 지친 어조로 말했다.
"감기라도 걸리면, 못 당한다."
"아, 응……!"
소치기 소녀는 크게 고개를 끄덕이며, 얼굴이 확 밝아졌다.
"삼촌, 고마워!"
부엌을 뛰쳐나간 그녀는 식당에서 순순히 기다리고 있는 그에게 손을 흔들고, 삼촌의 침실로 갔다.
벽의 못에 걸어둔 낡은 가죽 외투. 기운 곳도 있지만, 튼튼한 건 분명하다.
그것을 집어서 돌아오자 삼촌은 쑥스러웠는지 이미 없었고, 의자에 앉은 그뿐이었다.
소치기 소녀는 미약하게 입술을 삐죽거린 다음, 부엌의 도시락과 함께 그 외투를 그에게 내밀었다.
"자, 이거"
그는 당황한 기색으로 — 그렇지만 표정은 알 수가 없다 — 입을 다물고 짧게 물었다.
"이건?"
"삼촌이 빌려준대."
나중에 인사해야 돼. 소치기 소녀가 말하자, 그는「음」하고 낮은 목소리를 흘렸다.
"나도 외투는 가지고 있지만……."

조금 중얼거렸지만, 마지막에는 순순히 고개를 끄덕였다.

"알았다."

삼촌은 그보다도 체격이 좋다. 삼촌이 조금 더 젊었을 무렵이라면 더욱 그렇다.

후드가 달린 외투는 조금 큼직하고, 그가 둘러도 아직 여유가 있어 보였다.

낡고 메말라서 가죽이 조금 갈라진 부분도 있지만, 기능에는 문제가 없으리라.

오히려 섣불리 새로운 외투를 준비하는 것보다는 이게 더 좋은 법이다.

"와, 다 들어가네."

철 투구 때문에 조금 걱정이었는데. 소치기 소녀는 양손을 짝 마주치며 기뻐했다.

그리고 그가 소중하게 안고 있던 도시락을 허리의 가방 옆에 매는 것을 보고, 부드럽게 눈웃음을 지었다.

"그러면, 조심해서 가. 비도 그렇지만 발치도 미끄러우니까."

"그래."

그는 짧게 고개를 끄덕였다. 그리고 팔다리의 움직임을 확인하더니 성큼성큼 문으로 갔다.

문에 손을 댄 그는, 그 문을 열기 전에 철 투구를 그녀 쪽으로 돌렸다.

"밤에는, 돌아온다."

응. 소치기 소녀는 생긋 웃음을 지으며 고개를 끄덕였다.

"기다릴게."

그리고 문을 열고, 그가 빗방울 너머로 모습을 감추고, 문이 닫혔다.

"응."

소치기 소녀는 작게 고개를 끄덕이고 평소 같은 일상으로 돌아갔다.

§

젖어 드는 외투를 열심히 가녀린 어깨로 끌어당기면서, 여신관은 우울하게 하늘을 올려다보았다.

동틀 녘부터 내리기 시작한 비의 기세가 늘어나서, 커다란 빗방울이 가차 없이 그녀를 때렸다.

모자에서 커다란 물방울이 떨어지고, 외투는 진작에 한계를 넘어서 스며든 물에 옷도 젖어 들고 있었다.

여름도 가까운데 열을 빼앗긴 몸이 대단히 춥고, 입에서 나오는 숨결은 하얀 김이 되었다.

거리의 문에 바짝 다가가서 처마에 몸을 숨기려는 괜한 노력을 잠시 이어가고 있는데.

비로 덧칠 된 경치 틈으로, 번지는 것처럼 나타나는 사람의 모양.

그것을 보고, 여신관의 얼굴이 구름 사이로 나타난 태양처럼 활짝 웃음을 지었다.

"고블린 슬레이어 씨, 안녕하세요!"

"그래."

두꺼운 가죽 외투를 두른 그가 고개를 끄덕였다.

"미안. 늦었다."

"아뇨. 조금 일찍 와버렸으니까요……."

"그런가."

네. 기운이 되살아난 여신관은 생글거리며 고개를 끄덕이고, 앞장서는 것처럼 걷기 시작했다.

그도 그럴 것이. 고블린 고블린 하는 이 사람이 포도원에 흥미를 보인 것이다.

그것도 자신의 생가, 지모신 사원의!

마음이 들뜨지 않는 게 이상하다. 여신관은 물웅덩이를 밟는 것마저 즐거운 발걸음이었다.

여신관은 사원까지 길을 걸으면서, 빙글 돌아서서 그의 철 투구를 올려다보았다.

"그, 그건 그렇고 왜 갑자기 포도원을……."

어쩐지 톤이 높아진 목소리를 억지로 억누르면서 평탄한 목소리를 내려고 노력했다.

"아."

그녀는 양손을 마주쳤다.

"혹시, 포도주 약속을 했기 때문인가요?"

"아니."

말을 하려던 고블린 슬레이어는 조금 생각하고 낮게 말했다.

"……뭐 그렇다."

"그랬었나요. ……후훗."

홀로 납득한 그녀는 기쁨에 겨워 「그랬었나요」를 몇 번이나 반복하며 발을 움직였다.

도시 안에는 바닥 돌이 깔려 있지만, 한 걸음 문 밖으로 나가면 흙길이다.

비가 내리면 미끌거리고, 걸쭉한 진흙이 발에 엉기고, 튀어 올라 장화나 옷자락에 물보라가 튀었다.

하얀 장화를 더럽히는 진흙이 묘하게 요염하게 생각되어, 여신관은 망측하다며 눈을 깔았다.

어색함에 발가락을 움직이자, 장화에 스며든 물이 발가락 사이에서 찰팍찰팍 소리를 냈다.

—나중에 씻고서, 널어서 잘 말려야겠어요…….

세탁의 수고를 아낄 생각은 없었다. 오히려 좋아하는 작업이었다.

다만 오늘 자신이 너무나 꼴사납지 않은가 생각하자 그녀의 볼에 열기가 올랐다.

추운 가운데, 그러나 결코 고맙지는 않은 열이었지만—.

"……들어오겠나?"

"흐에?"

그 기습 같은 말의 의미를 이해한 다음에는, 더욱이 그 열이 강해졌다.

보아하니 고블린 슬레이어의 외투는 낡긴 했지만 상당히 큼직하다.

자그마한 여신관이라면, 함께 들어가는 것도 충분히 가능하리라.

아무리 그래도 머리부터 쏙 들어갈 수는 없겠지만, 어깨를 감싸기에는—.

"아, 아뇨. 모, 모처럼 말해주셨는데, 사양할게요. 그게……."

그와 같은 외투에 들어간 자신을 상상하고, 여신관은 황급히 허둥지둥 손을 흔들었다.

고개를 휙휙 옆으로 흔들자, 젖어서 묵직해진 금발에서 물방울이 약간 흩어졌다.

"저, 저는 벌써, 다 젖었으니까요."

"그런가."

그렇게 말하고 고개를 끄덕이더니, 고블린 슬레이어는 또 입을 다물었다.

그것은 평소와 같은 태도로서 다른 뜻은 아무것도 없는 것이라, 여신관은 뭐라 말하지 못하고 고개를 숙였다.

지나치게 의식했다고 하면 그걸로 끝이다. 그러나, 그게, 아무래도…….

―그런 식으로, 사원에 돌아가는 건…….

창피한, 것이다. 그렇다. 한 마디로 설명하자면 그렇다.

친모는 물론 피가 이어진 가족의 얼굴마저 모르는 그녀에게, 사원은 집이다.

그곳에서 사명을 다하고 있는 신관들은 어머니이며, 언니이며, 그리고 여동생들이기도 했다.

그녀들에게 아무리 같은 파티라지만, 남성과 한 외투에 들어간 모습을 보이는 것은…….

―응, 그래요. 그렇고말고요!

그렇잖아도 모험가가 되어 걱정을 끼치고 있지 않은가. 이상한 염려를 주기는 싫었다.

작은 가슴 속에서 경종처럼 울리는 심장과 미약한 후회에 그렇게 변명을 하고, 그녀는 앞길을 서둘렀다.

도시에서 사원까지는 그리 떨어진 거리가 아니다.

빗속을 헤엄치는 것처럼 나아가자, 얼마 안 가서 사원 — 법의 신전과는 비교도 안 되지만 — 이 나타난다.

그리고 그 앞에 선, 익숙한 세 사람의 모습도.

"죄송해요, 늦어졌어요……!"

"아, 드디어 왔다! 오르크볼그, 늦었어~!"

외투도 후드도 흠뻑 젖었는데, 그것을 즐기는 어린애처럼 엘프 궁수가 뛰어다니고 있었다.

그때마다 휘두르는 손이나 머리칼에서 물보라가 튀지만, 그녀는 상관하지 않았다.

물놀이라도 하는 것처럼 기분 좋게 눈웃음을 짓고, 빗속에서 춤추는 것처럼 보였다.

"모루 녀석. 녹이 안 슨다고 좋아하는구나."

"비는 하늘의 은혜인걸. 드워프는 흙 아래 틀어박혀 있으니까 모르는 거야."

"정말이지……."

기름종이를 친 적갈색 우산을 손에 들고, 드워프 도사가 그 옆에서 깊숙하게 숨을 내쉬었다.

소중한 촉매가 든 가방을 배 앞으로 돌리고, 비에 젖지 않도록 고심하는 모습이다.

호오. 여신관은 새삼 그 우산을 빤히 바라보고, 동경이 섞인 숨을 흘렸다.
“역시, 우산이라는 거 좋네요…….”
“뭐, 모험할 때는 손이 막히지만 말이다. 이쪽에서 우산은 가격이 비싸다 했더냐?”
“네. 좀 사치를 부리는 게 돼요.”
흐응—. 여신관의 말을 듣고서 엘프 궁수가 숨을 내쉬었다.
“저런 건 내가 어렸을 때부터 있었는데, 진보가 없잖아.”
“너희들 엘프는 이파리를 쓰지 않느냐. 똑같이 보지 말거라.”
뭐라고—! 엘프 궁수가 덤빈다. 시끌벅적. 평소와 같은 대화.
그 옆에서 리자드맨 승려가 말없이, 눈을 가늘게 뜬 채 빗방울을 맞고 있었다.
“비로군.”
그것을 깨달은 고블린 슬레이어가 짧게 말했다.
“그렇다네. 이거 시기가 안 좋군.”
리자드맨 승려가 낮은 목소리로 응답했다.
“이래서는 참으로. 족적도 사라져 버렸을 걸세.”
“놈들도 안 올 거다.”
고블린 슬레이어도 짧게 말했다.
“적어도 오늘은.”
그것은 빗소리에 사라질 정도로 작은 대화라서 여신관에겐 들리지 않았다.
엘프 궁수라면 들을 수 있겠지만, 그녀는 기다란 귀를 곤두세우고 한창 말다툼을 하는 중이다.

그렇다면 그것은 드워프 도사가 신경을 써준 결과일지도 모르지만, 역시 여신관은 알 수 없었다.

애당초 그녀는 남자들 세 사람이 한 배려에 대해서 아무것도 모르는 것이다.

그래서 그녀가 들은 것은 그 뒤에 이어진 대화였다.

"쓰겠나."

고블린 슬레이어가 짧게 말하고, 자신의 몸을 감싼 외투를 가리켰다.

아무래도 두 사람은 못 들어가지만, 리자드맨의 거구에 두르기에는 좋은 크기였다.

눈을 감은 채 빗방울의 차가움을 견디고 있던 리자드맨 승려는 두 눈을 빙글 돌렸다.

"하하하하. 고향에서도 비와 습기는 많았네만, 차가운 비는 아무래도 당해낼 수가 없다네."

그렇지만. 그는 그렇게 말하며 기괴한 손놀림으로 합장하고, 고블린 슬레이어의 움직임을 막았다.

"기왕 있는 물건 아니신가. 그것은 소귀 살해자 선생이 쓰는 것이 좋을 걸세."

"그런가."

"보여줘!"

밝은 귀로 그것을 들은 엘프 궁수가 곧장 고개를 들이밀었다.

그녀는 빗소리를 기분 좋게 듣는 기다란 귀를 흔들며, 손을 뻗어 외투자락을 집었다.

"헤에~. 이거 뭐야? 새 거야? 낡았는데."

“그래.”

고블린 슬레이어는 고개를 끄덕였다.

“낡았지만, 좋은 물건이다.”

“허어? 어디, 나도 한 번 보자꾸나.”

엘프는 이런 건 모르는 법이다. 짧게 중얼거리자 엘프 궁수가 콧김을 흥, 뿜었다.

드워프의 두껍고 짤막한 손가락이 재빨리 외투의 봉제선을 쓰다듬고, 잠시 지나서 그가 「허어」 소리를 흘렸다.

“튼튼하구먼. 겉보기야 그렇다 치고, 단단히 잘 만들었구나. 나쁘지 않아.”

“그렇겠지.”

고블린 슬레이어는 반복해서 고개를 끄덕였다.

“그렇고말고.”

“…….”

홀로 떨어진 곳에서 지켜보던 여신관은 어째서인지는 모르지만 한숨을 토해내고 싶었다.

아까 그 가슴의 고동이, 어쩐지 묘하게 스멀스멀하는 것으로 바뀐 탓이리라.

아무리 봐도— 새로운 비옷을 자랑하는 어린애처럼 보여서 어쩔 수가 없었다.

§

“아아, 드디어 왔다! 자, 멍하니 있지 말고 도와줘!”

그때 태양이 떠오르는 듯한 쾌활한 여성의 목소리가, 비를 꿰뚫으며 날아왔다.

“아, 네! 선배, 지금 갈게요……!”

여신관이 퍼뜩 고개를 드는 것과 동시에, 찰팍찰팍 물소리를 내면서 다가오는 사람.

바쁘게 일한 증거로 지저분한 신관복 위에, 물이 떨어지는 두툼한 외투를 두른 모습.

여신관 말에서 추측할 수 있지만, 그녀와 마찬가지로 지모신을 섬기는 자라는 것은 복장으로도 알 수 있었다. ―그런데…….

“……흠.”

고블린 슬레이어가 무심코 낮게 소리를 낸 것도 무리가 아니다.

햇살에 그을린 포도 같은 갈색 피부, 모자에서 떨어지며 파도치는 풍성한 검은 머리칼.

에메랄드와 비슷한 녹안이 어우러져― 이국인이란 것을 한눈에 알 수 있는 여성이었다.

흄이라고 한꺼번에 말하지만, 그 중에서도 다종다양한 사람들이 포함된다.

그녀의 경우는 아마도, 산 너머에서 나타났다는 서방 변경을 방랑하는 백성―.

“호오, 당신이 우리 애 파티의 리더구나.”

아직 젊은 — 여신관보다 한두 살 연상일까 — 여승은 씨익 웃으며 풍만한 가슴을 내밀었다.

"뭐 얘기는 나중에! 당장 시작 안 하면 포도를 망쳐버릴 테니까!"

여신관과 전혀 안 닮은 털털한 말투로, 그녀는 얼른 빗속을 달려갔다.

가는 곳은 포도원이리라. 뒤를 따르며, 고블린 슬레이어는 여신관을 힐끔 보았다.

"선배예요."

그녀는 작은 소리로 말하고 부드럽게 웃었다.

"굉장한 사람이에요."

"어제도 만났지만, 깜짝 놀랐어."

엘프 궁수가 키득키득 방울이 울리는 것처럼 목 안쪽으로 웃었다.

"저 사람의 후배인데, 용케도 이렇게 차분한 애가 됐네."

"언니랑 동생이 닮는 법도 아니니 말이다."

지난번에 결혼한 그녀의 언니를 떠올리며 드워프 도사가 심술궂게 말했다.

엘프 궁수도 「흥」 코웃음을 치고서 반박하지 않는 걸 보면, 짚이는 부분이 있는 것이리라.

"그런가."

고블린 슬레이어는 짧게 말하고서, 아무 말 없이 입을 다물었다.

그가 철 투구를 돌리는 것은 발치였으며, 주위의 수풀이었으며, 빗줄기 너머였다.

리자드맨 승려와 고개를 끄덕이고, 주위를 신경 쓰며 달렸다. 그러나 지금 이 자리에 고블린의 위협은 없으리라.

"……비가 강해졌어."

민감하게 기다란 귀를 움직이면서, 코로 냄새를 맡는 엘프 궁수. 그녀의 예민함은 파티에서도 제일이다.

아까 같은 대화라면 모를까. 기도하지 않는 자 놈들의 기척을 깨닫지 못할 리 없다.

"그렇다네."

리자드맨 승려가 낮은 목소리로 맞장구를 치고 하늘을 보았다.

"차갑고 좋지 않은 비일세."

잠시 지나, 파티는 낮은 나무가 늘어선 한 구역에 도착했다.

그곳에서 아까 본 포도 여승이 작은 가죽 우산을 손에 들고 분투하고 있었다.

주변에서는 다른 신관— 아니, 더 어린 수습 시제 등도 총동원되어 일하고 있었다.

여신관은 물을 머금어 무거워진 모자를 누르면서 소리를 높였다.

"선배, 일단 뭣부터 해야 할까요—."

"올해는 비가 많아! 포도의 우산을 교환해!"

포도 여승이 털털하게 말했다.

"비는 곰팡이를 옮기니까 수확 전에 상해 버리면 포도주도 못 만들어!"

"허."

드워프 도사가 자기 우산을 접으며 말했다.

"그것은 큰일이로다. 돕지 않을 수 없구먼."

"순찰의 연장이라고 생각했으니까, 술이야 아무래도 좋지만……."

허둥지둥 달려가는 드워프 도사를 우아한 움직임으로 따르면서, 엘프 궁수는 완만하게 어깨를 으쓱거렸다.

"초목은 내 동포니까. 바꿀 우산은?"

"그 바구니 안에 있어!"

"도울게요!"

여신관의 그 소리를 시작으로, 파티는 모험할 때처럼 매끄럽게 행동을 개시했다.

포도나무가 높다면 모를까, 흄의 가슴 정도 높이밖에 안 되는 나무다.

드워프는 본래 손재주가 좋으니까 편하고, 엘프는 말할 것도 없으리라.

"……음. 아무래도 어렵군, 이것은."

한편으로 리자드맨은 추위로 움직임이 둔해지고, 날카로운 손톱이 있는 손가락이라 포도 열매를 상하게 만들 수도 있었다.

고심을 한 끝에, 리자드맨 승려는 결국 가죽 우산이 든 바구니를 나르는 것을 돕기로 한 모양이다.

여신관은 척척, 어렸을 때부터 도왔던 작업을 해내고…… 눈을 동그랗게 떴다.

"익숙, 하시네요……?"

"포도는 다룬 적이 없지만."

고블린 슬레이어가 말했다.

"목장 일은 도왔다."

포도송이가 젖지 않도록, 포도의 열매와 열매가 겹치지 않도록.
젖은 우산을 회수하고 새로운 것으로 바꾼다. 비바람이 강하고, 폭풍의 예감마저 들었다.
"이상하네에. 이 시기에 이렇게 큰 비가 내리는 일은 별로 없는데."
후우후우. 숨을 내쉬며, 포도 여승이 난처한 기색으로 하늘을 올려다보았다.
폭풍이 늘어나는 건 조금 지난 무렵이다. 아직 여름으로 접어드는 이 시기에는 확실히 드물다.
"있지, 기적을 쓰면 안 돼?"
젖은 머리칼이 볼에 달라붙는 걸 떼어내면서, 엘프 궁수가 말했다.
"평소처럼 《프로텍션》 같은 걸로 번~쩍 하고서!"
"신께 부탁을 드릴 거면 우리는 뭣 때문에 있겠어? 그렇잖아."
이쪽은 젖은 머리칼을 그대로 두고서, 포도 여승이 하얀 이를 드러내며 말했다.
"신께 부탁드리는 건 정말로 난처할 때 하는 거야. 지금은 아직, 노력하면 어떻게든 된다!"
태풍이든 폭풍이든 와봐라! 자신을 듬뿍 담아 말하더니, 그녀는 포도 사이를 뛰어다녔다.
"과연 그렇군."
리자드맨 승려가 비늘로 빗방울을 튕겨내며 말했다.
"분명히, 대단한 위인일세."
"그렇다면, 술리 같은 것은 어떤고?"
드워프 도사가 물이 떨어지는 수염을 자신 있게 들어 올리고 씨익 웃으며 가방을 두드렸다.

"이것은 신의 기적과는 살짝 다르지 않느냐?"

"술사님이시네."

여승은 눈을 동그랗게 떴다.

"그러면 지모신님도 봐주실 거야!"

여신관은 무심코 키득 웃어 버렸다.

여전히 선배는 빛속에서도 마음에 따스함을 전해주니까.

매년 포도를 따고, 포도주를 만들 때마다, 선배인 포도 여승이 솔선해서 척척 일을 한다.

이미 사원을 떠난 지 2년이 된다. 틈틈이 도우러 돌아오고는 있지만…….

—변하질 않았어.

그런 식으로 생각해버렸다.

익숙한 얼굴도 있고, 없어져 버린 사람도 있고, 새롭게 들어온 사람도 있지만.

그녀에게 돌아올 장소라는 것은 이곳이었다.

그렇게 여신관이 땀과 비로 이마를 적시며 열심히 작업을 하는 옆에서, 드워프 도사가 주인을 맺었다.

"《바람의(실프) 처녀야, 처녀들아. 입맞춤을 다오. 우리들의 술에 행운이 있기 위해》."

바람에 호소하는 그 목소리가 하늘에서 빙글 소용돌이치고, 춤추는 것처럼 포도원을 휘감았다.

춤추는 바람의 정령들의 모습이 빗방울을 튕겨내고 띄워서, 신관들도 무심코 손길을 멈추고 눈길을 주었다.

"헤에."

엘프 궁수가 엘프의 음악을 읊조리고, 기다란 귀를 흔들었다.

"드워프치고는 우아하네."

"소승은 이런 풍류는 도통 모르겠네만."

그렇게 말하는 리자드맨 승려 또한, 커다란 눈을 빙글 돌리며 하늘을 올려다보았다.

사람이 아닌 자가 만들어낸 움직임이란 것은 예술과 전혀 다른 영역에 이르는 것이다.

고블린 슬레이어는 한순간 하늘을 올려다본 다음, 묵묵히 손을 움직이고 있었다.

아니, 그 또한 마음이 들뜨지 않는 것은 아니다. 모험, 세상의 신비로움, 그것에 매력을 느끼지 않는 것은 아니다.

그러나—.

"……고블린인가?"

빗속에서, 나무들 너머에서 가만히 이쪽을 노려보는 그림자를 보았다면 이야기가 달라진다.

—아니, 고블린하고는 체격이 다르다.

가죽 외투 아래서 검의 손잡이를 만지며, 그는 짧게 결론을 내렸다.

고블린치고는 키가 크고, 시골뜨기(Hob) 같은 것치고는 가녀리다. 흠— 아마도.

신전 사람인가 생각했지만, 이윽고 그림자는 비안개 너머로 흐릿하게 사라졌다.

—뒤쫓아야 하나?

고블린 슬레이어는 그렇게 생각한 다음, 고개를 옆으로 저었다.

저건 고블린이 아니다. 그리고 이렇게 비가 내린다. 포도원에는 일손이 부족하다.

그래서 그는, 철 투구에서 물을 뚝뚝 떨어뜨리며 말했다.

"다음은 뭘 하면 되지?"

§

"이야아, 덕분에 살았어. 고마워!"

쾌활한 포도 여승의 목소리가 따스한 사원의 식당에 기분 좋게 울렸다.

넓기는 넓지만 과거에 본 왕궁은 물론, 물의 도시 신전하고는 비교할 바가 못 되는 청빈함이다.

물론 그것은 다른 둘이 사치를 부린다는 게 아니다.

권위에는 체면을 갖추는 것도 필요하다.

때가 탄 승복의 신관이 법의 심판을 내리면 납득하는 자가 없으리라.

누더기를 입고 목검을 찬 국왕을 두려워하는 자는 없다.

그러나, 지모신의 사원에서는 다르다.

간소한 긴 탁상에 긴 의자, 늘어놓은 요리도 질박하며 검소한 것.
그러나 그것은 무엇보다도 따스함이 있었다.

드넓게 대모(大母)의 상냥함을 전하는데, 무엇을 꾸밀 필요가 있으랴?

"이교의 가르침이라는 것은 흥미롭다네. 우리들의 신앙과 통하는 것도 있네만."

그릇에 올린 치즈 덩어리를, 사양하면서 (그래도 커다랗게) 잘라 덜어내고 리자드맨 승려가 말했다.

"우리들이 섬기는 무시무시한 용은, 전쟁이 나면 **볏**을 세우라 말하네만."

"그야 뭐."

포도 여승이 키득키득 웃었다.

"이쪽도 여자로 행세할 때는, 그렇지?"

의미심장한 그녀의 말을 듣고서, 식당에 모인 다른 수도녀들도 또한 키득키득 웃었다.

그 중에서 여신관만 얼굴이 빨개져서 고개를 숙이고 우물우물 입을 움직이고 있었다.

재작년의 수확제, 그녀가 무녀 역할을 맡았다—. 그것뿐이 아니다.

수도녀들이 힐끔거리며 시선을 보내는 곳이 긴 의자 끄트머리에 앉아 있는 기묘한 남자다.

지저분한 가죽 갑옷, 싸구려 철 투구. 팔에는 자그마한 원형 방패를 고정했고, 허리에는 어중간한 길이의 장검.

방금 전까지 온몸에서 물을 흘리던 그를 쓱쓱 해어진 천으로 닦아준 것이 그녀였다.

—아하, 저게 **바로** 그 사람이네.

겉보기엔 나쁘지 않아. 얼굴은 모르겠어. 체격은 좋다. 키는 어때. 목소리는 낮았어.

아까도 일을 잘 했어. 등급은? 은 등급이래. 제3위잖아. 굉장하네. 전사야? 척후(스카우트)로도 보이는데. 말 걸어볼까?

소곤소곤. 꺄아꺄아. 떠들썩하고 즐겁게 속삭이는 선배후배의 목소리가 여신관에게 수치를 주었다.

“아우우…….”

이럴 줄 알았으면 사원에 들를 때마다 이야기 하지 않는 게 좋았을까?

아니, 오히려 이렇게, 그런 일을 하고 있었다는 게 들키는 편이 더 창피하지 않을까……?

“친구를 데리고 귀향을 한다는 건, 뭐 이런 법이니라.”

나도 친척이 많으니라. 씨익 웃는 표정의 드워프 도사가 그녀를 격려해 주었다.

그는 짤막한 손가락으로 사양 않고 호밀빵에 듬뿍 버터를 발라, 딱딱한 건 신경 쓰지도 않고 씹었다.

수염에 붙은 빵 부스러기를 집어서 던져 넣은 드워프 도사에게, 여신관은 자신이 한심스럽다는 표정으로 시선을 돌렸다.

“그, 그렇게 말씀을 하셔도…… 역시, 그게에…….”

자리에 앉아 있는 지금은 눈높이가 그렇게 다르지 않다.

드워프 도사에게도 그녀의 하얀 피부가 새빨갛게 물든 것은 일목요연했다.

“익숙해지거라. 나도 뭐 고기며 생선이며가 없는 식사를 견뎌야 하느니라.”

따라서 그는 호쾌하게 웃으며, 잔에 따른 포도주를 단숨에 벌컥 들이켰다.

"호!"

눈을 홉뜨고 한 마디.

"주신(酒神)님만큼이라고야 못하겠지만, 지모신님은 과연 은혜롭구먼."

"칭찬해 주시니 영광이옵니다."

포도 여승은 싱글싱글 고양이처럼 웃으면서, 팔을 괴고서 시선을 옆으로 흘렸다.

"물론, 우리 애는 벌써 술에 취한 꼴이지만."

"틀림없구먼."

그렇게 말한 드워프 도사가 가가대소하니, 여신관은 점점 더 조그맣게 움츠러들었다.

"하아~ 따뜻하다~."

비에 젖은 고양이처럼 쉬고 있던 엘프 궁수가 살며시 눈웃음을 지었다.

"있지, 잠깐, 오르크볼그."

콕콕 팔꿈치를 뻗어서, 묵묵히 빵과 수프를 입으로 옮기는 그를 찔렀다.

"뭔가."

손을 멈추고, 호밀빵을 수프 그릇에 적시며 고블린 슬레이어가 철투구를 돌렸다.

"뭔가, 가 아니야."

엘프 궁수가 입술을 삐죽거렸다.

"뭐라고 한 마디 해주지?"

"한 마디."

고블린 슬레이어는 낮게 신음했다.

"라는 건, 뭘 말하면 되나."

"아뇨, 괜찮아요……!"

곧장, 여신관이 당황해서 모기가 우는 것 같은 소리로 말했다.

물론 쫑긋쫑긋 움직이는 엘프의 기다란 귀는 그것을 들었지만, 엘프 궁수는「안 들려—」하고 잘라 말했다.

"얘에 대해서라든가, 그 밖에도 뭔가, 이것저것, 있잖아!"

"흠……."

그러면, 뭔가 말하려던 그를 포도 여승이 슥 손을 뻗어서 막았다.

"그보다 먼저, 이쪽에서 인사를 해야지."

"인사."

"그렇지."

포도 여승이 슥 얼굴에서 웃음기를 빼고 깊숙이 고개를 숙였다.

"우리 애가 신세를 지고 있습니다. 정말로 감사합니다."

여신관이 어쩔 줄 모르는 기색으로 두 사람 사이에서 시선을 방황했다.

"아니."

고블린 슬레이어는 고개를 옆으로 저었다.

"그녀에게는 도움을 받고 있다."

여신관은「에」인지「아」인지 모를 소리를 흘리고, 멍하니 그의 철투구를 보았다.

"신세를 지는 건 내 쪽이다."

그리고 이어지는 말을 견딜 수가 없어서, 또 다시 고개를 숙이고 말았다.

그녀의 양손이 신관복 자락을 꾸욱 붙잡는 것을 깨닫고, 엘프 궁수는 키득 웃었다.

엘프 궁수에게 눈짓을 받은 리자드맨 승려가 유쾌하게 눈알을 빙글 돌렸다.

"실제로 소승은 무(武)에 관해서는 특기라 하겠네만, 소소한 일은 신경 쓰지 못하니 말일세."

"어느 모루랑은 달라서, 눈치가 좋은 착한 아이가 아니더냐."

엘프 궁수가 그 기다란 귀를 쫑긋 곤두세우고서 「뭐야아아!」라고 하는 말도 이윽고 웃음으로 변했다.

옆에서 듣고 있던 다른 수도녀들의 방울 같은 웃음 소리로 바뀌어, 식당에 메아리 쳤다.

그것은 눈물이 나올 정도로 따스하고, 지모신의 자비로움이 떠오르게 될 정도로 마음 편한 분위기였다.

뭐라 말할 수가 없어서 고개를 숙인 여신관에게, 포도 승려가 눈웃음을 지으며 고개를 끄덕였다.

"다행이네. 신관장 할머니도 걱정했었는데."

신관장도 할머니라고 불릴 정도로 고령은 아니다. 험한 말 뒤에 숨겨진 애정에, 여신관은 눈길을 올렸다.

"좋은 동료들 같아서, 나도 안심이다."

여신관은 말이 목에서 대단히 여러 번 걸리면서도, 간신히 「네」

하고 응답할 수 있었다.

포도 여승은 그 모습을 보더니, 이윽고 알겠다는 표정으로 훌쩍 그에게 말을 건넸다.

"그런데, 그러니까, 고블린 슬레이어…… 였지?"

"그렇게 불리고 있다."

따스한 분위기 한구석에서, 슬쩍 식사를 재개한 모험가가 또 손을 멈추고 응답했다.

"가까운 개척 마을에서 고블린이 나왔다는 이야기를 들었는데, 상담을 해줄 수 있을까?"

"가지."

그는 낮게 말했다. 즉답이었다.

"장소는. 규모에 대해서는?"

"우와, 정말로 즉결이구나. 들은 그대로야……."

포도 여승이 어안이 벙벙한 표정으로 여신관을 보았다.

입이 목소리를 내지 않고 움직여서, 「고생하는구나」라는 말을 자아냈다. 여신관은 고개를 옆으로 저었다.

그리고 여신관은 그에게 보이지 않도록 살며시 소매로 눈가를 닦으며, 입가를 풀고 미소를 지었다.

—정말로, 참, 못 말리는 사람.

결국, 그 날은 그렇게 지나갔다.

다음 일은 포도 여승이 말한 고블린들의 퇴치가 될 것이다.

그것을 들은 엘프 궁수가 「또오?!」라고 외쳤지만, 목소리만큼 불복하는 기색은 느껴지지 않는다.

리자드맨 승려와 드워프 도사는 표정을 긴장시키고, 고블린 슬레이어와 재빨리 뭔가를 의논했다.

그렇지만 여신관에게는 그것마저도 눈에 익은 행복이라, 몇 번이나 눈꺼풀을 깜빡였다.

폭풍 속에서 작업하는 고생도, 요리로 가득 찬 배의 따스함도, 모두의 목소리도, 모든 것이 마음 편하다.

솔솔 수마가 찾아와서, 그녀는 작게 하품을 하고 잠에 쏙 빠졌다.

아무일 없어도 행복하고, 평온한 하루. 진심으로 지모신에게 감사해야 할 좋은 하루.

포도 여승이 고블린의 딸이라는 소문이 퍼진 것은, 그 뒤 얼마 지나지 않아서였다.

제2장 『시체들과 유귀들(구울즈 & 고스츠)』

"우우우우우우……."

여신관은 분통이 터져 못 살겠다는 기색으로 그 축축한 땅을 걷어차는 것처럼 걸었다.

그녀로서는 드문 일이다.

누가 뭐래도 온화한 소녀고, 비록 고대의 것이라고는 하지만 이곳은 묘지였다. 그녀는 죽은 자의 안녕을 흐트러뜨리는 성격이 아니다.

분묘라고 부르기보다는, 봉분이라고 하는 편이 좋을지도 모른다.

울창한 나무들이 우거진 어두운 숲 안쪽, 완만한 비탈길이 언덕으로 변하기 시작하는 장소.

주변에는 이끼가 낀, 그러나 명백하게 천연이 아닌 조형의 돌이 몇 개나 쌓여 있고 굴러다닌다.

머나먼 옛날에 이름을 날린, 힘 있는 왕이나 호족의 묘가 틀림없었다.

그렇다면 지모신의 경건한 신도인 그녀는 마땅히 경의를 표하는 법이다.

"우우우우우……욱."

그럼에도 그녀는 오기를 부리는 어린애처럼 이를 앙다물고, 불만을 숨기지 못하고 있었다.

앞서가는 엘프 궁수는 기다란 귀를 움직이며 뒤를 향해 속삭이듯 중얼거렸다.

"희한한 일이네."

"그만큼 납득할 수가 없다는 것일세."

리자드맨 승려가 고개를 끄덕였다.

"무리도 아니지 않은가?"

드워프 도사도 어찌해야 하나 하늘을 우러러 보고 있었다. 천상의 신들에게 도움을 바랄 수는 없었다.

—저것은, 마치 어린아이 같구먼.

어쨌든 그녀는 17세. 성인이 된지 2년, 어른스럽긴 하지만 아직 한창 젊다.

단순하게 연령으로 생각하면 저 모루가 최연장자라는 사실에 맞닥뜨리는 건 그렇다 치고.

어른이란 것은 그저 나이를 먹기만 해서 되는 것이 아니다. 그녀는 아직도 젊은이였다.

언제나 긴장하고, 모두를 걱정하고, 바지런히 일하는 그녀의 어린애 같은 면.

그것을 볼 수 있는 것은, 원인을 빼고 생각하면 기쁜 일이기도 했다.

"어이, 카미키리마루야. 뭐라고 말이라도 해주는 게 어떤고?"

"음……."

척후처럼 주위를 주의하면서 두 번째로 나아가던 고블린 슬레이어가 낮게 으르렁거렸다.

"뭘 말인가."

"말 안 해도 알지 않느냐."

고블린 슬레이어는 대답하지 않았다. 대답할 수가 없었다고도 할 수 있다.

그의 의식이 지금 현재 향한 곳은 눈앞의 모험이며, 그밖에는 끼어들 여유가 없었던 것이다.

—의뢰로서는, 다소 별난 것이었다.

적어도 직접적인 피해가 아직 나오지 않았다는 점에서, 고블린 퇴치로서는 희귀하다.

마을 근처, 사냥터나 들풀을 채집할 때 이용하는 숲 속에서 고블린을 봤다고 한다.

하얀 안개 속에서 꿈틀거리는 작은 그림자. 애매모호한 그 윤곽을 사냥꾼은 고블린이라고 보았다.

사냥꾼은 지난 전쟁에서 궁병으로 참전한 경험을 가졌다. 고블린을 잘못 볼 리 없었다.

따라서, 사냥꾼은 먼저 손을 대야 할지 망설였다.

한두 마리라면 모를까, 자칫 자극해서 마을로 커다란 무리가 몰려온다면 큰일이다.

그 사냥꾼이 모험가 길드에 상담을 하기 전에, 지모신의 사원에 상담한 것도 무리가 아니었다.

결과적으로 그 이야기는 그 여승을 통해 고블린 슬레이어의 귀에 들어왔고—.

『하지.』

라고 말하는 흐름이 되었다.

『뭐, 지금은 아직 아무렇지도 않은 모양인데.』
포도 여승이 쑥스럽게 웃었다.
『고블린이 어슬렁거리고 있다면, 역시 다들 걱정할 테니까.』
『동감이다.』
고블린 슬레이어는 고개를 끄덕였다.
『무척이나, 동감이다.』
그러나 문제는 그 다음에 일어났다.
언제, 누가, 어째서 그런 말을 꺼낸 건지는 분명치 않았다.
길모퉁이에서, 주점에서, 길드 구석에서, 은밀하게 속삭이며 나누는 말.
말하기를―.
「그 여승은 고블린의 자식이 아닐까?」
물론, 대놓고 지모신의 사원을 비판하는 것은 어렵다.
이 세계에서, 신의 손이 내리는 기적은 진실로 일어난다. 신은 있다. 그것은 사실이다.
그러나, 한 개인에게는 어떨까?
민초든 모험가든, 모든 사람이 빠짐없이 청렴결백 한 것은 아니다.
고블린을 배었던 여자가 낳은 아이다.
승복을 밀어내는 풍만한 육체에 호색의 시선을 보내며 속삭이는 자들이 있다.
그 소문이, 어찌 여신관의 귀에 들어가지 않을 수 있을까?
그녀의 의식은, 출발하기 전에 모험가 길드에서 있었던 일로 날아갔다.

§

"~♪"

아침 해가 창에서 찬란하게 내리쬐는 길드를 여신관은 대단히 가벼운 발걸음으로 걸었다.

찬미가를 살며시 읊조리면서 머릿속으로 목록을 펼치고, 필요한 물품을 확인한다.

장비 — 무기나 방어구도 때로는 그렇지만 — 와 도구 같은 것은 언제나 소모품이다.

물약 종류도 시간이 지나면 안 좋아지고, 갈고리 달린 밧줄도 해진다. 쇠못도 녹이 슨다.

단순히 사용한 다음에 보충하는 것뿐이 아니라, 오래된 것을 교환하는 것도 중요한 일이다.

여차할 때 치유의 물약 대여섯 개를 마셔야 효과가 나온다. 이런 사태는 피하고 싶었다.

그것을 피하고 싶다면, 가방 안을 언제나 점검하고 틈틈이 다시 사야 하는 법.

상비화라는 것은 그렇게 이루어진다.

—너무 들떠 있는 것도, 좋지 않다고 생각하지만요.

이제부터 고블린 퇴치를 하러 간다고 생각하면 괘씸한 일일지도 모른다.

실제로 — 아마도 — 그와 그들과 모험을 하는 것은 즐겁지만, 고블린과 싸우는 것 자체는…….

그러나 시간이 지나며 성장을 하긴 했어도, 아직 자신감을 가지기에는 갈 길이 멀다.

이것은 그녀의 성격이니까 좋지도 나쁘지도 않지만, 이런 자신이라도 도움이 되는 일이 있다.

이렇게 장을 보거나, 세세하게 신경을 쓰는 것은 여신관이 스스로 찾아낸 자신의 역할이었다.

그것에 부지런하고 열심히 힘을 쏟는 것은, 그 작은 가슴을 펼 수 있는 훌륭한 일이었다.

"야, 그 소문 들었어?"

그래서 문득 그 목소리가 귀에 들어왔을 때도 그녀는 전혀 신경 쓰지 않았다.

딱히 자신과 연관된 일일 거라고는 아주 조금도 생각하지 않았으니까.

"그 지모신의 신관 이야기?"

"어……?"

무심코 발길을 멈추고 돌아본 곳에는 신인 모험가로 보이는 새로운 장비의 소년들.

도시 변두리에 훈련소가 생긴지 1년.

건설 도중일 무렵, 본격적으로 움직이기 시작할 때까지 짧은 기간, 여신관 일행도 그것을 도왔다.

그렇지만 지도를 한 것은 숙련된 모험가들이 태반이고, 여신관은 그것을 도왔을 뿐이다.

굳이 따지자면 그때 고블린들과의 전투에서 별동대 지휘를 했던 것 정도였다.

그걸로 승격 인정을 받았으니, 지금 생각하면 소중한 추억이었다.

물론, 그때 죽어간 사람들을 생각하면 가슴이 아프다.

품고 있던 꿈과 현실 사이의 괴리에, 모험가를 그만둔 신인도 많았다.

현재는 은퇴한 고령의 모험가들이 교관을 맡고 있으니, 이제 여신관은 관여하지 않고 있었다.

그곳에서 훈련을 받지 않은 신인도 상당히 많다.

그래서 자신에 대한 얘기일 거라고, 생각하지 않았지만—.

"아아, 그건 들었어."

고개를 끄덕이는 또 한 명의 말에, 여신관의 얼굴에서 핏기가 싹 가셨다.

"고블린의 습격을 받은 여자애가 있잖아? 모험가 중에서."

말이 안 나왔다. 짐을 꼭 쥐고서 떨어뜨리지 않는 것이 고작이었다.

그 사원에서, 달리 고블린 퇴치에 실패한 신관이 있었을까? 기억에는 없었다.

어쩌지? 문득 생각했다. 어쩌지? 그것뿐이다. 무릎이 희미하게 떨렸다.

"바보야. 그거 말고."

소년이, 희미한 웃음을 입가에 지었다. 이쪽을 보지는 않는다.

그래서 아마도 눈치 못 챘을 거라는 건 알지만, 여신관은 그 자리에서 움직일 수 없었다.

"고블린의 자식이 있다는 얘기야."

"뭐? 고블린의 자식?"

"아니, 나도 친구의 친구한테 들었는데. 들어보니까 반반 섞여 있다던데."

있잖아. 소년이 역시나 씨익 웃는 표정으로 말했다. 그 피부가 검은 여자 말야.

—무슨…….

무슨 말을 하는 걸까? 이 사람들은.

"우엑. 진짜냐? 거기서 무슨 포도주 만들고 그러는 사람 아냐? 나 마셔버렸는데."

"아무래도…… 마실 생각이 안 들지."

"그리고, 고블린이잖아? 그런 녀석들에게 습격을 받다니, 바보 같잖아."

"둘러싸이지만 않으면 간단히 이기니까. 용사님이 들으면 폭소할 걸, 분명히."

"그거다. 험한 꼴을 당한 녀석이 괜히 소란을 떠는 거야. 고블린이 위험하다고."

"고블린이라도 위험하면 그 녀석, 드래곤은 보기만 해도 죽어버리지 않을까?"

깔깔 커다란 웃음소리가 울려 퍼지고, 여신관은 귀를 뒤덮으며 몸을 웅크렸다.

언젠가는 용 사냥, 언젠가 들었던 말이 머릿속에서 경종처럼 울리고 있었다.

§

"……집중해라."

잠시 지나, 부엽토 위를 소리도 없이 나아가던 고블린 슬레이어가 짧게 말했다.

그 한 마디에 여신관의 의식은 지금으로 돌아왔다. 그녀는 휙휙 고개를 좌우로 흔들었다.

어째선지 엘프 궁수와 드워프 도사는 기가 찬 표정. 리자드맨 승려는 어깨를 으쓱거리고, 그는 다소 짜증난 기색으로 수풀의 가지를 떨쳐냈다.

나무들이 햇빛을 가로막아 축축하고 습기가 가득한 공간은 지독하게 퀴퀴한 냄새가 났다.

"아, 알고 있어요……!"

문득 고블린의 소굴과 다른 그 냄새를 깨닫고 당황하면서도, 여신관이 응답했다.

발치가 허술해졌던 그녀는 입술을 꼭 깨물고 고개를 숙였다.

"저도 알고 있어요……."

그것은, 문득 부모에게 한 마디 들은 어린애랑 똑같은 반응이었다.

자신이 한심하고 분해서, 석장을 쥔 손에도 힘이 들어간다.

—그때.

뭐라고 한 마디 하는 게 좋지 않았을까?

아무 말도 못하고 묵묵히 지나쳐버린 것은, 무서워서였을까? 뭣 때문일까?

감정을 머리가 따라잡지 못했던 것뿐일까? 몇 시간이 지난 지금도 그녀는 알 수 없었다.

—돌아간 다음, 이네요.

여신관은 짧게 반복하며 작은 가슴 속으로 지모신의 이름을 읊고, 마음을 고쳐먹으려고 노력했다.

집중하지 않으면 죽어버린다. 잘 알고 있었다.

평소에 잡담을 하던 모두가 순식간에 전투에 대비하여 의식을 전환하는 모습을 그녀는 잘 보고 있었다.

그것을 흉내 내자. 모두와 같아지려고, 여신관은 한 번 깊게 숨을 들이쉬고 내쉬었다.

물론 응어리져서 가라앉은 것은 있지만, 노력하는 것과 안 하는 것은 커다란—.

"있지, 무슨 냄새 안 나?"

문득 엘프 궁수가 코를 찡긋찡긋 움직이면서 날카롭게 속삭였다.

파티의 움직임이 멎었다. 한 박자 늦게, 여신관도 발걸음을 멈추고 주위를 둘러보았다.

척후로서 엘프의 뛰어난 이목과 코는 이 파티의 생명선이다.

귀를 기울이자 차르르, 차르르. 묵직하게 이파리가 스치는 소리가 주위를 감쌌다.

어쩌면, 나무들 위에는 회색 구름이 덮여있을지도 모른다.

어쩐지 그것을 상상하면서, 여신관 또한 공기의 냄새를 맡아봤다.

썩은 이파리와 흙과 축축함이 뒤섞여서, 대단히 퀴퀴한 맛이 혀

위에 달라붙는다.

—동굴의 냄새하고는, 다르지만요…….

“냄새가 난다고 하면, 이 봉분은 계속 냄새가 나고 있었다만.”

드워프 도사가 방심하지 않고 촉매가 든 가방에 손을 대더니, 허리를 낮추고 대비하며 말했다.

“잊힌 지 얼마나 되었겠는가?”

“글쎄다.”

리자드맨 승려의 물음에 드워프 도사가 하얀 수염을 매만지며, 생각하는 것처럼 하늘을 보았다.

“백인지 천인지. 신화시대는 아닐 게다. 모루의 코가 막힌 것은 아닐 거라 본다만.”

“뭐야아.”

엘프 궁수가 기다란 귀를 불만스레 흔드는 걸 무시하고, 드워프 도사는 낮은 목소리로 속삭였다.

“이것은 도저히 평범한 봉분 같지는 않구나.”

“고블린인가?”

“잘 모르겠다만.”

드워프 도사는 말을 끊고서 몸을 부르르 떨었다.

무덤의 주인
“와이트라도 나올 법하구나.”

와이트. 고블린 슬레이어가 앵무새처럼 되뇌었다.

“……모르는 이름이다만, 괴물 같은 건가?”

“너는 고블린 말고는 아무것도 모르잖아.”

엘프 궁수가 표정을 찌푸리면서, 전통을 뒤져 나무 눈 화살촉의 화살을 뽑았다.

그녀는 그것을 느슨하게 활줄에 메기고 대비하면서, 신경질적으로 기다란 귀를 움직였다.

"저주 받은 왕이나, 왕과 나눈 약정을 깨서 잠들기를 용납 받지 못한 무장(武將)이나, 그런 망자 같은 거야."

"소승은 그다지 전문이 아니네만……."

용아를 손바닥 위에 놓고 만지작거리며, 리자드맨 승려가 기다란 목을 돌리면서 말했다.

어느샌가 주위에는 엷은 안개가 떠돌기 시작했지만, 리자드맨의 눈은 끄떡도 안 할 것이다.

이 파티는 엘프, 드워프, 리자드맨까지 이인종이 많아서 밤눈이 밝은 것도 장점이었다.

그렇지만 여신관은 다들 어둠을 어떻게 내다보는지 전혀 알 수가 없었다.

"오랜 능묘에서는, 고블린보다도 훨씬 더 많이 보는 것들이라 안다네."

"고블린이 그런 녀석들의 거처를 소굴로 삼는단 말인가……?"

철 투구 안에서, 고블린 슬레이어는 낮은 목소리로 말했다. 마음에 안 든다고 말하는 것 같았다.

그는 장화 끝으로 발치를 확인하듯 흙을 찼다. 대단히 부드럽고, 걸쭉한 진흙이 달라붙는다.

"마음에 안 드는군."

여신관은 침을 꿀꺽 삼키고, 양손으로 석장을 꼭 고쳐 쥐었다.

목덜미가 찌릿찌릿하고, 솜털이 곤두서는 감각이 들었다. 불길한 감각이었다.

뭔가 좋지 않은 일이 일어날 법한 때는 언제나 그랬다.

그래서 그녀는 봉분의 경관에 주의를 기울이고, 엷은 안개 너머 어둠 속에 드러누운 그림자를 잘 살펴보았다.

돌을 쌓아서 올린 기둥. 흙이 솟아오른 매장 흔적. 그 사이에서 꿈틀거리는 것은 없을까?

따라서— 라고 할 수는 없으리라. 그렇지만, 징후를 깨달은 것은 그녀였다.

스읔. 소리도 없이 저절로, 이끼에 뒤덮인 흙더미가 떨린 것을, 여신관은 깨달았다.

"아……!"

소리를 낸 그녀가 떨리는 목소리로 외쳤다.

"저기, 흙이……!"

다음 순간, 화살이 달렸다.

눈에 보이지도 않는 속도로 활줄을 당기고, 하프 같은 음색과 함께 엘프 궁수가 튕긴 것이다.

화살이 박힌 흙더미는 그것에 끄떡도 없이, 안쪽에서부터 무너지는 것처럼 일어섰다.

자그마한, 사람 모양. 추악한 겉모습과 냄새.

여신관에게는 명백하게 고블린이라고 생각됐다— 그것은 고블린 슬레이어도 마찬가지.

"역시 고블린인가. ……수는!"

"모르겠어!"

엘프 궁수가 화살을 메기면서 귀를 떨고, 고블린 슬레이어에게 외쳐서 대답했다.

"하지만, 사방팔방에서 와!"

그 말이 맞았다.

주위에 있는 흙더미와 기둥이 부들부들 떨리고, 무너지고, 차례차례 흙 속에서 적의 모습이 일어섰다.

욱. 여신관은 곧장 주위에 퍼지는 구역질이 나는 냄새에 신음하며 입가를 눌렀다.

"허허어. 토둔(土遁)을 이용한 기습이라."

리자드맨 승려가 방심하지 않고 주위를 내려다보며, 유쾌한 기색으로 턱을 비틀었다.

"고블린 주제에, 제법 솜씨가 좋지 아니한가."

"감탄하고 있을 때더냐! 어이, 카미키리마루, 어쩔 테냐!"

촉매가 든 가방에 손을 집어넣고, 거칠게 외치는 드워프 도사.

고블린 슬레이어는 자그마한 방패와 검을 방심하지 않고 겨눈 채, 슬금슬금 다가오는 적의 모습을 노려보았다.

아니, 철 투구에 가려진 시선은 알 수 없다. 여신관은 그가 바라본 것 같아서 몸을 움츠렸다.

"너를 중심으로 원형진을 짠다."

고블린 슬레이어가 낮은 목소리로 말했다.

"준비해라."

"네, 네에!"

모험가들의 움직임은 신속했다.

나중에 가서야 좋은 수를 떠올리는 것보다는, 즉단즉결하여 즉시 행동하는 것이 모험에서 더 존중 받는다.

그들은 여신관을 지키듯 사방을 둘러싸고, 각자의 검, 활, 손도끼, 그리고 손톱 손톱 송곳니 꼬리로 대비했다.

전방을 엘프 궁수가, 좌우를 고블린 슬레이어와 리자드맨 승려, 후방을 드워프 도사가 대비하는 형태다.

그 가운데 여신관은 입술을 꾹 깨물고, 석장을 손에 든 채 주위의 상태를 눈으로 단단히 확인했다.

물론 안개로 흐려져 보이지 않는 적이 아니라, 네 동료들의 상황을 보았다.

무슨 일이 있을 때, 모두에게 정보를 전달하는 것은 다름 아닌 그녀의 역할이다.

기적의 행사와 나란히 중요한 그 역할을 맡는 것에 책임감과 긴장, 어느 정도의 고양감이 있었다.

"……움직임이, 느리네요."

"그렇네."

엘프 궁수가 여신관에게 응답하고, 활줄을 끼리릭 당기며 안개 너머로 춤추는 그림자를 보았다.

슬금, 슬금.

한 걸음씩 다가오며 포위를 좁히는 모습에, 여신관의 등줄기에 차가운 것이 흘렀다.

"화살을 맞고도 안 쓰러졌어. ……하지만 방어구 소리도 안 났어.

……어쩐지 으스스해."

"어떻게 보나?"

고블린 슬레이어는 엘프 궁수의 말을 듣고서, 낮게 속삭이듯 리자드맨 승려에게 말을 걸었다.

흐흠. 역전의 강자인 그는 혀로 코끝을 핥고, 쉬릭쉬릭 숨을 내쉬었다.

"개인적으로 말하자면, 선수를 못 치는 것이 마음에 안 든다네."

"동감이다."

고블린 슬레이어는 잘라 말했다.

"진형을 무너뜨리지 마라. 파고든다."

"네!"

여신관은 아까 전까지 하던 생각을 잊고, 열심히 고개를 끄덕였다.

지금 이 한때만큼은, 길드에서 있었던 일로 고민스런 기분을 잊을 수 있을 것 같았다.

물론— 그렇다고 해서 고블린 놈들에게 감사할 생각은 없었지만.

§

"이것은, 뭐지?"

던진 검이 가차 없이 고블린의 목에 박히고, 지저분한 액체를 분출하며 뒤로 넘어갔다.

하얀 안개가 가로막고 있어도, 그 썩어 문드러진 근육과 피의 냄새는 코를 콕 찔렀다.

그러나 풀썩 쓰러진 고블린은 소리도 없이 몸을 떨더니 안개 속에서 흐느적 일어섰다.

고블린 슬레이어는 역겨운 기색으로 내뱉었다.

"고블린이 아니다."

"죽다가 말았다는(언데드) 건 보면 알잖아……!"

엘프 궁수가 성이 나서 외치고, 문자 그대로 쏜살같이 화살을 쏘아냈다.

나무 눈 화살촉의 화살은 흄의 손으로는 불가능한 번개 같은 궤도를 그리며 안개에 뛰어들어 사라졌다.

푸악푸악 근육을 꿰뚫는 그 소리는 노린 곳에 그대로 화살이 박혔다는 증거다.

그러나, 안개 너머에서 꿈틀거리는 그림자는 화살이 박힌 채 태연하게 모험가들에게 다가왔다.

도통 대미지가 되지 못하는 그 꼴에 엘프 궁수는 버릇없이 혀를 찼다.

"아앙, 진짜! 요즘에는 이런 것들뿐이야! 그래서 싫다니까, 살아있지 않은 거……!"

"우선은 다리를 부러뜨리게!"

리자드맨 승려가 기다란 꼬리를 스르륵 뻗어서 썩은 고기의 다리를 휘감아 대지에 처박았다.

과실을 씨앗과 함께 뭉개 버리는 것 같은 끔직한 소리가 울렸다. 그러자 고블린이 일어나지 못하고 발버둥 친다.

꼬리 끝에 묻은 오물을 떨쳐내고, 리자드맨 승려가 동료를 향해서

한 번 부르짖었다.

“어차피 근골과 고기로 된 꼭두각시 같은 것. 부수면 결코 움직일 수 없다네!”

“너 시체는 전문이 아니라고 하지 않았더냐……!”

“소승이 아는 한 죽은 것은 흙으로 돌아가기에, 놈들은 점균이라도 피어 있을 걸세.”

자신의 농담을 태연하게 받아 흘리는 리자드맨 승려에게 어깨를 으쓱거리고, 드워프 도사는 한손으로 손도끼를 들어 올렸다.

또 한손은 가방에 집어넣은 채 한손으로 친다.

도끼날이 나뭇가지를 쳐내는 것처럼 고블린의 팔다리를 치고 있지만, 두려움을 잊은 주검에는 견제가 되지 못했다.

“이것은, 달라붙으면 끝장이구먼.”

짧은 팔다리로 부지런히 파티의 동료를 따라가면서 드워프 도사가 표정을 찌푸렸다.

“카미키리마루, 사령술사(네크로맨서)를 찾아서 쳐야 할 테다!”

“사령술사.”

고블린 슬레이어는 앵무새처럼 되뇌었다.

“고블린이 말인가?”

“오르크볼그가 모르면 우리도 몰라!”

엘프 궁수가 외쳤다. 그녀는 이미 대궁을 등에 돌리고, 흑요석의 소도를 역수로 뽑아들고 있었다.

다가오면 베겠다는 듯 그녀가 소도를 휘둘렀지만, 고블린 놈들이 겁먹는 기색은 없었다.

오른쪽에서 왼쪽에서, 흙 속에서 일어서서 다가오는 그림자는 계속 늘어날 뿐이다.

기다란 귀를 짜증스레 흔든 엘프 궁수가 엘프어로 벌 받을 말을 입에 담았다.

고블린의 시체. 수는 많지만 움직임이 둔한 것은 다행이었다.

주검의 무리 가운데, 파티는 원형진을 짜고서 정처 없이 움직이면서도 간신히 태세를 유지하고 있었다.

그러나 슬금슬금 궁지에 몰리고 있는 건 분명했다. 붕괴는 시간문제.

"……그러, 니까……!"

중앙에 선 여신관은 안개의 어스름을 자세히 살피며, 우웅, 입술에 손가락을 대고 생각했다.

사령술사, 그것은 선악이 있지만 언제나 주검에 술법을 걸어 조종하는 것이라고 들었다.

그렇다면, 이것은 술법이다. 그리고 저주 받은 술법. 그렇다면—.

"이게 저주라면…… 기점이 되는 장소가 있을 거예요!"

그것은 어렴풋한 지식이었지만, 여신관은 그 번뜩임에 매달려 소리를 높였다.

"고블린의 짓인지, 진짜 사령술사의 짓인지는, 모르겠지만요……."

"그러면 봉분의 정상일 걸세."

가까운 주검을 손톱으로 붙잡아 좌우로 찢어내면서, 리자드맨 승려가 느긋하게 말했다.

"소승이라면, 그곳에서 축도를 할 터이니."

고블린 슬레이어는 발치에서 검을 주워 들며 철 투구를 돌렸다.

아마도 봉분에 병사와 함께 매장되었으리라. 낡고, 녹이 슬고, 길이도 마음에 안 들었다.

그는 그것의 상태를 확인하는 것처럼 한두 번 휘두른 다음, 여신관에게 눈길을 돌렸다.

"기점까지 가면 없앨 수 있나?"

"네……!"

여신관은 양손에 석장을 꼭 쥐고서 열심히 고개를 끄덕였다.

"그러면 정해졌다."

고블린 슬레이어가 말했다.

"봉분 정상으로 간다."

모험가들이 고개를 끄덕이고, 단숨에 행동을 개시했다.

완만한 구릉, 사방팔방에서 밀려드는 고블린 놈들을 물리치며 등반한다.

한 덩어리가 되어 대군을 돌파하는 것을, 이 파티만큼 하는 자들은 그리 많지 않다.

전방에 고블린의 시체가 막아서는 것이 무슨 문제가 될 것인가?

"다리를 베어내면 되는 거지……!"

앞서서 달리는 엘프 궁수가 중얼거리고, 아까는 안 통했던 나무눈 화살촉의 화살을 뽑아냈다.

달리면서 그 끝에 소도(小刀)를 대자, 촉이 스스로 싹이 트는 것처럼 두 갈래로 갈라졌다.

그녀는 소도를 입에 물고, 흐르는 것처럼 아름다운 움직임으로 등의 대궁을 겨누어 몸을 돌리더니 화살을 쏘았다.

비잉. 현악기와 비슷한 소리를 내며 쏘아낸 화살이 땅바닥 아슬아슬한 높이에서 뱀처럼 달리더니 튀어 올랐다.

그것은 노린 그대로 고블린의 무릎에 박히더니—.

"——?!"

박힌 부분을 중심으로 회전, 속이 안 좋아지는 소리를 내면서 그 무릎을 완전히 분쇄하며 빠져나갔다.

만약 주검에 경악하는 기능이 있었다면, 그것을 유감없이 발휘했으리라.

풀썩 무너져 내리는 그 시체를 짓밟고 넘어서서, 모험가들은 더욱이 앞으로, 앞으로.

"대따!"

입에 소도를 문 채 기다란 귀를 위아래로 움직이며, 다음 탄을 제작하는 엘프 궁수.

"징글징글하구나."

그것을 곁눈질한 드워프 도사가 중얼거렸다.

"이래서 엘프랑 전쟁하면 제대로 된 꼴을 못 보는 게다……."

그런 그도 아무런 수도 쓰지 않은 것은 아니다.

후방을 맡은 드워프 도사는 달리면서 촉매가 든 가방으로부터 물 주머니를 꺼냈다.

마개를 뽑아서 넘치는 물은 그대로 땅바닥에 뚝뚝 떨어졌다. —다시 말해서 준비가 되었다.

"《흙의 정령(노움), 물의 정령(운디네), 근사한 잠자리를 마련해 주거라》!"

아무리 죽음을 모르는 자라고 해도, 땅에 발을 붙이고 있는 것은 마찬가지.

리자드맨 승려의 말에 따르면, 모든 것은 뼈를 기초로 삼고 근육을 스프링으로 하는 꼭두각시의 원리다.

문득 땅바닥이 거품을 내면서 질퍽해지더니 다리를 푸욱 집어삼킨다. 그러면 필시 넘어지는 법.

늪 속에서 완만하게 팔다리를 움직이며 발버둥 쳐도 탈출할 수는 없다.

발이 늪으로 푸욱 가라앉아, 진흙을 튀기면서 넘어지면 그 다음에 빠져들게 된다.

버둥버둥. 어린애가 팔다리를 휘두르는 것 같은 꼴이니 그저 가라앉을 뿐이다.

고블린의 주검은 산 자의 냄새에 탐욕스레 몰려들고자 하지만, 차례차례 늪에 빠져들었다.

어린애 정도의 지혜라도 있을 무렵이라면 모를까, 지금 고블린 놈들에게는 그것마저도 없었다.

"카미키리마루! 뒤는 신경 쓰지 말고, 가거라!"

"그래."

한 마디 짧게 응답하고, 고블린 슬레이어는 최전선으로 뛰쳐나갔다.

그는 전방에서 흔들리는 고블린 주검에 검을 던지고, 그 머리에 깊숙하게 칼날을 파묻었다.

뒤집어진 고블린은 뇌수를 흘리면서도 태연하게 앞으로 나아가다가, 뛰어든 모험가와 격돌했다.

목줄기에 원형 방패를 처박은 고블린 슬레이어가 그대로 척수를 때려 부수었다.

"수가 많은 것은 늘 있는 일이지만……."

그는 아직도 움찔거리며 꿈틀대는 고블린의 팔을 밟아서 부수고, 혀를 차면서 썩은 고기를 찢어내 쥐었다.

"죽어서도 귀찮군, 고블린은."

"고블린 슬레이어 씨!"

그리고 여신관의 날카로운 목소리에 즉석 곤봉이 포효를 지르며 응답했다.

흙 속에서 일어서 그의 다리를 붙들려는 고블린 주검의 머리가, 문자 그대로 박살났다.

움푹 패인 머리를 고블린 슬레이어가 걷어차서 날려버리고, 말없이 철 투구를 돌렸다.

역시 적의 수가 많다. 압도적이다.

안개 속, 꿈틀대는 그림자는 아까보다 늘어나서 많아졌다. 마치 한 덩어리의 거대한 괴물 같기도 했다.

—그러나, 늘 있는 일이다.

그것 자체는, 무엇 하나 변함이 없었다.

"…………윽!"

여신관이 그의 등 뒤에서, 양손으로 석장을 꼭 쥐고 필사적인 표정으로 고개를 끄덕였다.

문제없다. 그렇게 판단하고, 일행은 고블린 슬레이어를 선두로 삼고서 안개 속으로 파고들었다.

위로, 위로, 봉분의 정상으로.

잠시 동안, 근육을 때리고 찢어내는 소름 돋는 소리, 거친 호흡, 진흙이 튀어 오르는 소리만 울렸다.

때때로 메아리 치는 함성은, 리자드맨 승려의 전투 함성(워 크라이)이리라.

움직이든 움직이지 않든, 시체는 말이 없는 법이다. 낮게 으르렁거리지만 바람 소리에 뒤섞여 사라진다.

여신관은 이마에서 눈가로 흐르는 물방울에 몇 번이나 눈을 깜빡였다.

안개는 어느 틈엔가 비처럼 온몸에 물방울을 붙이고, 젖어든 신관복이 피부에 달라붙는다.

허벅지에 휘감기는 옷자락을 떨쳐내고 필사적으로 눈앞에 있는 그의 등을 따르지만, 그녀는 긴장에 목을 떨고 있었다.

전투의 행방은, 모두가 살아서 돌아갈 것인가는, 그녀의 가늘고 여린 두 어깨에 걸려 있었다.

성스러운 빛을 동반한 해주(디스펠)의 기도가 통하지 않으면 어찌 될지 생각하기도 싫었다.

이윽고 힘이 다해, 매몰되고, 찢기고, 배가 갈라지고, 존엄이 더럽혀지고, 갉아 먹힌다.

문득 그녀는 아직 그 동굴 안에 있는 것이 아닐까 생각했다.

사실은 그 지저분한 고블린의 소굴에서, 오물더미에 구르면서 죽음을 기다리고 있는 것이 아닐까?

몰려드는 고블린을 공허한 눈동자에 비추면서, 그 너머에서 어리석은 몽상을 보고 있는 것이 아닐까?

다리에 힘이 풀려서 겁먹고 울부짖으며, 떨리는 목소리로 신에게 매달리는 계집아이가, 뭘 할 수 있을까?

기도의 말은 신에게 닿지 않고, 동료는 영혼이 부서지고, 살해당하고, 자신도 그렇게 되는 것이 당연하고—.

"조금 남았다."

그것은 힘내라, 괜찮다. 그런 상냥하고 따스한 격려의 말이 아니었다.

지독하게 낮고, 무기질적이고, 담담한, 짧은 말이다.

"네."

여신관은 문득 주위가 밝아진 것처럼 느끼고, 작은 목소리로 응답했다.

—그래, 아니에요.

작은 가슴에 한껏 공기를 들이고, 심호흡을 한 번 했다. 무척 주제넘은 생각이었다.

기적을 내리는 것은 자비 깊은 지모신이며, 자신은 그것을 대신 휘두르는 것뿐이다.

동료들이 힘내고 있으니, 자신도 한껏 노력할 뿐이다. 분수를 잊어선 안 된다.

그렇게 생각하자 온몸에 응어리진 피의 순환이 스르륵 편해지고 머리도 가벼워졌다.

그래서일까. 여신관은 눈을 깜빡였다.

안개 너머에서. 죽은 자들이 아니다. 뭔가, 묘한 소리가—.

"……읏?! 꺄악?!"

다음 순간, 여신관의 모자가 튕겨 날아가 몇 가닥의 금발과 함께 하늘에서 춤추었다.

목덜미의 솜털이 찌릿찌릿 곤두서는 감촉에 따라, 반사적으로 진흙에 몸을 던진 것이 다행이었다.

날카롭게 바람을 가르는 소리와 함께 날아온 무언가가, 여신관을 덮친 것이다. 그리고 더욱이 또 한 번.

"아, 으……윽?!"

진흙으로 옷을 더럽히며 몸을 숙인 그녀의 입에서 기어코 비명이 흘렀다.

밀쳐진 것처럼 진흙 위를 구른 그녀의 부츠가 커다랗게 패이고, 허벅지에서 피가 뿜어져 나왔다.

가만 보니 신관복도 싹둑 찢어졌다. 그녀의 목숨을 노린 공격임이 명백했다.

길이 잘 든 둔하게 빛나는 사슬 갑옷이 없었다면, 심장에 닿았을지도 모른다.

그리고 세 번째—.

"위다!"

고블린 슬레이어가 쓰디쓰게 말했다.

"고블린이 아니다."

푸악. 근육과 뼈를 끊어내는 소리가 울리며, 썩어가는 팔이 날아가 늪에 가라앉았다.

고블린 슬레이어는 손목만 남은 고블린의 팔을 내던지고, 허리띠에서 녹슨 검을 뽑았다.

그리고 그것을 역수로 쥐면서, 재빨리 여신관 곁으로 가 몸을 숙였다.

"설 수 있겠나."

"괜, 찮아……요……."

석장에 의지해 거칠게 숨을 쉬면서, 여신관은 비틀거리며 일어섰다. 격통에 힘이 풀릴 것 같았다.

고통이 아니라, 비참함과 분함에 눈물이 나왔다. 이래서는 도저히 봉분 위까지는—.

"히약?!"

그렇게 생각했을 때, 여신관의 몸이 둥실 떠올랐다.

고블린 슬레이어가 어깨를 빌려준 것을 깨달을 때까지 한 박자.

"간다."

"아, 네, 네에……!"

허둥지둥 손을 뻗어서 진흙에 떨어진 모자를 주워 든 순간, 다시 날카로운 바람이 불어 닥쳤다.

고블린 슬레이어가 치켜든 검에서 불똥과 함께 붉은 녹이 흩어져 여신관의 얼굴을 더럽혔다.

와, 와. 초조함과 수치로 당혹하는 그녀를 내버려두고, 고블린 슬레이어는 대단히 짧게 말했다.

"부탁해도 되겠나."

물론, 그것에 응답한 것은 그의 — 한순간 생각하고, 철 투구 안에서 숨이 흘러나왔다 — 동료들이다.

"당연하지!"

맨 먼저 응답한 엘프 궁수는 안개 속으로 화살을 당기며 경사를 달렸다.
엘프의 이목, 말을 가진 자들 중에서 가장 뛰어난 감각기관은 이미 보이지 않는 적을 포착했다.
"한순간이었지만, 날개 달린 사람 모양— 아마 생물이야! 돌 같지 않은 거!"
"그러면."
고블린 슬레이어는 짧게 중얼거렸다.
"가고일은 아니군."
그 목소리에 엘프 궁수가 기다란 귀를 파르르 흔들고, 여신관은 다리의 고통도 잊고서 눈을 깜빡거렸다.
"아, 아시는 건가요……?"
"당연하다."
"저것은 마신(데몬)의 일종이구먼."
손도끼를 뽑아 몰려드는 고블린 주검을 때려서 가르며, 드워프 도사가 허둥지둥 따라잡았다.
그는 고블린 슬레이어와 여신관을 지키듯 손도끼를 겨누고, 방심 없이 상공을 노려보았다.
바람을 가르는 소리가 위를 빙글 도는 것을 느끼고 드워프 도사가 얼굴을 찌푸렸다.
아무래도 적이 고블린의 시체에 더해서 늘어난 것이다. 도저히 유쾌한 상황이라고 할 수 없었다.
"길쭉귀야. 전에 해치운 것 있지 않느냐? 그거다."
"……그때랑 움직임이 어쩐지 다른 것 같은데."

"그야 마신이라도 유명한[메이저] 것과 그렇지 않은[마이너] 것이 있느니라."

"에이스나 조커라고 이름이라도 붙이면 될 텐데……!"

그리고 엘프 궁수는 전혀 예비동작 없이 안개 속으로 화살을 쏘았다.

끝이 갈라진 나무 눈 화살촉의 화살이 으르렁거리며 저편으로 사라지더니, 커다란 날갯짓이 그것에 응답했다.

마신이 커다란 날개를 떨쳐서 궤도를 바꾼 것이다. 날아오는 화살을 피하기 위해 반사적으로, 황급히.

그렇다. 화살은 빗나가지 않았다. 엘프의 활은 한 발의 낭비도 없는 활. —다시 말해서, 피하게 만든 것이다.

"지금!!"

"오오!! 영도룡[린타오롱](伶盜龍)이여, 내 도약을 보소서!!"

검고 커다란 그림자가 꼬리를 들어 꿈틀거렸다 싶더니, 안개 속에서 한 번 외치며 뛰어올랐다.

리자드맨의 방식에 따른 기습이다.

"AAAARERRRERERREM?!"

기습을 위해서 계속 입 다물고 있던 마신도, 그 충격에는 견디지 못하고 소리를 질렀다.

전과 마찬가지라는 것은, 싸우는 방식을 그리 바꿀 필요가 없다는 것이다.

리자드맨 승려의 손톱 손톱 송곳니는 이번에도 변함없이 마신을 포착하여 그 등에 달라붙었다.

"AREEEM!! AREEEMEEER!!"

마신이 깨갱거리며 귀에 거슬리는 소리로 비늘 자식을 매도하고,

날개를 떨쳐 하늘로 날아올랐다.

이미 마신의 계획은 완전히 파탄이 났다. 일단 저 나약한 신관 계집부터 처리한다.

그것이 그의 노림수였고, 마신들의 전투의 철칙이었다.

일단 성직자를 낚아채고, 찢어발기고, 누더기처럼 갈기갈기 죽인다.

그러나 이미 일이 이렇게 되면 어쩔 수 없다. 몰살시키는 것은 변함이 없으니, 먼저 이 리자드맨부터 처리한다.

떨궈내고, 땅바닥에 떨어뜨리면 누구든지 죽는다. 이 어리석은 놈을 매장해주마!

"ARRERMERE!!"

"하하하하! 이 진화의 계통수에 속하지 못한 놈!"

그렇지만 아무리 높이 날아올라도, 등과 날개에 박힌 손톱 — 손과 갈고리 손톱 — 이 떨어지지 않는다.

뿐만 아니라, 기어이 가죽을 꿰뚫고 근육을 찢더니 지저분한 악마의 피를 뿜어내게 만든다.

아무리 역경이라도, 리자드맨이 죽일 수 있는 사냥감을 놓치는 일 따위 있을 수 없다.

적자생존. 온갖 의미로 강하고, 살아남는 것이야말로 리자드맨의 정의이며 진리인 것이다.

박쥐와도 비슷한 날개를 붙잡은 리자드맨 승려가 진심으로 유쾌하게 턱을 비틀면서 사나운 웃음을 지었다.

"이러한 날개는, 익룡(프테로닥틸)에게 불경하구나! 도태시켜주마!!"

그리고 그 함성과 함께, 리자드맨의 송곳니가 기어이 마신의 목줄기를 파고들었다.

"ARRRRARARRRRMMM?!?!"

이미 매도의 의미도 담기지 못한 탁한 비명으로 전락했다.

리자드맨의 손톱이 날개 피막을 갈기갈기 찢어내고, 악마의 역겨운 뼈를 붙잡아서 움켜쥐었다.

그리고 기어이 리자드맨 승려의 호완(豪腕)이 마신의 날개를 뿌리부터 찢어내어, 인정도 용서도 없이 내던져 버렸다.

"AARAMM?! ARARAMMMMRREERMMMM?!"

이제는 추락할 뿐이다.

빙빙 회전하면서 지표로 떨어지는 가운데, 마신이 어떤 생각을 했는지는 분명치 않다.

어쨌거나 마신은 피와 비명을 꼬리처럼 길게 끌면서, 유성처럼 대지에 처박혔다.

"화려한 양식이로다."

피어오르는 진흙의 포말로, 반쯤 진흙에 가라앉은 모습이 된 드워프 도사가 중얼거렸다.

"잠깐, 살아 있어?!"

황급히 말을 건 엘프 궁수에게 리자드맨 승려가 쑥 몸을 일으키면서 태연하게 대답했다.

"대단한 일은, 아닐세."

그는 턱에서 지저분한 악마의 피와 살점을 내뱉더니, 부르르 몸을 떨어 진흙을 떨쳐냈다.

듬직한 다리로 아직도 경련하며 발버둥 치고 있는 마신을 짓밟고,

리자드맨 승려는 기다란 목을 돌렸다.

“후환의 염려는 없으니, 가시게!”

“네, 네에……!”

그 말에 여신관이 고통을 견디며 고개를 끄덕이고, 고블린 슬레이어는 말없이 계속 걸었다.

이제는 앞만 보면 되는 것이다. 더 이상 편할 수가 없다.

왼쪽의 여신관을 중시하여, 날카롭게, 짧게, 녹슨 검을 휘둘러 고블린 주검의 다리를 끊어내고 짓밟아 부순다.

몇 마리인가 처리했을 때 검이 절반쯤 부러져서 날아갔지만, 오히려 딱 좋은 길이였다.

역시 검은 이 길이가 좋다. 고블린 슬레이어는 그 검을 들어 전방으로 투척했다.

회전하지 않고 일직선으로 날아간 검은 틀림없이 고블린의 목줄기에 박혔다.

“히약?!”

고블린 슬레이어는 여신관을 들어 올리는 것처럼 파고들어서, 그 고블린을 걷어차 쓰러뜨리고 짓밟아 뭉갰다.

썩은 피와 살점의 냄새, 진흙, 주검에서 풍기는 썩은내, 내장. 모든 것이 평소와 같았다.

그러나 비명은 없고, 이미 죽었을 고블린은 꾸물꾸물 그의 신발 아래서 꿈틀거렸다.

고블린 놈들은 무기도 없이, 공허한 눈구멍을 돌리고 신음하며 양손을 앞으로 내밀고 다가온다.

"마음에 안 든다."

이것은 고블린이 아니다.

역겨운 기색으로 중얼거린 고블린 슬레이어는 거듭된 혹사로 손잡이만 남은 검을 보았다.

무기의 보급이 없다. 그는 신중한 손놀림으로 여신관을 내려놓고 왼손의 방패를 겨누었다.

"갈 수 있나."

"갈……."

여신관은 그 물음에, 발을 땅에 디디고 고통에 신음했다.

"……게요……!"

"좋다."

여신관은 눈가에 스며 나온 눈물을 견디며 고개를 끄덕이고, 한쪽 다리를 끌면서 걸어갔다.

봉분의 정상까지는 이제 조금밖에 안 남았다. 그 짧은 거리가 지독하게 멀었다.

불과 한순간, 미련에 이끌려 돌아본 등 뒤에서는 그가 원형방패를 휘두르고 있었다.

작은 원형 방패. 그렇지만 테두리를 날카롭게 연마한 그것은 도끼칼로 가지를 치는 것처럼 썩은 사지를 떨어뜨린다.

더욱이 그 너머에서 엘프 궁수의 화살이, 드워프 도사의 손도끼가, 리자드맨 승려의 손톱 손톱 송곳니 꼬리가 날뛰었다.

안개는 신기하게도 옅고, 여신관의 눈에는 안개 속에서 펼쳐지고 있는 전투가 잘 보였다.

문득 엘프 궁수가 기다란 귀를 움직이며 고개를 들더니 웃으며 손을 흔들었다. 여신관은 고개를 끄덕였다.

심장이 그곳에 있는 것처럼 아픈 허벅지를 누르며, 숨을 들이쉬고, 내쉬고, 단단히 섰다.

석장에 매달리듯 손을 뻗자, 상처에서 넘친 붉은 피가 손바닥을 따라 자루에 흘렀다.

그것을 여신관은 꼭 움켜쥐었다.

과거에 대륙에서 날뛰었던 병독의 마신이 저주와는 다른 방법으로 주검을 조종했다고 한다.

이번에도 그렇다면— 그런 불안을, 그녀는 작은 가슴에 한껏 숨을 들이쉬어 치워버렸다.

이제는 기도할 뿐이다. 자신이 무언가를 이루는 것이 아니다. 자신은 중개인에 지나지 않는다.

—그러니까, 불안할 것 없어요.

여신관은 마지막으로 지저분한 철 투구의 모습을 보고서 눈을 꼭 감고, 그리고 기도했다.

천상의 영역으로 의식을 접속하여 직접 탄원한다. 경건한 신도의 영혼을 부드러운 손가락이 위무했다.

"《자비 깊은 지모신이여, 어둠 속 길 잃은 우리들에게 성스러운 빛을 베푸소서》……!!"

섬광— 자비 깊고도 선명한 백광이, 마의 안개가 만든 하얀 어둠을 덧칠했다.

§

“……우, 와아.”

사아, 안개가 빗자루로 쓸어낸 것처럼 밀려나간 다음, 맨 먼저 소리를 낸 것은 엘프 궁수였다.

그녀는 미약하게 이끼가 낀 축축한 흙을 차는 것처럼 봉분으로 달려 올라가, 중간에서 주위를 둘러보았다.

하늘은 파랗고, 공기는 맑고, 산들바람에 기다란 귀가 기분 좋게 흔들린다.

방금 전까지 안개로 탁했던 장소하고는 다르다. 온화하고 고요함이 가득한 구릉이 있었다.

군데군데 아무렇게나 흙을 세워둔 기둥이 몇 겹으로 나란히 서 있었다.

엘프 궁수가 바로 옆에도 서 있는 그것을 활로 콕 찌르자, 부드러운 흙이 부스스 무너져 내렸다.

그것이 방금 전까지 꿈틀거리며, 그녀들에게 송곳니를 드러냈던 괴물들의 말로였다.

2년여를 계속 목격하고서도, 신성한 기적이란 것은 여전히 엘프 궁수가 믿기 어려운 일을 일으킨다.

“전부, 흐물거리는 흙더미가 돼 버렸네…….”

“재는 재로, 먼지는 먼지로. 라는 것일세.”

어슬렁어슬렁 묵직하게 몸을 흔들면서 따르는 리자드맨 승려가 느긋한 목소리를 흘렸다.

움직임이 둔한 것도 당연하다. 그는 입가심을 하려는지 식량으로 가져온 치즈를 깨물고 있었다.

입안도 헹구지 않고 먹으면 맛이 이상하지 않을까? 엘프 궁수는 그것이 의문이었다.

“다른 영역의 악마 놈들은 그렇다 치고, 고블린도 죽으면 천지를 돌고 도는 법. 좋은 일이 아니겠는가?”

“아, 그렇지, 상처……!”

그것은 물론 리자드맨 승려가 아니다. 강건함으로 그는 파티에서 제일이다.

묶어놓은 머리칼이 흔들리며, 중간에 있는 드워프 도사의 머리를 두드려서 「이것아」라며 노려보게 하면서도 그녀는 산자락을 달렸다.

“개는 어때?!”

“위에 있다.”

추월당하면서 고블린 슬레이어가 말했다.

“가서 봐줘라.”

그는 고블린의 시체가 변한 흙더미를 무너뜨려서, 그것이 정말로 움직임을 멈추었는지 확인하고 있었다.

“맡겨둬.”

엘프 궁수는 한 마디 하고 더욱이 달려서 순식간에 봉분의 정상에 도착했다.

“괜찮아?!”

“……죄송해요. 시간이 걸려버렸어요.”

그곳에는 다리에 힘이 풀려 주저앉아, 창백한 얼굴로 기특하게 미소를 짓는 여신관이 있었다.

신관복이 커다랗게 찢어졌지만, 사슬 갑옷을 통과한 기색은 없었다.

그보다도 엘프 궁수가 신경 쓰이는 것은, 쭉 내던지듯 뻗은 여신관의 허벅지였다.

상처를 덮어놓은 붕대에 피가 스며 나온 것을 보고, 엘프 궁수는 얼굴을 찌푸리며 팔짱을 끼었다.

"이럴 때 정도는, 자기한테도 기적을 써도 될 텐데."

"아뇨, 아직 무슨 일이 있을지도 모르니까요……."

"……그 녀석이 교육한 폐해야."

버릇없이 혀를 차는 친구에게 여신관이 쓴웃음을 지으며 석장을 짚고 일어서고자 했다.

그러나 아무래도 아픈 다리에 힘이 안 들어가서, 그 움직임이 어린아이처럼 떨리고 미덥지 못했다.

정말이지……. 엘프 궁수가 한숨을 쉬고는, 어쩔 수 없다며 웃었다.

"자, 붙잡아."

"죄, 죄송해요……."

"괜찮아."

송구한 기색을 한껏 품은 모습의 여신관에게 대답하고, 엘프 궁수는 그녀의 몸을 지탱했다.

엘프 궁수도 가늘고 여린 체격이지만, 엘프와 흙은 신체능력이 다른 법이다.

"그건 그렇고."

엘프 궁수는 여신관을 다시 지탱했다.

"그렇게 많던 좀비가 일망타진이네—."

"언데드라면, 저주를 풀면 약해질 테니까요……. 통해서 다행이에요."

그렇게 말하면서 안도하여 작은 가슴을 쓸어내린 소녀는 머리부터 발끝까지 진흙투성이였다.

모자와 예쁜 금발, 하얀 의복에 부츠까지. 진흙 위를 굴렀으니까 어쩔 수 없다지만.

"……정말이지."

볼이나 코끝까지 진흙투성이인 것을 깨닫지 못하고 기쁘게 웃는 그녀를 보자 화낼 기운도 가시기는 했다.

—이건 오르크볼그를 혼내줘야지.

그녀의 눈은 곧장, 드워프 도사와 뭔가 이야기를 하면서 봉분을 올라오는 그의 모습을 보았다.

물론 이 거리라도 그녀의 귀는 동료들의 대화를 들을 수 있었다.

"어떻게 보나?"

"고블린의 사령술사가 있는지 없는지는 모르겠다만, 아까 그 마신이 흑막이라고 단정할 수는 없구먼."

"그런가."

고블린 슬레이어는 뜻밖인 것처럼 말했다.

"마신이란 것은 그런 거라고 생각했다만."

"요전의 미궁에서 팔만 나왔던 상위마신이라면 그럴지도 모르겠다마는……."

드워프 도사는 허리의 술병을 쭉 들이켜고, 사려 깊은 손놀림으로 하얀 수염을 매만지며 하늘을 노려보았다.
"이번에는 말단이니라. 하위 중에서도, 조금 강한 편이구먼."
"고블린으로 말하자면, 시골뜨기(Hob)인가."
"마신을 고블린에 비교하지 말거라."
그는 표정을 찌푸렸다.
"강함은 다르지만, 격은 그런 셈이구나."
"그렇다면, 지시를 내리는 놈이 있겠군……."
"10년 전의 전쟁에서는 그랬었느니라."
10년 전— 이 세상에서 가장 깊은 미궁인 《죽음》의 미궁의 탐색행.
흘러넘치는 《죽음》은 망자의 군세가 되어, 이 사방세계를 마구 어질러 놓았다.
가장 깊은 곳에 도달한 여섯 명의 모험가가 막아낸 혼돈의 야망은 아직도 신선한 기억이었다.
그리고, 이 소귀 살해자의 파티도 지난번에 버려진 그 미궁에 도전했었다.
"허나아, 뭘 노리는지를 알 수가 없구나. 좀비를 만들어서 하는 일이 마을의 습격뿐일지."
"고블린의 수법이군."
"아니로다."
드워프 도사가 부정했다.
"봉분 아래에 무슨 부정(不淨)의 원천이라도 묻혀 있거나 사교의 의식이거나……."
생각하면 끝이 없었다. 무슨 어린애 심부름도 아니니, 확인하려면 손이 부족하다.

“한 번 길드에 보고를 하는 편이 좋겠구먼. 다른 모험가가 조사를 할 게다. 그러면.”

“그래.”

고블린 슬레이어는 고개를 끄덕였다.

“고블린이 아니라면, 내 손에는 벅차다.”

여전히 고블린 고블린하는 대화에 엘프 궁수의 기다란 귀가 쭉 곤두섰다.

“잠깐, 오르크볼그! 좀 더 제대로 보살펴줘야지!”

“미안하다고 생각한다.”

예상대로, 돌아오는 건 무뚝뚝한 대답이었다.

엘프 궁수는 코를 흥 울리고, 사이에 끼게 된 여신관이 「아뇨, 그럴 일은 아니에요」라며 움츠러들었다.

“저, 저는 괜찮으니까요…….”

“몇 번인가 말했지만, 너는 더 화를 내도 된다니까.”

그렇게 말하자 「죄송해요」라며 더욱이 움츠리는 그녀를 보고, 엘프 궁수는 숨을 내쉬었다.

그것을 호기라고 보았는지, 완전히 자연스러운 태도로 드워프 도사가 끼어들었다.

“시끄럽게 화내지 말거라, 모루야. 카미키리마루가 신경 쓰지 않는 게 아니란 것은 알지 않느냐.”

“뭐, 그거야…… 그렇지만.”

“그보다도, 그밖에 움직이는 녀석은 없느냐?”

"없어. 소리가 하나도 안 나. 우리들 말고는."

흐흥. 엘프 궁수가 자신 있게 말하며 자랑스럽게 기다란 귀를 파르르 흔들었다.

"그런고."

엘프의 귀가 좋은 것은 인정할 수 밖에 없으니, 드워프 도사도 응답하며 납득했다.

그렇다면 이번 싸움은 끝난 셈이다.

여신관은 그제야 긴장을 풀고서, 정상에 도착한 고블린 슬레이어에게 고개를 숙였다.

"고블린 슬레이어 씨, 죄송해요. 좀 더 잘 했어야 하는데—."

"……."

고블린 슬레이어는 즉시 대답하지 않고, 엘프 궁수 쪽으로 힐끔 철 투구를 돌렸다.

엘프 궁수는 말없이 「응」 하고 턱짓을 하며, 뭔가 말해주라고 재촉했다.

낮게 신음한 다음, 철 투구가 빙 돌아서 여신관을 보았다.

"……네가 사과할 일이 아니다."

—그것뿐?

아니, 다르다. 여신관도 이제 눈치채가고 있지만, 이 침묵은 그가 말을 찾고 있을 때의 그것이었다.

"잘했다. ……덕분에 살았다."

"으, 네!!"

그저 한 마디. 그것만으로도 그녀에게는 충분했다.

여신관은 표정이 확 밝아지면서 끄덕끄덕, 몇 번이고 고개를 끄덕였다. 수인이었다면 꼬리를 흔들었을지도 모른다.

"어때, 오르크볼그. 조금 예정하고는 다른 전개였고, 보물도 없지만……."

그것을 본 엘프 궁수가 자신만만한 기색으로 「흐흥」 코웃음을 치며 양손을 펼쳤다.

"미지의 괴물, 몰려드는 적을 돌파하고, 기사회생의 대승리! 이게 그야말로 모험이란 거야."

"그래. ……고블린 퇴치가 아니었다."

엘프 궁수는 그것을 듣고 점점 더 기분이 좋아져서 「그럼그럼. 그렇다니까」를 반복했다.

그래서, 그녀는 듣지 못했으리라.

그러나 여신관은 그 희미한 중얼거림을 분명히 들었다.

고블린 슬레이어는 마음에 안 든다는 기색을 숨기지도 않고, 낮은 목소리로 신음했다.

"그렇다면…… 고블린은, 어디 있지."

§

소문보다도 빠른 것은 바람이나 빛이나 벼락뿐이라던가.

"야, 들었냐? 그거, 지모신의……."

"아아, 그거잖아. 고블린의……."

술렁거리는 주점의 소란, 은밀하게 속삭임을 나누는 수많은 말들.

모험가 길드에 병설된 주점에서 그것은 늘 보이는 광경 중 하나다.

근거도 없는데 확신하고, 보고 들은 것도 없는데 다 아는 척.

저열한 구경꾼 근성뿐이 아니다.

이 사방세계에서 정확한 정보란 것은 설령 스스로 확인했다고 해도 알 수 없는 법이다.

환영이나 환술에 현혹되어, 지식이 부족하여 호랑이가 호랑이인 줄 깨닫지 못한다. 혹은 뒤에서 조종하는 어떠한 음모가 있다.

뒷사회에서는 할머니와 식사를 하러 갈 때도 배경 확인을 잊지 말라고 하는데, 정곡을 찌르는 의견이리라.

하물며 그것이 새내기 모험가라면 더욱 그렇다.

그들이 아는 것은 마을의 장로나 부모에게서 들은 수상쩍은 옛날이야기, 동화뿐이니까.

도시에 나와서 즉시 모험가가 되어 여행을 떠난 만큼, 그들은 그나마 용감하고 행동력이 있다.

소문을 주워들을 지혜를 익히지만, 나아가 그 진위를 확인하는 젊은이는 많지 않다.

오히려— 그것은 젊은이에게만 허용되는 특권이리라.

제대로 된 지식이나 경험이 없어도, 자신의 재능만이 모든 것이며— 세상에 용감하게 도전한다.

그것은 어리석고 무모하다고 조소하기에는 너무나 존귀한 것이다.

주점에서 오고 가는 유언비어들은 그야말로 활력의 증거— 이긴 하지만.

"우우우우……."

움직이는 주검으로 전락한 고블린과 그것을 조종하는 마신을 쓰러뜨리고 귀환한 여신관에게는 다르다.

신음소리인지 울음소리인지 구분이 안 되는 소리를 흘리고 엎어진 그녀의 손에는 빈 잔이 있었다.

바로 방금 전까지 하얗던 소녀의 얼굴과 피부도 새빨개졌고, 마시는 기세는 드워프 도사가 눈을 동그랗게 뜰 정도였다.

그녀에게는 보기 드문 — 어쩌면 처음일지도 모른다 — 틀림없는 분풀이였다.

"그, 그렇게 신경 쓸 건 없지 않을까?"

엘프 궁수가, 착하지착하지 하고 위로하는 것처럼 여신관의 동그란 등을 살며시 쓰다듬었다.

"소문 따위는 그리 오래 안 가는 법이야. 금방 잊어버린다니까."

"길쭉귀 놈들의『조금 지나면 사라지는 소문』은『수백 년 이야기가 이어지는 전설』이 아니더냐?"

"그치만 달리 어떻게 말하는데."

드워프 도사가 참견하자 엘프 궁수는 눈과 기다란 귀를 곤두세우고,「괜한 말 하지마」라며 노려보았다.

그러나 드워프 도사는 신경 쓰는 기색 없이 술 단지에서 직접 술을 퍼서, 호쾌하게 벌컥 들이켰다.

여신관을 배려하는 기색이 전혀 없어서 엘프 궁수의 이목이 점점 더 각도가 올라갔다.

드워프 도사는 성적이 안 좋은 제자를 앞둔 스승처럼「어이구야」라며 말을 툭 던졌다.

"가끔은 나쁜 술도 필요한 법이니라. 마시게 놔두거라, 마시게 놔둬. 마음껏 둬라."

"그치만 정도라는 게……."

"빠져들어선 안 되지. 가끔은 토해내는 법이 좋은 게야."

그러고 보면 죄다 끌어안기만 하는 서투른 아가씨였다.

서로 과거의 사정 따위는 모른 채 — 우의를 맺는데 이력서가 필요하던가? — 파티를 짜고서 2년하고 조금 더.

이 소녀가 지모신의 사원에서 고아로 자랐다는 것 말고는, 그는 모른다.

그러나 그래도 자신의 마음이나 행복보다 다른 사람을 우선하는 성향인 것은 잘 알고 있었다.

"카미키리마루한테 조금 어리광을 부리면 될 것인데."

우~우~ 불명료한 말을 웅얼대는 그녀의 가는 어깨를 드워프 도사가 투박한 손으로 가볍게 두드렸다.

그에 대한 대답도 혀가 잘 안 돌아가자, 리자드맨 승려는 유쾌한 기색으로 눈을 돌렸다.

"뭘, 소귀 살해자 선생에게는 허세를 부리고 싶은 걸세."

그러는 그는 커다란 통을 의자 대신 삼아 느긋하게 쉬는 기색이었다.

"조금 더 미숙했다면 순순히 어리광도 부릴 수 있을 테지만, 알껍질이 떨어졌다고 인정을 받고 싶음이라."

그렇다고 무작정 참기에는 견디기 어렵고, 소리쳐대는 건 창피하며, 움직이지 못하는 자신이 한심스럽다.

그래서 이렇게 자신들에게 어리광을 부리는 거라고, 리자드맨 승려는 목을 울리며 조용히 웃었다.

틀림없이 사나운 육식 짐승의 웃음이지만, 동시에 한없이 친애가 가득 담긴 승려의 웃음이기도 했다.

엘프 궁수는 재미없다는 기색으로 코를 흐응, 울리더니 여신관 옆에 붙어서 같이 엎어졌다.

양손을 쭉 뻗은 방만한 자세 그대로, 머리만 데굴 돌려서 시선만 리자드맨 승려를 향했다.

"승려니까 승려답게, 조금 더 함축적인 말을 해줘."

"어허, 그것은 또……."

그렇게 바라보는 눈앞에서, 리자드맨 승려는 생각에 잠긴 듯 자신의 코끝을 혀로 핥았다.

하이 엘프가 술기운이 녹아 든 눈동자, 상기된 표정으로 바라본다. 보통 남자라면 동요하리라.

그러나 리자드맨 승려는 동요하지 않고 차분하고 묵직한 어조로 턱을 열었다.

"멋모르는 잡소리 따위, 신경 쓰지 않으면 되지 않는가…… 소승은 생각하네만."

"……그치만, 거짓말인지 정말인지 알 수야 없겠지만."

엘프 궁수가 하얀 손가락을 쭉 뻗어서 공중에 빙글, 원을 그렸다.

"소문을 흘린 근본적인 녀석이 있을 거잖아? 얘의 선배에 대해서, 악담을 뿌리고 있잖아."

들어주기 어려운 말이었으며, 그녀로서도 결코 남 일이 아니었다.

고향의 동포나 숲을 고블린이 노려서 공격했던 일. 그녀 자신이 고블린에게 밀려 넘어진 경험이 있다.

어지간해서는 과거를 돌이켜보는 기질이 아니지만, 역겨움이 드는 경험이었던 것은 분명하다.

따라서, 엘프 궁수는 그 기다란 귀를 축 한심하게 늘어뜨리고 툭 중얼거렸다.

"상대가 뭘 생각하고 있는지…… 신경 안 쓰여?"

"유언비어는 전쟁의 기법. 주문 같은 것일 리도 없음이라."

리자드맨 승려는 완만하게 고개를 옆으로 젓고, 그 작은 목소리를 날려버리듯 힘차게 말했다.

"적의가 있지만 용기가 없고, 완력 앞에서 입을 다무는 자들임은 별이 내리는 것보다도 분명할 걸세."

"……심한 말을 들어서, 이제 싫다는 생각은 안 들어?"

"그 정도로 꺾일 것이면, 그것은 이쪽이 약했다는 것뿐일세. 따라서, 두려울 것은 없음이라."

딱 잘라 말하는, 평소와 같은 리자드맨 승려의 말.

그 말이 너무하여 엘프 궁수는 「야만조옥」 하고, 삐친 것처럼 입술을 비죽거리더니 키득키득 웃었다.

"이거야 상당히 취했구먼."

"신관 선생과 같이 마셨지 않은가?"

두 남자는 어쩔 수 없다며, 쓴웃음을 섞어 얼굴을 마주보고 어깨를 으쓱거렸다.

여차하면 다른 여성 모험가의 도움을 받아 그녀들을 2층의 숙소에 던져 넣으면 되는 일이다.

그렇다면 오늘 밤은 마시자꾸나— 그때였다.

"자~아, 여기 나왔습니다~아!"

경쾌한 발소리과 함께, 수인 여급이 파티의 탁상에 달려왔다.

손에 든 트레이에 뭔가 김이 피어오르는 철 냄비와 빵 바구니가 하나씩 있었다.

"바압……?"

"오냐, 밥이다 밥. 얼른 비키지 못할꼬. 데인다."

삭 고개를 든 엘프 궁수가 코를 벌름거리면서 「와아」 하고 양손을 들었다.

그 사이에 리자드맨 승려가 팔을 뻗어 아직도 엎어져 있는 여신관의 몸을 살며시 옮겨주었다.

"우……?"

"술만 마시지 말고, 뭔가 위장에 넣지 않으면 탈이 난다네."

그러자 잠에 취한 어린애처럼 「네」 하고 중얼거리더니, 여신관도 주섬주섬 몸을 일으켰다.

그래 봐야 금방 의자 위에 축 늘어져 버렸지만…….

"네~에, 빙어(아이스 피쉬)의 마늘요리(아히요), 나왔~습니다!"

빈 탁상에 수인 여급이 힘차게 나른 것은 대단히 열기를 띤 자그마한 철 냄비였다.

안에는 부글부글 끓어오르는 올리브유, 흐물흐물해질 때까지 익힌 양파, 그리고 작은 생선.

향신료와 마늘로 졸인 그것은 뭐라 말하기 어려운 냄새를 풍기며 리자드맨 승려의 콧구멍을 넓혔다.

물론 그의 경우, 같이 날라온 바구니에 들어간 빵과 치즈 때문일지도 모르지만.

"빙어의 제철은 산란하기 전인 겨울 아니더냐? 괜찮은 게냐?"

드워프 도사가 흥미롭게 냄비를 들여다보더니, 달콤매콤한 김에 눈웃음을 지으며 물었다.

"흐흥."

수인 여급은 형태가 예쁜 가슴을 과시하듯 내밀었다.

"올해는 봄이 추웠잖아요. 알을 밴 빙어가 아직 조금 잡히는 겁니다!"

그렇다면, 이제는 실제로 먹어보는 것뿐이다.

드워프 도사는 자신의 그릇에 생선과 양파를 듬뿍 덜어서, 하후하후 하면서 탐닉했다.

알싸하고 달콤한 맛에, 부드러운 생선살이 부스러지고, 양파의 식감과 어우러져 뭐라 말로 표현하기 어렵다.

엘프 궁수는 처음에는 경계했지만, 이윽고 양파를 먹으면 된다는 걸 깨닫고서 신이 났다.

리자드맨 승려는 빵에 치즈를 올려서, 그것을 냄비에 적셔 입으로 옮기고는「진미」라고 한 마디.

"그래서, 얘는 어쩐 일이야? 누구한테 차였어?"

그리고 여신관은 수인 여급의 지적도 넘기고, 고개 숙인 상태로 우물우물 숟가락을 입으로 옮겼다.

"……뭔가 풀이 죽었길래 가져온 건데."

"그 소문 때문이야. 소~문."

수인 여급에게 눈을 게슴츠레 뜨고서,「뭐가 재밌는 건지 몰라」

하고 엘프 궁수가 불평하면서 입술을 삐죽거렸다.

그것은 딱히 누군가에게 하는 말이 아니라, 소문을 흘리는 어중이떠중이를 향한 시선이리라.

기분 틀어진 것을 감추지도 않는 엘프 궁수에게, 수인 여급은 태연한 기색으로「아아」하고 고개를 끄덕였다.

“뭐, 나도 별로 좋게 들리진 않는데, 귀가 밝은 사람들은 벌써 움직이고 있는 모양이야.”

“그것은 어떤 연유인가?”

문득 빵과 치즈를 깨물다가 말고, 리자드맨 승려가 날카로운 어조로 말에 끼어들었다.

설마 그가 반응할 줄은 몰랐는지「응~?」하고 수인 여급이 말랑한 손바닥으로 볼을 문질렀다.

“그게 말야, 지모신의 사원이 아니라 우리 와인을 사지 않겠냐고 물의 도시에서 주조상이 왔었어.”

“상인인고…….”

“그건 그렇고 움직임이 빠르군.”

“뭐, 우리 아저씨는 거절했지만.”

그럴 법도 하다. 레아 요리장은 사람들을 좋아하는 성질이며, 실력이 좋고 신용할 수 있는 인물이다.

스스로 보고 듣고 혀로 확인한 것과, 갑자기 솟아나온 소문과 상인은 무게를 두는 장소가 다르다.

물론— 그러한 시류, 유행에 올라타는 편이 좋은 결과를 내는 일도 있는 법이다.

다시 말해서 자신의 입장 문제다.

살아가는 것도 죽는 것도 종이 한 장 차이. 모험가도 상인도 그것은 변함이 없다.

“술사 선생은 어찌 보시는가?”

“나한테 물어봐도 대답은 안 나온다, 비늘 친구.”

그 입장을 정하고자, 드워프 도사와 리자드맨 승려는 재빨리 말을 나눴다.

어제오늘 흐르기 시작한 화제에 이토록 기민하게 반응할 수 있는 것일까?

그러나 뒤가 구린 부분은, 상인이라면 없는 편이 이상하다.

거금이 움직이는 곳이 있으면, 뒤에서 어둠의 해결사(러너) 놈들이 은밀하게 그림자 속을 달리는 법이다.

돈 계산에 손익 계산, 금화에 대한 것이라면 드워프의 지혜가 나설 영역이긴 하지만…….

—알 수가 없구나…….

아직 술이 부족하다. 드워프 도사는 깊게 고개를 끄덕이고 잔에 지모신의 포도주를 따라 벌컥 마셨다.

“그건 그렇고, 그 뭔가 이상한 사람은 어쩌고.”

잠시 생겨난 대화의 틈에 수인 여급이 「정말—」 하고 허리에 손을 대며 끼어들었다.

“이럴 때야말로 애를 챙겨줘야지—.”

“고블린 슬레이어 씨는…….”

문득 여신관이 작고 낮은 — 어쩐지 그가 연상되는 — 잘 울리는 목소리로 말했다.

"……평소처럼 보고하고, 돌아가버렸어요."

수인 여급은 「아이코」라며 말랑한 손바닥으로 이마를 두들기더니, 하늘을 우러러 보았다.

—정말이지. 그 이상한 사람은 이렇다니까!

§

"고블린이 아니었다."

"어머, 그랬었나요?"

"시체였다."

말한 다음, 그는 덧붙였다.

"움직였다."

"그렇군요, 고블린 좀비로군요……. 그밖에는?"

묻자, 그는 철 투구를 기울였다. 생각하는 것처럼 입을 다문다. 한 박자.

"악마가 있었다."

"악마."

"붉었다."

말을 마치고, 그는 생각난 것처럼 덧붙였다.

"하늘을 날았다."

그렇군요. 접수원은 짧게 고개를 끄덕이고, 카운터 위의 보고서에 펜을 움직였다.

모험가의 보고를 듣고서 서류를 만드는 것은 모험 뒤(애프터 세션)에 길드가 할 일이었다.

등급 승진의 심사 기준— 이른바 경험점에 반영되는 것이니, 그것도 당연하다.

물론 고약한 자는 자신의 활약을 과장해서 보고한다…… 그런 일도 있으니까 방심은 금물.

길드 직원도 모두 신용할 수 있는 건 아니지만, 신용을 심사하는 것이 그들의 역할이다.

—그렇지만.

접수원은 남몰래 숨을 흘리며, 살며시 맞은편의 철 투구 안쪽을 훔쳐보았다.

—이 사람은, 승급할 생각도 없다니까요.

그렇기에 다소 잡담을 할 기회도 생기니, 이건 조금 이득일까?

물론 공사혼동은 좋지 않고, 일도 대충 할 생각은 터럭만큼도 없지만—.

"왜 그러나."

"아, 아뇨, 아무것도."

문득 말을 걸자, 접수원은 땋은 머리채를 흔들면서 고개를 옆으로 저었다.

펜이 멎어 있었으리라. 혹은 바라보는 것을 깨달았을까?

접수원은 창피함을 감추는 것처럼 어흠 헛기침을 하고서 억지로 화제를 바꾸기로 했다.

"그래서, 저기…… 어떤가요?"

"뭐가 말인가."

"그 아이."

접수원이 배려하듯 눈을 깔았다.

"소문이, 흐르고 있잖아요."

여신관— 아직 앳된 생김새가 남은 소녀도 모험가가 된지 벌써 2년. 17세가 되었다.

여성으로서 성숙해지는 한편, 모험가로서도 성장하여 이제 곧 다시 승급 이야기도 나온다.

그럴 때— 고블린과 연관된, 불명예스러운 소문이 흐르기 시작한 것이다.

여동생처럼 생각하고 있고, 소중한 친구이며, 중견 모험가가 되려는 귀중한 인재.

공사혼동이 아니라, 공사가 같은 방향을 향한 이상 이것은 접수원으로서 그냥 넘어갈 수 없었다.

"……그렇군."

질문을 들은 고블린 슬레이어는 철 투구 안쪽에서 낮게 말했다.

"풀이 죽은 것 같다."

"……잘 보살펴 주셔야 해요?"

"내가 말을 걸어도, 그다지 의미는 없겠지."

고블린 슬레이어는 천천히 철 투구를 좌우로 흔들었다.

"너는 무사했으니까 신경 쓰지 마라. 이런 말에 무슨 의미가 있나."

"그거야 뭐, 그럴지도 모르지만요……."

접수원은 돌이켜보았다. 여신관의 첫 모험.

길드에서 만난 동료들. 아직 서로에 대해 아무것도 모르고, 꿈과 희망과 정의감으로 돌진한다.

생각이 없다. 어리석다. 그렇게 바보 취급을 하는 건 쉬운 일이지만, 그렇지 않을 것이다.

모험가라면 누구나가 품고 있는 존귀한 무엇인가가 있었을 것이다.

그저 단순히, 그것을 키워가기 전에 짓밟혀버렸을 뿐이다…….

그리고, 홀로 살아남아버린 모험가. 또다시 고아가 되어버린 그 소녀.

그녀가 일어서고 걸어서 앞으로 나아갈 수 있는 것은, 그저 그와 동료들이 있기 때문이었으리라.

『그러니 너는 신경 쓸 것 없다. 소문이 도는 건 네가 아니니까.』

—그것은 분명히, 아무 구원도 되지 못할지도 모른다.

스스로 일어서서 움직이지 않는 한, 상황은 아무것도 변하지 않는다. 그는 그렇게 믿고 있으리라.

그래서 접수원은 깃털 펜을 살며시 내려놓고, 꾸민 것과는 다른 태도로 부드럽게 볼을 풀었다.

"괴로울 때 누군가가 무언가를 해주는 건…… 의외로, 기쁜 일이랍니다?"

그것은 예를 들어, 산더미 같은 의뢰에 파묻혀 있을 때 받아주는 사람이 나타났을 때라거나.

혹은 축제의 밤에 괴한의 습격을 받았을 때, 그것을 구해주는 누군가가 나타났을 때라거나.

"……그런가."

고블린 슬레이어는, 곱씹는 것처럼 말한 다음 문득 입을 다물었다.

그리고 깊고 깊은 숨을 내쉬고, 조용히 중얼거렸다.

"역시 나는, 잘 모르겠다."

접수원은 그 뒤로 잠시 고블린 슬레이어의 보고를 듣고 보고서를 작성했다.

"그럼 가지."

그것이 끝나고 그가 일어서더니, 짤막하게 말하고 성큼성큼 묵직한 발걸음으로 걸어갔다.

고블린 슬레이어는 문득 멈춰 서서, 주점 쪽으로 철 투구를 돌렸다.

그곳에는 술로 얼굴이 빨개진 여신관이 동료들에게 둘러싸여 이래저래 보살핌을 받고 있었다.

잠시 멈춰 서서 그것을 바라본 다음, 그는 천천히 길드를 등졌다.

접수원은 앞뒤로 흔들리며 움직이는 문을 보고 깊은 숨을 내쉬었다.

§

"있지, 잠깐…… 여기!"

길드의 문을 지나 밤공기에 몸을 드러낸 직후, 문득 누군가 고블린 슬레이어의 팔을 붙잡았다.

건물의 그림자로 이끌리면서, 팔을 떨쳐내고 상대를 확인했다.

낡은 누더기 같은 외투를 머리부터 쏙 뒤집어쓴 사람 모양의 생물.

—고블린인가?

아니, 틀리다. 키가 크고 목소리가 높다. 그는 방심하지 않고 검에 손을 대고서, 허리를 깊숙하게 낮추었다.

철 투구 안에서 눈만 움직여 주위를 확인했다.

길드 뒤편, 공방이나 주방을 위한 물자가 쌓여 있는 자재 적하장.

그녀를 도우며 자주 오는 장소. 지형은 익숙하다. 움직일 수 있다. 문제는 없다.

"뭔가."

"……그렇게 낮은 목소리 내지 말아줘."

외투의 인물은 난처한 기색의 웃음 섞인 소리로 응답했다.

"모르는 사이도 아닌데."

"그러면."

고블린 슬레이어는 발치를 발끝으로 확인하면서 말했다.

"외투를 벗어라."

상대는 그 말에 작게 숨을 내쉬고, 포기한 것처럼 외투를 걷어냈다.

곧장, 검게 파도치는 바다 같은 머리칼이 흘러내리고 갈색의 피부가 드러났다.

"일단 이래봬도 신경을 쓴 건데 말이야……."

포도 여승은 그렇게 말하고, 굳어진 볼을 손가락으로 긁적이며 살며시 눈길을 피했다.

고블린 슬레이어는 천천히 허리의 검에서 손을 떼고 자세를 고쳤다. 경계할 필요는 없다.

"고블린인줄 알았을 뿐이다."

"그거 비꼬는 거야?"

"아니."

고블린 슬레이어는 고개를 젓고, 잠깐 입을 다물었다. 그리고 조용히 말했다.

"그런 의도는 없다."

"그래."

포도 여승이 중얼거리더니 얼굴을 찡그리며 웃었다.

"그 정도로 시원스레 말하니 기분이 좋네."

"그런가."

"응, 그래."

그리고 잠시 대화가 끊어졌다.

포도 여승은 어색한 기색으로 굽이치는 머리칼을 매만지고, 고블린 슬레이어는 다음 말을 기다렸다.

"……있잖아."

"뭔가."

결심하고 말을 하자마자 대답하자, 포도 여승은 한순간 「우」 하고 말문이 막힌 모양이다.

어흠, 그녀는 가볍게 헛기침을 하고서 꺾여가는 자신의 용기를 쥐어짜냈다.

어떤 일이든 정면으로 바라보며 시작해 버리면 벗어날 수 없는 법이다.

"……우리 애, 어떤 느낌인가 싶어서."

"어떤 느낌."

고블린 슬레이어는 중얼거렸다.

"이라면."

"그게, 모험할 때 무리를 하는 거 아닌가, 뭐 그런 거……."

포도 여승은 뭔가 중얼중얼 변명처럼 말한 다음, 툭 중얼거리듯 말을 이었다.

"자의식과잉일지도 모르지만, 그게. 내 소문 때문에 폐를 끼치는 게 아닌가, 싶어서."

고블린 슬레이어는 금방은 아무 대답도 하지 않았다.

그는 철 투구 안에서 입을 다물고, 목을 울리면서 낮게 신음했다. 어떻게 대답하면 될까, 알 수가 없었다.

"잘."

그는 또 다시 말을 끊고서, 자신의 말을 강하게 곱씹었다.

"하고 있다고 생각한다만."

"……그렇구나."

응, 포도 여승이 고개를 끄덕이고, 살며시 등 뒤의 나무 상자에 몸을 맡기며 기댔다.

긴장이 풀린 걸까? 고블린 슬레이어에겐 힘이 빠진 것처럼 보였다.

"그렇구나. 응, 잘 하고 있으면 괜찮아. 그러면 됐어."

혹은—.

"기껏 요즘 잘 나가고 있잖아. 내 탓에 뭔가 트집이 잡히면, 싫어서. 미안하잖아."

혹은, 괜찮을 거라고 반복했던 누나의 미소처럼, 그에게는 보였다.

"트집 따위 잡히겠나."

고블린 슬레이어는 무심코 말해버렸다. 그 힘찬 말에 포도 여승이 눈을 깜빡였다.

"트집 따위, 잡히겠나."
"……그러면, 괜찮아."
그렇게 말한 포도 여승은 외투를 쓰고서, 무너질 것 같은 미소를 어둠 속으로 감추었다.
"그러면, 나는 이만 갈게."
"……."
고블린 슬레이어는 철 투구를 돌려서 불빛이 밝혀진 주점의 창을 가리켰다.
"괜찮겠나."
"괜찮아."
포도 여승은 고개를 옆으로 저었다.
"폐를 끼치기 싫다니까."
"그런가."
"그런 거야."
그럼 안녕. 한 마디 하고서, 그녀는 훌쩍 손을 흔들며 밤의 어둠 속을 종종걸음으로 달려갔다.
스쳐 지나는 모험가들이 지모신 사원의 복장을 보고서, 그 모습을 힐끔 눈으로 좇았다.
그들이 은밀하게 나누는 속삭임이 철 투구 안까지 들리는 것 같은 생각마저 들었다.
고블린 슬레이어는 낮게 신음하고 쌍둥이 달이 떠오른 하늘을 노려보더니, 아무 말 없이 걷기 시작했다.

§

봄인지 여름인지 가을인지 알 수 없는 대단히 애매하고 뿌연 밤이었다.

신기하게 바람이 불 기척도 없고, 공기가 걸쭉하게 뭉쳐있었다.

별빛은 미덥지 못하고, 붉은 달의 빛은 약하며, 녹색 달만 황황하게 빛나고 있었다.

고블린 슬레이어는 별을 읽지 못한다. 천상의 움직임에서 숙명과 우연을 읽어낼 수는 없었다.

그래서 그는 그 이상 하늘을 우러러보지 않고, 그저 발치만 바라보며 계속 걸었다.

마음에 안 들었다.

모든 것이 마음에 안 들었다.

메마른 흙 길을 걸어가고 있는데도, 그의 발치는 진흙을 나아가는 것처럼 무겁다.

한 걸음씩, 한 걸음씩. 끈적한 흙에서 장화를 떼어내 대지를 짓밟듯 앞으로 나아갔다.

저 멀리에 이미 목장의 불빛이 보이고 있을 것이다.

그러나 그는 그쪽으로 철 투구를 들 생각도 안 들어서, 별이 아니라 진흙을 내려다보고 있었다.

그것은 너무나도(잇츠 어 롱 로드) 먼 길이다. 언제였는지, 스승이 그런 노래를 읊조리고 있었다.

길은 하염없고, 어디까지나 이어지는 것 같아서 도저히 돌아갈 수 있을 것 같지 않았다.

도시의 소란과, 돌아가야 할 집의 불빛과, 광야 틈의 어둠에 남겨진 것 같았다.

이미 기억의 안쪽 깊숙한 곳에 집어넣은 그날 밤의, 마루 아래의 냄새가 풍기는 생각마저 들었다.

그는 아무 말 없이, 이를 악물었다.

모든 것은 기분 탓이다. 인식해야 할 것은 지금 눈앞에 있는 것으로 충분하다. 모든 것은 끝난 일이다.

"——."

그래서 그 소리를 듣고서야 간신히, 그는 고개를 들 수 있었다.

몇 번이고 걸어온 길이다. 그런데 오늘 밤에는 존재하지 않았던 소리가 들렸다.

그것은 덜컹덜컹 사양하지 않고 소리를 내며 돌아가는 바퀴 소리였으며, 소란스런 발굽 소리였다.

목장 쪽에서 이쪽을 향해 흔들리는 불빛이 움직이고 있었다.

—마차로군.

고블린 슬레이어는 허리의 검에 손을 대며 길을 비키듯 한 걸음 물러섰다.

지저분한 모험가 따위 볼 가치도 없다는 듯, 2두마차가 그의 옆을 지나쳤다.

별과 달빛 아래, 어둠의 장막에 휩싸여 있어도 호화로운 마차라는 걸 알 수 있었다.

마부의 차림새가 좋고, 거창한 동작으로 고삐를 다루며 모자를 누르고 있었다.

도시 쪽으로 물러가 검은 물감으로 덧칠한 것처럼 사라지는 마차를 노려보며, 그는 고개를 옆으로 저었다.

정말로, 마음에 안 드는 일투성이다.

§

"……오오, 돌아왔군."

그리고 더욱이 시간을 들여 목장 입구에 도착한 그에게 낮고 온화한 목소리가 날아왔다.

철 투구를 돌리자, 목장 주인이 어슴푸레함 속에서 문 옆에 기대어 서 있었다.

"어쩐 일이십니까?"

"외양간을 좀 보러 왔지."

변명처럼 말한 다음, 목장 주인은 가만히 그를 바라보더니 몇 번인가 입을 열었다가 닫았다.

그리고 잠시 망설인 다음, 포기한 것처럼 무난한 말을 했다.

"늦지 않았나."

"아뇨."

그는 조금 생각한 다음 천천히 말을 골랐다.

"마차가 왔었던 모양입니다만."

"아아."

목장 주인이 고개를 끄덕이고, 지독하게 기분 틀어진 기색으로 고개를 좌우로 흔들었다.

“물의 도시에서 온 주조상이야. 꽤 큰 상점이더군.”

“주조상.”

“밭일에 힘을 실어서 이 근처를 보리밭으로 만들지 않겠냐, 라더군. 맥주를 만들고 싶다고 말이야.”

“…….”

그는 철 투구 아래서 낮은 소리를 흘렸다.

그것이 좋은 이야기인지 나쁜 이야기인지. 그는 알 수 없었다.

알 수 없는 자가 참견을 해서 좋을 일이 아니다. 목장 주인과 그녀의 문제였다.

그가 멋대로 의견을 말해서 좋을 일이 아니란 것을, 그는 알고 있었다. 그럴 셈이었다.

“……거절했네.”

그래서 목장 주인이 그렇게 말했을 때, 그는 저도 모르게 자기 입에서 숨결과 함께 긴장이 흘러나오는 걸 깨달았다.

어째선지는 잘 몰랐지만, 마음속에 대단히 조용한 것이 가득 차는 느낌이었다.

“새로운 일을 하는 것이 영리한 것도, 낡은 일을 계속하는 것이 견실한 것도 아니지만…….”

목장 주인은 팔짱을 끼고, 뭐라고 말해야 하나 고민하듯 별을 올려다보았다. 그도 따라서 하늘을 보았다.

아플 정도로 반짝거리며 빛나는 별들과 쌍둥이 달의 빛. 철 투구의 면갑 안에서 그는 눈을 가늘게 떴다.

그런 그의 모습을 목장 주인이 곁눈질로 힐끔 보더니, 잠시 지나 조용하게 입을 열었다.

"……이 생활이 마음에 들거든."

"……네."

그는 천천히 고개를 끄덕였다. 이것에 대해서는 자신 있게 말할 수 있었다.

그가 진심으로 자신을 가지고 말할 수 있는 몇 안 되는 일 중 하나였다.

"좋은, 목장이라고 생각합니다."

"……그런가."

목장 주인이 툭 중얼거린 다음, 다시 한 번, 억양이 없는 기색으로「그런가」라고 말했다.

"……그 애가 저녁을 만들고서 기다려."

"네."

"먹고서, 자버리게."

그렇게 말한 목장 주인이 천천히 등을 돌리고, 아까 둘러보았을 외양간으로 걸어갔다.

"일 마치고 온 참이니. ……몸이 밑천 아닌가?"

"……네."

"푹 쉬어."

"네."

그는 다시 한 번 짧게 중얼거리고, 목장 주인의 등을 배웅했다.

문득 코를 움직이자, 우유를 졸이는 달콤한 냄새가 어디선가 풍겼다.

철 투구를 돌린 그는 천천히 집의 문을 향해 걷기 시작했다.
그 발걸음은, 아직 무거웠다.

§

그녀는 아무 말 없이, 그가 스튜를 묵묵히 먹는 것을 지켜보고 있었다.

맞은편에 앉아서, 양 볼에 손을 대고서 턱을 괸 채—.

다만 평소와는 표정이 달랐다.

평소에는 언제나 어쩐지 기쁜 기색으로 생글생글 웃고 있는 그녀가, 오늘은 보기 드물게 그렇지 않았다.

잠시 묵묵히 스튜를 숟가락으로 떠서 투구 틈으로 흘려 넣어 홀짝이던 그가 낮게 신음했다.

치지지 등불의 심지가 타오르는 소리. 카나리아가 졸린 것처럼 지지배배 우는 노래. 멀리 외양간에서 불평불만.

바람이 불고, 밤의 기운이 강해진다. 문득 바깥을 보니 창밖에 별과 달도 구름에 가려지고 있었다.

그리고 그는 숟가락을 달칵 놓더니, 체념하고 조용히 입을 열었다.

"무슨 일이라도, 있나."

"그거, 내가 할 말인데?"

음. 소리가 입에서 흘렀다. 그녀는 기가 막힌 기색으로 숨을 내쉬었다.

그는 철 투구 안에서 눈을 감았다. 그녀에게는 이 투구와 면갑 따위, 아무 의미도 없는 것이다.

그것은 때로는 당혹을 부르고, 심장을 찌르는 것 같은 일도 있었다. 그러나…….

—다 그런 법이군.

그녀는 언제나 **그랬으니까**, 오히려 후련할 정도였다.

오히려 간파 당했다는 것을 깨닫고서도 얼버무리려는 자신이 우스꽝스럽다. 기가 막히는 것도 당연하다.

"일 때문에 그런 건 아니겠지."

그녀가 말했다.

"무슨 일이 있었어. 다른 사람 일로?"

그는 한 번 입을 열었다가 닫았다. 숨을 들이쉬고, 내쉬었다.

가만히 이쪽을 바라보는 그녀의 눈동자가 투구의 면갑 틈으로 보인다.

똑바로, 모든 것을 꿰뚫어보는 것처럼, 그러나 이쪽의 말을 기다린다.

이윽고 그는 결심하고서 짧게 자신의 말을 입에 내었다.

"망설이고 있다."

"너 치고는, 드문 일이네."

"그래."

스승이 들었다면 뭐라고 했을까? 아니, 말도 않고 때렸거나 조소를 보냈을까?

행동해라. 그것이 바로 스승의 가르침이다. 하고자 결정하고 움직인 시점에서 이긴 것이다.

하지 않으면 아무것도 못 된다.

할 수 있는지 없는지는 제쳐두고, 할 것인가 아닌가는 모두 자신의 재량 하나에 달렸다.

물론 그래서 실패하면 웃음거리가 된다. 그 말도…….

—입이 마르도록 하긴 했었군.

나는 무엇을 망설이는 것일까?

그는 그녀의 시선에서 벗어나려는 것처럼, 반쯤 양이 줄어든 수프 접시에 눈길을 떨구었다.

“도와주고 싶다. 그렇게 생각하는 일이 있었다.”

“……응.”

“그러나, 한다고 해도, 수단을 모르겠다.”

입에 담고서, 실감했다. 하는 건 좋다. 그러면 어떻게 해야 할까?

고블린 퇴치는 얼마나 단순한 일이었던가? 쳐들어가서, 죽인다(핵 앤 슬래시). 그것뿐이다.

그것을 위해 어떻게 하면 되는가? 그는 알 수 있다. 언제나 생각하고 있다. 그러나…….

—이번에는, 그럴 수도 없군.

어쩔 줄 모를 법도 하다. 이제 와서 통감했다.

고블린 놈들이 약탈만 하는 것도 이해가 된다. 물건을 만들면 된다. 하지만, 어떻게?

그런 것에 머리를 쓰는 것은— 대단히, 어려운 일이다.

그리고 고블린 퇴치라면 최악의 경우 자신의 목숨 하나만 걸렸다.

동료 — 라고 생각하고서 그는 낮게 신음했다 — 의 목숨도 리더로서 짊어지고 있지만, 단독일 때는 다르다.

이번에는 그렇지 않다.

자기 일이 아니다. 고블린에 대해서도 아니다. 실패의 책임을 지는 것이 자신이 아니다.

애당초 만능이 되었다고 생각지 않았다. 스스로 할 수 없는 일은 수없이 많다.

그러나, 그래도 자신이 가진 패가 너무나도 적은 것을 실감하는 것은— 싫은 일이다.

알고는 있었지만, 역시 나는 대단할 것 없는 평범한 남자다.

바닥 아래에 엎어져 있을 때와, 아무것도 변한 것이 없다—.

"……응, 그럴까?"

살며시, 그녀의 말이 마음속으로 들어왔다.

"……."

그는 멍하니 수프 그릇에서 시선을 올려, 믿을 수 없는 것을 보는 것처럼 그녀를 보았다.

그녀는 고민스럽게 고개를 갸웃거리고, 생각하면서 생긋 미소를 지었다.

"나는 잘 모르겠지만, 그거 어려운 일이지?"

"……아마도."

"그러면……."

그 목소리는, 참으로 단순명쾌하게 선을 그었다.

"언제나 네가 하던 대로 하면 되잖아."

"언제나 하던 대로."

"그러니까, 있는 힘껏, 말이야."

그는 말문이 막혔다. 그녀는 아무것도 아닌 것처럼 말하며 그저 웃고 있었다.

그것은— 그것은 정말로, 당연한 것이리라.

그녀가 보기에, 그는 언제나 그렇게 움직이고 있었다.

그는 마음속으로 10년 이상 이전의 바닥 아래 웅크리고 있던 소년에게서 눈길을 돌리고, 천천히 고개를 끄덕였다.

"……그런가."

"그런 거야."

"……그렇군."

그는 다시 숟가락을 집었다.

스승이 들었다면 뭐라고 했을까? 아니, 말도 않고 때렸거나 조소를 보냈을까?

배우는 게 느린, 변변찮은 학생이었다. 그는 철 투구 안에서 희미하게 입가를 풀었다.

그것을 깨달은 것처럼, 그녀가 더욱이 짙게 웃으며 조용히 자리에서 일어섰다.

"한 그릇 더, 먹을래?"

"먹지."

§

"다녀와—!"

그래. 한 마디 짧게 답하고, 고블린 슬레이어는 목장을 등졌다.

밤사이 비가 내렸는지, 아니면 그저 아침 안개인지.

풀이 촉촉하게 빛나고 하늘은 눈이 아플 정도로 푸르다.

고블린 슬레이어는 투구의 면갑에 비추는 것처럼 태양과 하얀 구름을 바라보고, 천천히 걷기 시작했다.

오늘은 드물게 그녀가 「같이 가자」라고 하지 않았다.

"그러는 편이 좋잖아?"

고개를 갸웃거리며 물어보자, 그는 뭐라고 말해야 좋을지 알 수 없었다.

아마도, 알고 있는 건 그녀일 것이다.

그래서 그는 순순히 따랐다. 언제나 자신보다도 다른 사람들이 매사를 잘 알고 있다.

울타리를 따라서 길을 나아가자, 저 멀리 소를 데리고 걷는 목장 주인의 모습이 보여 그는 투구를 숙였다.

대답이 있었는지 아닌지는 안 보였다. 그러나 굳이 그것을 확인하지는 않았다.

축축하고, 그러나 햇살을 받아 따스해지기 시작한 흙 길을 묵묵히 나아갔다.

잠시 지나서 가도로, 그리고 변경 도시에 뻗은 길로 이어지며 사람도 늘어났다.

어렸을 무렵, 모험가가 되고 싶다고 생각했을 때부터 걷고 싶었던 길이다.

길드에 등록한 다음부터는 도시에 있을 때는 매일 같이 다닌 길이다.

의식하지 않고도 걸을 수 있는 길을, 고블린 슬레이어는 생각에 잠기며 걸었다.

인파 속을 슥, 반쯤 몸을 젖혀 빠져나가며 똑바로 길드에 갔다.

그 스윙 도어를 밀어서 열고 들어가기 전에, 그는 문득 멈춰 서서 시설을 올려다보았다.

생각해 보면— 새삼 이 건물을 본 적이 있었을까?

벌써 7년이 되는가—.

"……안 들어가시는 건가요?"

등 뒤에서 누가 말을 걸자, 고블린 슬레이어는 천천히 철 투구를 돌렸다.

돌아보니 그의 그림자에 숨은 것처럼 서서 키득, 미소를 짓는 익숙한 접수원 아가씨의 모습이 보였다.

팔에는 소중하게, 새로운 잉크병에 깃털 펜 같은 물건들을 몇 개 안고 있었다.

"지각한 건 아니랍니다?"

시선을 깨달은 접수원은 들뜬 목소리로 가르쳐주었다.

"임시 심부름이에요. 아무래도 뚜껑이 느슨했었는지 잉크 재고가 말라 버렸던 모양이에요."

고블린 슬레이어는 뭐라고 해야 할지, 말을 공중에서 찾으며 낮게 신음했다.

"아니."

부정은 했지만 그는 뭐가 「아니」인지 짐작도 못했다.

"그냥, 보고 있었을 뿐이다."

"그런가요. ……매일 보시지 않나요?"
"그래."
우음. 접수원은 생각에 잠긴 것처럼, 단정한 가슴에 짐을 끌어당겼다.
올려다보는 시선으로, 투구의 면갑을 꿰뚫어보는 것처럼 고블린 슬레이어에게 시선을 돌렸다.
"……하지만 분명히, 매일 보고 있어도 가만히 바라본 적은 없네요."
"그런 건가."
"그런 거예요."
뭐가 즐거운지, 접수원이 생글생글 웃으며 몇 번이나 고개를 끄덕였다.
"그런가."
고블린 슬레이어는 다시 한 번 중얼거리고, 접수원을 보고, 길드에 시선을 돌렸다.
길드의 건물은 무엇 하나 변하지 않았다.
아니, 애당초 처음을 기억하지 못한다. 변했다는 생각마저 못하리라.
그는 그렇게 잠시 길드의 건물을 본 다음, 고개를 옆으로 젓고 또다시 접수원에게 투구를 돌렸다.
"아마도."
그는 짧게 말하고, 말을 곱씹었다.
"오늘, 내일은 고블린 퇴치를 못한다."
"어머."
접수원은 괜히 눈을 크게 뜨고서 놀란 식으로 말했다.

"쉬시는 건가요?"

"그런 것은 아니지만……."

"……후후, 그런가요. 난처하네요……."

우웅. 접수원은 얼굴에 웃음을 붙이고, 당황한 것처럼 머리채를 손가락으로 매만졌다.

고블린 슬레이어는 뭐라고 해야 할까 생각하고, 입을 열었다. 그러나 말이 안 나왔다.

"그런가……."

간신히 쥐어짜내서 흘러나온 것이 이 짧은 말이었다.

거의 의미가 없는 그 말에 접수원은 드디어 키득키득 소리를 내어 웃었다.

"괜찮아요."

철 투구 안에서 고블린 슬레이어는 눈을 깜빡였다.

"딱히 고블린 슬레이어 씨 한 명에게만 전부 맡기고 있는 것도 아니니까요."

걱정 없어요! 접수원은 그렇게 말하고 형태가 예쁜 가슴을 자신 있게 내밀었다.

"그러니까, 이쪽은 신경 쓰지 마세요!"

"그런가."

고블린 슬레이어는 안도의 숨을 내쉬었다.

"되도록, 빨리 끝내지."

"네. 그건 그렇더라도, 도와주시면 무척 힘이 되니까요."

접수원은 미약하게 볼을 물들이면서 말하고, 생쥐처럼 총총 달려갔다.

그리고 스윙 도어 앞에서 빙글, 머리채를 꼬리처럼 휘날리며 그를 돌아보았다.

"무슨 일을 하시는 거든, 열심히 해주세요! 응원, 할 테니까요!"

"그래."

고블린 슬레이어는 짧게, 낮게, 담담하게 대답했다.

그것을 기쁘게 받아들이고, 접수원은 춤추는 것처럼 길드 안으로 사라졌다.

그는 그 등을 배웅하고, 흔들리는 스윙 도어를 바라보고, 그리고 천천히 발을 앞으로 움직였다.

성큼성큼. 거침없고 난잡한, 평소와 같은 발걸음으로.

그리고 길드에 발을 들인 순간, 날아온 목소리에 발길을 멈추었다.

"그러니까아, 자기가 고개를 들이미는 것도 모험에 들어간다고 하는 거다!"

창잡이다.

철 투구를 돌리자, 모험가들이 제각각 쉬고 있는 대합실 한 구석.

긴 의자에 앉아 있던 소년 척후와 소녀 무술사(드루이드), 그리고 신참 전사와 수습 성녀, 흰 토끼 엽병.

아니 — 그렇게 생각한 고블린 슬레이어는 고개를 옆으로 저었다 — 이제 신참도 수습도 아니군.

그 소년소녀들을 연장자 모험가 녀석들이 둘러싸고 있었다.

"의뢰를 기다리고만 있으면, 결코 일류 모험가라고 부를 수가 없지—."

교사 같은 어조로 말하는 창잡이 옆에서, 육감적인 몸을 긴 의자에 기댄 마녀가 입술을 움직였다.

"그러, 네."

속삭이는 목소리는 어째선지 고블린 슬레이어의 귀에도 닿았다.

"무엇, 에서…… 모험, 이, 시작…… 될, 지……는. 신들만이 아는, 거니까……?"

후응. 이미 제법 경험을 쌓고 있다고는 하지만, 다섯 명은 아직 감이 안 오는 모양이다.

어리둥절한 기색으로 소년 척후가 고개를 갸웃거렸다.

"그런 거야?"

"뭐, 그렇지. 세상을 구하는 모험의 씨앗이 어디 굴러다닐지는 모른다."

여기사는 가슴 갑주 앞에 팔짱을 끼고, 그럼그럼 다 안다는 표정으로 고개를 끄덕였다.

"사악한 신이 부활할 징조, 이차원의 문, 지옥의 구멍. 그것을 간파하지 못해서는 살아갈 수가 없다."

말은 잘해. 중장 전사는 기가 막힌 표정으로 턱을 괴었지만, 그래도 괜히 끼어들어 휘젓지는 않았다.

그것은— 아마도, 그에게도 어떤 면에서는 진실이기 때문이리라.

"그러니까 말이다."

세상을 구하는 모험이란 말을 듣고서도 이미지를 못하는 소년소녀에게 중장 전사가 말했다.

"괴물 퇴치를 하러 간 동굴 안에서 유적이라도 발견하면, 조사하는 법 아니냐?"

"아, 그거라면 알겠어요."

톡. 레아의 작은 양손을 두드리며 소녀 무술사가 고개를 끄덕였다. 그거라면 이해된다.

"발생원인일지도 모르고, 미지의 유적이라면 보물도 잔뜩 있을지도 모르고."

그래도. 스르륵 우아한 움직임으로 하프 엘프 검사가 대화에 미끄러져 들어갔다.

"뭐, 사전에 준비는 필요하지만요. 저돌맹진으로 파고들기만 해서는 죽으니까요."

못을 박아둬야 하리라. 움. 여기사의 볼이 부풀어 오르자, 중장 전사는 견디지 못하고 소리죽여 웃었다.

"그래서, 일단 물의 도시에 가야겠지. 이 녀석은 지고신의 신자니까, 신전으로."

토라진 여기사의 머리를 거침없이 쓰다듬으며, 중장 전사는 목 안쪽에서 웃음을 흘렸다.

"지모신의 신전과 연결도 있다. 소문에 대해서 조사하려면 연줄을 써야겠지."

"아~ 나는…… 어떡할까."

창잡이가 표정을 찌푸리고, 나는 도시의 모험(시티 어드벤처)은 서투르다고 중얼거렸다.

지금 생각해보면, 첫 해에 만났던 모험가 리더의 이야기를 잘 들어둘걸 그랬어.

록 이터 퇴치에 썼던 이런저런 수단은 분명히 참고가 될 텐데.

“아는 모험가가 물의 도시에 와 있으니까, 거기까지는 함께 가자.”

“그러, 네.”

창잡이가 생각에 잠긴 목소리를 흘리자, 마녀가 아름다운 움직임으로 고개를 끄덕였다.

“뭔가…… 커다란, 일……이, 될 것…… 같으니, 까.”

그녀는 풍만한 유방을 흔들며 긴 곰방대를 꺼내더니, 끝부분을 두드리며 주문을 한 마디.

불똥이 튀겨 불이 붙은 그것에서 달콤한 연기를 들이쉬며, 나른한 기색으로 한 모금 즐겼다.

“일손은…… 아무리, 많아……도, 곤란할 거, 없으니까.”

“하지만.”

“그치.”

그때까지 입 다문 채 듣고 있던 신참 전사와 수습 성녀가, 얼굴을 마주보며 고개를 끄덕였다.

“재작년인가? 목장이 공격 받았을 때는『의뢰가 아니니까 안 도와줘』라고…….”

“호헤……. 나는 딱히 뭐, 다른 사람 소문 같은 거나 그런 건 잘 모르겠는데요.”

우냐냐. 흐트러짐 없이 그릇에 담긴 보리죽을 먹어 치우던 흰 토끼 엽병이 귀를 쫑긋 흔들었다.

그녀는 한껏 부풀어 오른 볼을 우물우물 움직이며, 그렇구나~ 하고 태평한 기색으로 눈웃음을 지었다.

"……그러면, 그러니까, 이 사람은 좋은 사람이란 거네요."

"어, 음— 에이 시끄러워! 미인이 난처할 때는 돕는 게 남자의 천성 아니냐!"

창잡이가 흐트러진 목소리로 외치자, 소년소녀들이 「꺄아꺄아」 즐거운 비명을 질렀다.

중장 전사와 여기사, 하프 엘프 검사가 적당히 말리기 전까지 그것을 즐겁게 보고 있었다.

그리고 마녀가— 키득 웃고서, 그를 힐끗 보았다.

"……."

고블린 슬레이어는 아무 말 없이, 그저 그 자리에 우두커니 서서 그것을 바라보고 있었다.

당혹이나, 어리둥절한 것이 아니다. 스스로도 뭐라고 말해야 할지 알 수가 없었다.

"흐흥."

들으란 듯 코웃음 치는 목소리. 그것은 새의 지저귐하고도 비슷한 아름다운 소리였다.

고블린 슬레이어가 언제나 가는 구석의 긴 의자에 그 모습이 보였다.

"모험가라는 건 이런 법이야."

엘프 궁수가 기다란 귀를 자신만만하게 흔들며, 싱글싱글 웃는 표정으로 이쪽을 보고 있었다.

옆에는 어쩔 수 없다는 기색으로 턱을 괴고 있는 드워프 도사. 다 안다는 표정으로 벽에 기대 서있는 리자드맨 승려.

동료들 사이에 끼어서 한껏 벅찬 표정으로 움츠러든 여신관.

그런 그녀가 문득 고개를 들어서 이쪽을 보았다. 얼굴에 꽃이 활짝 피었다.

"고블린 슬레이어 씨, 저기……!"

그는 천천히 철 투구를 옆으로 저었다. 면갑 안쪽에서 입가가 풀어지는 걸 알 수 있었다.

무슨 일이든, 그런 법이다. 스승이 말한 것처럼 그는 머리가 참 둔하다.

언제나, 자신보다 다른 사람들이 매사에 대해서 잘 안다. 그런 법이다.

"그래."

그는 말했다.

"지금, 간다."

그렇게, 고블린 슬레이어는 동료들 곁을 향해 발을 디뎠다.

그의 발걸음은 돌아가던 길과 비교해서 훨씬 가벼웠다.

제 3 장 『무법자처럼(로그라이크)』

Goblin Slayer
He does not let anyone roll the dice.

“올 건가?”

그렇게 물었을 때 어째서 무심코 「갈게요!」라고 말해버렸을까.

어슴푸레하고 퀴퀴한 냄새가 나는 뒷골목을 걸으며, 여신관은 아주 약간 후회했다.

눈앞에는 묵묵히 걷고 있는 무뚝뚝한 갑옷의 등.

보폭은 맞춰주고 있지만, 여신관이 따라잡으려면 종종걸음이 되지 않을 수 없다.

총총총. 그의 등을 따라잡으면서, 그녀는 무의미하게 고동치는 가슴 앞에 석장을 끌어안았다.

벌써 몇 년이나 살고 있는 도시인데, 이런 장소가 있을 거라고는 생각도 못했다.

빈민굴— 이라고 불러야 할까?

변경 도시는 개척 거점 중 하나라지만, 본래 있던 도시의 기구를 이용하고 있었다.

그래서 지저분하고 조잡한 가옥이 비좁게 늘어선 광경을 그녀는 조심조심 둘러보았다.

도시 변두리에 무질서하게 확대되는 지역(스프롤)으로 발을 들인 것은 태어나서 처음이었다.

물론 그녀는 지모신의 신관이다.

공허한 표정으로 땅바닥에 주저앉아 있거나, 누더기를 두르고 신이 나서 음담패설을 하는 상대에게 혐오감은 가지지 않는다.

아니, 거북하다고 생각하는 일은 있지만 도움을 바란다면 이야기가 또 달라진다.

물론 누구든지 가리지 않고 도움의 손길을 뻗는 천진함도, 이제는 흐려져 있지만…….

—역시나, 따라와달라고 하는 게 좋았을까요?

그런 생각을 하면서, 그녀는 거리가 벌어진 등에 매달리듯 발길을 서둘렀다.

『따라가줄까?』

모험가 길드에서 엘프 궁수가 여신관에게 그렇게 말했었다.

『나는 연줄을 알아보지.』

그가 제안하더니 말을 이었다.

『너희들은 사원을 지켜라.』

아직 적 — 있다면, 말이지만 — 의 목적도, 동향도 알지 못한다. 대비할 필요가 있다.

하긴 지난번 모험을 생각하면, 망자와 고블린이 지모신 사원을 노리지 않는다고 장담할 수 없었다.

그것은 다시 말해서 고블린 슬레이어가 이 사태를 짐작하며 움직이고 있다는 것이다.

그저 그것만으로도 무의미하게 가슴이 뛰었다. 지금 생각하면, 그래서일 것이다.

『올 건가?』

라는 의논인지 보고인지도 모를 말에—.

『갈게요!』

라고 응답한 것은—.

그리고 아마도 잘 기억은 안 나지만 엘프 궁수에게 「사원도 걱정되니까」라는 식으로 적당한 말을 하고서, 기가 찬 반응을— 받은 것 같았다.

—우우…….

지금 생각해 보면, 안면에서 불이 솟을 것 같은 추태였다.

—벌써 열일곱 살이 됐는데…….

자신의 어린애 같은 면에 직면하는 것은, 여신관에게는 어쩔 도리가 없을 정도로 한심한 기분이 드는 일이기도 했다.

많은 모험가가 움직여준다.

그것은 자의식 과잉을 빼더라도, 지모신의 사원과 자신의 가족을 위해서다.

참으로, 뭐랄까 어른이구나…… 라고 그녀는 생각했다. 자신과 비교하면, 훨씬, 훨씬.

그래서 그녀는 의식적으로 그런 기척을 들키지 않도록, 살며시 목소리를 낮추어 입을 열었다.

"저, 저기, 고블린 슬레이어 씨……."

"뭐지?"

"연줄, 이라면…… 아는 분이, 이 근처에 계시는…… 건가요?"

그것은 무척 뜻밖이란 생각이 들었다. 동시에 당연하다고도 생각했다.

벌써 그와 적지 않은 시간을 함께 지냈다.

목장과 길드와 동굴을 돌아다니는 그가, 도시 안에서 아는 사람을 만들 수 있을까?

그러나 그는 이렇게 보여도 낯선 사람에게 태연하게 말을 거는 모습을 보여준다.

그리고 벌써 숙련자(베테랑)다. 발이 넓은 것은 어떤 의미로 당연하다.

—벌써 3년째인데.

바닥을 알 수가 없다. 그것이 여신관은 어쩐지 쓸쓸하고, 동시에 기쁘기도 했다.

마음이 들뜨는 책의 페이지가 아직 남아 있는 것 같은, 그런 마음이 들었다.

"아는 인물인가 하면 그렇긴 하다만, 면식이 있다는 의미에서는 다르다."

그는 낮게 신음한 다음, 단적으로 짧게 말했다. 여신관은 머리 주위에 물음표가 떠올랐다.

"그건, 무슨……?"

"와보면 안다."

그렇게 말하면 여신관은 이제 아무 말 못한다.

고블린 슬레이어는 빈민굴 여기저기를, 물건을 찾는 것처럼 철 투구를 두리번거리며 걸었다.

여신관은 작은 새가 뛰는 것처럼 필사적으로 따라갔지만, 그가 찾는 것이 뭔지는 알 수가 없었다.

그 필사적인 모습을 깨달은 것일까? 잠시 지나서 그는 평소처럼 담담하게 입을 열었다.

"부호다."

그가 툭 말했다.

"스승에게 배웠다."

"부호……."

"놈들은, **표식**을 새기는 법이다. 입구에."

"네……."

이윽고, 그의 발걸음이 어느 건물 앞에서 멎었다.

마을 변두리에 오도카니 서 있는, 자그마한—.

"잡화점……?"

여신관은 사슬이 끊어져가는 간판을 보고 고개를 갸웃거렸다.

이것이 부호인 걸까? 아니, 고블린 슬레이어는 입구라고 했다.

"우응."

그녀는 작게 소리를 흘리면서, 입술에 검지를 대고 눈길을 방황시켰다.

여기저기 짐작 가는 곳을 둘러보니, 문 한 구석에 작게 패인 상처가 눈에 들어왔다.

그것은 백묵을 비벼놓은 것 같기도 했지만, 그녀에겐 딱히 특별해 보이지 않았다.

"들어간다."

"아, 네, 네엣."

알지 못한 채 서 있던 그녀는, 먼저 문을 밀어서 연 그를 따라 황급히 뒤를 따랐다.

—어둡고, 좁다.

그것이 첫인상.

낮인데도 녹슬기 직전의 램프가 불빛을 밝히고, 작은 벌레를 치이이 태우고 있었다.

빛바랜 주황색 빛이 흔들리며 고리가 되어 내려오다 보니, 방의 그림자가 마치 춤추는 것 같다.

현기증과 비슷한 감각을 느끼고, 여신관은 눈을 깜빡깜빡 했다.

사방에는 천장까지 선반이 벽에 끼워져 있고, 엷은 먼지를 뒤집어쓴 잡다한 상품이 늘어서 있었다.

유행하지 않는다, 쇠퇴했다, 망해간다. 그런 잡화점이란 것은 일목요연했다.

"저, 저기, 고블린 슬레이어 씨……?"

"……손님, 뭘 찾으쇼?"

"히윽."

속삭이는 것처럼 말을 건 여신관은 어둠 속에서 울린 목소리에 몸이 굳어졌다.

언제 나타났는지, 처음부터 그곳에 있었는지, 그녀는 그것조차도 알 수 없었다.

가게 구석, 졸린 눈을 한 작은 남자가 상품에 파묻힌 것처럼 앉아 있었다.

레아나 드워프…… 아니, 어쩌면 흄일지도 모른다.

남자는 맞는 것 같은데, 연령도, 종족도, 여신관은 도무지 알 수가 없었다.

회색의 — 여우와 닮았다 — 두건을 푹 뒤집어써서 얼굴이 안 보이는 탓이리라.

“놋쇠 랜턴.”

그 가게 주인에게, 고블린 슬레이어는 낮은 목소리로 주문을 외듯 말했다.

“그리고, 기름이다.”

“손님, 모험가시구만.”

—어머?

여신관은 살짝 눈을 크게 떴다.

귀찮음이 섞여있던 가게 주인의 목소리에 미약한 변화가 생긴 것 같았으니까.

물론 그것을 눈치챈 것은 그녀가 경험을 쌓았기 때문이었다. 그렇지 않았다면—.

“이제부터 뭘 하시려우?”

가게 주인이 말하고, 두건 아래에서 살피는 눈으로 두 사람을 보았다.

찌르는 것 같은 시선. 여신관은 무심코, 작은 가슴을 숨기듯 양손으로 석장을 끌어당겼다.

고블린 슬레이어는 고개를 끄덕이고 말했다.

“서펜트를 죽인다.”

“……좋수다.”

그렇게 말하고, 가게 주인이 스륵 미끄러지는 것처럼 움직였다.

그 순간 여신관은 무심코「와」소리를 흘렸다.

—마치 마법 같아.

가게 주인 등 뒤의 벽이 어느샌가 사라진 것이다.

입을 쩍 벌린 그것은, 이 좁은 가게에는 어울리지 않게 윤이 나는 중후한 문이었다.

“후훙.”

가게 주인이 여신관을 보더니 어쩐지 자신만만하게 코웃음을 쳤다.

여신관은 마치 레아 같다고 생각했다. 생각했을 뿐이지, 금세 그런 인상도 사라졌지만—.

“잘 오셨습니다, 아가씨와 소귀 살해자 나리. 해결사들(로그 길드)의 모임터에.”

§

“딱히 악당이 손을 잡고 사이좋게 지내는 건 아니지만, 길드라는 게 듣기 좋단 말이우.”

그런 부분은 모험가 길드랑 다를 거 없지. 소리 죽여 웃는 가게 주인 뒤를 따라서, 두 사람은 가는 통로를 나아갔다.

그 작은 가게 뒤에 이런 공간이 있었던가? 여신관은 알 수 없었다.

알 수 없는 것은 가게 주인에 대해서도였다. 레아인지, 엘프인지, 드워프인지, 흄인지 모르겠다.

그 회색 두건 아래 짐승의 귀가 있는 것 같기도 했고, 옷 안에는 도마뱀의 비늘이 있는 것 같기도 했다.

—아마도, 마법.

여신관은 반복해서 그렇게 생각했다. 그러나 물어보면 안 된단 생각도 들었다.

세상에는 모르는 채 두는 것이 좋은 일도 있다. 그리고 물어봐야 할 것도 많다.

"모험가 길드와, 같다면…… 그렇다면, 의뢰를, 받거나……?"

조심조심 물었다. 옆에 있는 고블린 슬레이어에게 물어본 것이지만, 가게 주인이 응답했다.

"뭐, 발단(존슨)부터, 넝쿨(픽서)을 타고, 해결(런)하는 것은 마찬가지, 라."

가게 주인이 발소리도 내지 않고 미끄러지듯 나아가기 때문에, 울리는 것은 자신과 고블린 슬레이어의 발소리뿐이다.

아니, 고블린 슬레이어는 성큼성큼 걷는 것치고 발소리는 조용하다.

뚜벅뚜벅 장화가 울리고 석장 소리가 울릴 때마다, 여신관은 무척 창피해서 고개를 숙이게 된다.

그런 기색을 가게 주인이 힐끔 살핀 모양이다.

"모험가 길드를 신용할 수가 없다고, 이쪽으로 넘어오는 분들도 있수다만."

"이쪽은 신용할 수 있나?"

문득 고블린 슬레이어가 지독히 무뚝뚝한 어조로 말했다.

"글쎄올시다."

가게 주인이 쿡쿡 유쾌하게 목을 울렸다.

"신용(크레딧)을 받을 수만 있다면야."

흠. 고블린 슬레이어는 낮은 소리를 냈다.

"배경 확인은 예의범절(에티켓)이라고 하우. 속여서 미안하지만을 당해도 불평할 수 없는 일이우."

"그렇군."

"애당초, 그 녀석이 잘못했다고 투정을 부려서 타인이 뒤처리를 해주는 해결사(러너)는 꼴사납지 않수?"

가게 주인이 지극히 중요하다는 어조로 말하더니, 마음에 안 든다는 식으로 코웃음을 쳤다.

"요즘 젊은 녀석들은 나이 먹은 증거랍시고 지껄이면서, 불평만 해대는 애송이들이 늘어났다우."

아마도, 그것은 분명 살아가는(스타일) 방식의 문제이리라— 여신관은 멍하니 생각했다.

소문으로는 들었다. 뒷세계의 일들, 음모가 꿈틀대는 대도회지의 그림자를 달리는 자들.

누가 지켜주지도 않고, 자신의 기량과 재치만을 의지하여 세상을 살아가는 자들.

그것은 어디까지나 자유롭고 — 두려운 일이고 — 그렇기에 살아가는 방식이 문제가 된다.

여신관은 그것이 참으로 지독하게 불분명하고 불안스러운 것처럼 생각되어서, 몸을 부르르 떨었다.

그녀는 사원이, 그리고 모험가 길드가 배경이 되어준다.

그것마저도 없는 장소에 스스로 나서는 마음가짐은 도저히 상상하기 어려웠다.

"물론 배신하는 녀석들이랑 좋다고 손을 잡는 녀석도 없다우……."

그녀가 부르르 떤 것을 어떻게 해석했는지, 가게 주인이 달래는 것처럼 말했다.

"누가 뭐래도, 나리한테는 2년 전 수확제 때도 신세를 졌으니까 그렇게 험하게 굴지는 않수다."

"아……."

지금 이때만큼, 여신관은 자신이 어슴푸레함 속에 있는 것을 감사한 일이 없었다.

이 회색 두건의 모습은 — 얼굴은 모르니까 당연하지만 — 짚이는 곳이 없었다.

그렇지만 수확제 때, 필사적으로 플레일을 휘두르며 연무를 봉납한 모습을 보기라도 했던 걸까?

고블린 슬레이어는 「그 일이군」하며 중얼거리지만, 여신관은 그럴 상황이 아니었다.

화끈 붉어진 얼굴을 보여주는 것도 창피하여, 어둠이 무척 고맙게 느껴졌다.

그런 그녀의 모습을 깨달은 기색도 없이, 가게 주인이 안쪽의 문을 밀어서 열었다.

곧장, 문틈으로 흘러나오는 빛에 여신관이 눈을 가늘게 떴다. 어둠에 익숙했던 시야에 빛이 따갑다.

"……주점이군."

"아직 영업 전이라우."

깜빡깜빡 눈꺼풀을 움직이는 그녀의 옆에서, 고블린 슬레이어와 가게 주인이 아무것도 아닌 것처럼 대화했다.

"보이는 건가요……?"

무심코 여신관의 입에서 흘러나온, 언젠가와 같은 의문.

고블린 슬레이어는 낮게 신음했지만, 이번에는 분명하게 가르쳐 주었다.

“어둠 속에 들어갈 때 한쪽 눈을 감아라. 단시간이라면 전환할 수 있다.”

“앗, 네…….”

그러는 동안, 드디어 여신관의 눈도 익숙해져서 시야에 주점의 양상이 비치기 시작했다.

그녀가 알고 있는 주점이라는 것은, 길드의 주점이나 도시의 여관에 있는 것들뿐이었다.

그것과 비교하면, 어쩐지, 어슴푸레하다…….

—조용, 하네요……?

밤이 되면 또 인상이 다르겠지만, 한낮인 지금은 그렇지도 않은 것일까?

깔끔하게 청소된 그 주점은, 카운터를 제외하면 자리가 몇 갠가 있는 작은 규모였다.

본래는 무기고 같은 것이었을까? 그런 인상도 문득 느껴졌다.

카운터 안에서는 검은 조끼에 나비넥타이를 맨, 아름다운 여성이 잔을 닦고 있었다.

희미한 물소리로, 여신관은 그녀가 진짜 **바메이드** — 하반신이 물통에 잠겼다 — 라는 걸 깨달았다.

시선을 깨달은 그녀가 생긋 웃자, 여신관은 얼굴을 붉히며 황급히 눈길을 피했다.

그곳에는 검은 털의 수인 — 개인지 고양이인지 따져보면, 양쪽 다였다 — 들이 한창 악기를 조율하고 있었다.

밤에는 그들 그녀들이 연주를 하고, 술을 대접하고, 해결사들이 일 이야기를 할 것이다.

여신관은 도저히 상상이 안 되는 세계였다.

“무허가 주점(스피크 이지)이군.”

“양식미라는 거유. 금지 물품도 다룰 때는 다루다 보니.”

가게 주인이 슬그머니 카운터의 의자에 오르자, 고블린 슬레이어가 옆에 앉았다.

갑옷의 무게로 의자가 삐걱대는 소리를 들은 여신관은 황급히 두 사람을 따라 의자에 앉았다.

그러자 뭐라고 말하는 것보다도 빨리, 바메이드가 여신관 앞에 소리 없이 잔을 밀었다.

술인가? 생각했더니 넘실거리도록 따른 우유다. 여신관은 그것을 사양하는 기색으로 집었다.

깨닫고 보니 가게 구석에 있던 수인들도 각자의 악기를 들고 곡을 연주하기 시작했다.

나팔인지 피리인지 알 수 없는 신비로운 그 선율은, 처음 듣지만 무척 듣기 좋았다.

“교육이 잘 되어 있군.”

중얼거린 고블린 슬레이어의 손에도 이미 잔이 있었다.

희석한 맥주일까? 적어도 상담을 하러 온 상대에게 강한 술을 권할 생각은 없는 것이리라.

"헤헤."

가게 주인이 쑥스럽단 기색으로 코 아래를 비볐다.

"……그러면."

"음."

고블린 슬레이어가 짧게 고개를 끄덕였다.

그때부터 나눈 대화는, 여신관에게 어안이 벙벙해지는 것이었다.

"그러면 손님. 그리 긴장하지 말고 편하게 계십시오."

"그러면 고맙게 의자와 잔을 빌려서, 인사를 하도록 하지. 부디 기다려주게."

"인사를 해주시니 고맙수다. 그러나 보는 것처럼 복면을 썼으니, 먼저 기다려 주시우."

"이쪽은 보는 바와 같은 직종이니, 부디 기다려주게."

"아니, 아니, 나리야말로 기다려 주시우."

"아니, 그쪽이야말로 기다려주게."

"그러면 재삼의 말을 고맙게 받들어. 죄송하지만 먼저 기다리겠습니다."

"꼴사나운 모습으로 실례되지만, 서방 변경 개척 마을 출신, 스승은 술통을 탄 자, 소귀 살해를 생업으로 삼는 미숙한 자다."

"정중한 인사 고맙습니다. 처음 뵙겠습니다, 총책임자가 부재중이라서 실례합니다만, 이 몸은 회색 두건의 여우라 하우."

"인사를 받아주어 감사한다. 부디 고개를 들어주게."

"아니아니, 이쪽이야 말로 먼저 고개를 들어 주시우."

"그건 곤란하다."

"그러면 함께."

"만사 잘 부탁한다."

"부탁드립니다."

재빨리 몸짓 손짓을 섞으면서, 괜히 격식을 차린 인사를 단숨에 주고받는다.

여신관이 알아들은 건 극히 일부였고, 그것은 거의 무슨 주문 같은 것 같았다.

그리고 고개를 숙인 두 사람이 말이 끝나는 것과 거의 동시에 고개를 들고 숨을 내쉬었다.

정말이지 무엇 하나 이해하지 못하는 대화였지만, 두 사람 사이에는 필요한 것이었던 모양이다.

회색 두건의 가게 주인은 씨익 이를 보이고 웃더니, 가벼운 기색으로 말을 이었다.

"그래서 나리, 뭘 소망하시우?"

"정보다."

고블린 슬레이어의 말은 단적이었다.

"물의 도시에서 온 주조상. 최근의 동향을 알고 싶다."

"에?"

여신관은 홀짝거리며 입가로 옮기던 잔을 무심코 떨어뜨릴뻔했다.

그것은— 전혀 상관없다고 할 수도 있는 이름이었지만.

눈을 깜빡이고, 여신관은 그가 그러는 것처럼 낮게 신음하고, 그렇지만 대답을 내지 못해서 고개를 갸웃거렸다.

"……뭔가, 관계가 있나요?"

“모른다.”

역시 이번 대답도 단적이었다.

“그래서 조사한다. ……조사를 의뢰한다. 그리고 손을 쓴다.”

“아하.”

가게 주인이 감탄한 몸짓으로 턱을 쓰다듬었다.

“그래서…….”

그리고, 거미 같은 것이 그러는 것처럼 굵고 짧은 손가락을 공중을 긁듯 움직였다.

“그래서, 얼마나 내실 거유?”

“얼마를 바라지?”

여신관은 숨을 내쉬었다. ―아아, 역시 그는 교섭 따위 할 생각이 없는 것이다.

곧장, 회색 두건의 눈이 날카롭게 가늘어졌다. 목소리가 단도에 손을 올린 것처럼 낮아졌다.

“돈으로 우리들 뺨을 치시겠다?”

“그래.”

그러나, 고블린 슬레이어는 아무것도 아니란 듯 말했다.

“중요한 부탁이다. 무리라면 됐다.”

“우리들이 할 수가 없다?”

“할 수 있나?”

가게 주인은 문자 그대로 가늠하는 시선을, 그 회색 두건 안쪽에서 싸구려 철 투구 안으로 쏟았다.

여신관은 모르는 사이에 석장을 꼭 쥐고 있었다.

뭔가 — 그것이 무엇인지는 모르겠지만 — 일어날지도 모른다. 그렇게 생각했기 때문이다.

물론 즉시 대응한다거나, 조심한다거나, 그런 것이 아니라 긴장 탓이었다.

이곳은 그녀가 익숙한 야외의 모험이 아니다. 도시의 모험인 것이다.

자신이 완전히 미지의 영역에 있다는 것을, 여신관은 이제 와서 자각했다.

2년 지나서 조금 익숙해졌다 싶었는데— 이 모양이다.

"……."

공기가 팽팽해지고, 어느샌가 여신관의 귀에서 음악의 음색도 사라졌다.

꿀꺽 침을 삼키는 소리가 괜히 울리는 것 같아서, 여신관은 숨조차 멈추고 싶을 정도였다.

어느 정도 시간이 지났는지, 아마도 생각했던 정도는 아니겠지만, 가게 주인이 손가락을 3개 올렸다.

고블린 슬레이어는 그것을 보고, 거침없이 가방을 뒤져 금화가 든 주머니를 4개 꺼내 던졌다.

카운터 위에 미끄러진 그것에서 짤그락, 소리가 울렸다.

"……나리는 교섭이 서투르시구만."

잠시 지나, 가게 주인이 숨을 후, 내쉬었다.

"배포가 좋은 거랑 단순한 호구는 종이 한 장 차이라우."

"나랑 너는 친구도 아니고 동료도 아니다."

고블린 슬레이어는 조용히 말하고, 철 투구 안에서 미약하게 숨을 흘렸다.

"그러나 내가 할 수 없는 일을 부탁하는 거다. 가격만큼, 돈을 내야겠지."

그 싸구려 철 투구를, 회색 두건의 가게 주인이 빤히, 기가 막힌 기색으로 보더니 한 마디.

"몇 년이 지나도 인사하러 안 오기에 일 없다 싶었더니만, 갑자기 나타나서는 이러시네."

……정말이지, **시노비 나리**의 제자답구만.

질린 건지 감탄한 건지, 여신관은 이해 못할 속삭임이었다.

다만 여신관이 평소에 자주 흘리는 말과 비슷한 음색이었다.

가게 주인은 천천히 고개를 좌우로 흔들고, 주머니를 집어서 품속에 집어넣었다. 그 눈길이 그녀를 향했다.

"이야기를 자알 들어 두시우. 겉보기에는 이래도, 은 등급 모험가니까. 언젠가 도움이 될 거야."

여신관은 여기 와서 처음으로 표정을 풀고 키득 웃었다. 알고 있다고 응답했다.

"좋수다."

회색 두건의 남자는 금화로 부푼 가슴팍을 툭 두드리고 받아들였다.

"선생님 부탁이니, 해보겠수다."

고블린 슬레이어 또한, 여기 와서 처음으로 자리가 불편한 것처럼 몸을 꿈틀거렸다.

"……선생님은 관두지."

목소리만 듣고서도, 여신관은 이해했다.

그는 쑥스러운 것이다.

§

“푸아…….”

바깥 하늘은 마치 꿈에서 깨어난 다음이나, 물에서 빠져 나온 것처럼 파랗고 맑았다.

무심코 헐떡이듯 숨을 내쉰 여신관은 그대로 작은 가슴을 몇 번 위아래로 움직이며 공기를 들이쉬었다.

문자 그대로 숨이 막힐 것 같은 시간, 공간이었다. 그곳은 자신의 영역이 아니라고, 절실하게 생각했다.

혐오감이 아니라 소외감. 발을 들여선 안 되는 장소라고— 그렇게, 논리가 아닌 것으로 이해했다.

“뭐…… 뭔가요? 지금 그 장소는…….”

돌아보니, 그곳에는 자그마한 잡화점. 그저 그것밖에 없었다.

그러나 이제 그녀는 두 번 다시 그렇게 보이지 않았다.

“해결사. 무허가 모험가, 그들이 모이는 장소 중 하나다.”

고블린 슬레이어의 말은 담담하고 자비로울 정도로 평탄했다.

그는 돌아보지 않고 이미 성큼성큼 걷기 시작했으며, 여신관은 황급히 종종걸음으로 뒤를 따랐다.

“무허가…….”

여신관이 중얼거렸다.

“……길드에 등록하지 않았다, 라는 건가요?”

"그래."

역시, 여신관은 이해할 수 없었다.

모험가 길드에서 내리는 신분 증명도, 의뢰의 보증도, 무엇 하나 없다.

자신 말고는 의지할 것이 아무것도 없다는 것은— 참으로 불안한 일일 텐데.

그런 여신관의 내심을 꿰뚫어본 것처럼, 그 또한 담담한 어조로 중얼거렸다.

"따라서, 저런 부호나 예법으로 신분을 증명하고 몸을 지킨다."

무엇에도 속하지 않고 자유롭게 살아간다는 것은, 무엇도 지켜주는 것이 없다는 것이기도 했다.

유랑하며 살아가는 이상, 객사할 위험마저도 받아들여야 하리라.

그것이— 무법자(로그)라는 것, 일까요?

"그렇게 살아가는 방법, 이런 장소도 있다. 그런 거다."

겁 먹은 듯 몸이 굳어진 여신관 앞에서, 고블린 슬레이어가 조용히 일어섰다.

그 말은 평소처럼 담담했지만…….

—함부로 방문하면 안 된다.

이렇게 말하는 것 같다고도, 여신관은 생각했다.

"고블린 퇴치는."

그는 말하고서, 한순간 입을 다물었다.

"고블린 퇴치만, 모험이 아니다."

여신관은, 그저 「네」 하고, 짧게 응답했다.

어쩐지 그가 지금까지 이런 장소에 오지 않은 이유도 알 것 같았다.
몇 걸음인가 나아가서, 간신히 잡화점에서 떨어졌다는 실감이 든 여신관은 힐끔 먼 곳을 돌아보았다.
그림자 속, 웅크리고 있는 것처럼 서 있는 건물을 보고 숨을 한 번.
"……저 사람들은, 좋은 사람들일까요? ……나쁜 사람들, 일까요."
"녀석들은 돈을 받고서, 때때로 선한 무리가 되고, 때때로 악한이 된다. 그런 법이다."
역시, 여신관은— 그런 삶을 이해할 수 없었다.
그런가요. 짧게 흘린 속삭임은, 과연 그의 등에 닿기나 했을까?
성큼성큼 또 다시 걷기 시작해 버린 그의 등을, 여신관이 종종걸음으로 따랐다.
"이 다음은—."
"배경 확인을 하라고, 녀석이 말했다. 그 말에 따른다."
"배경……."
"그래."
짧게 말한 고블린 슬레이어가 문득 숨을 내쉬었다. 미약하게 웃은 것 같았다.
"나도, 선생님한테 배웠을 뿐이다. 관여해왔던 게 아니다."
"네."
여신관은 고개를 끄덕였다. 무겁게 가라앉은 마음과 목소리가 조금 가벼워진, 그런 생각이 들었다.

§

“아무래도…… 이야기가 지나치게 성급하더군.”

—배경 확인이라고 했으니, 또 어딘가 뒷골목에 가는 건가 했었는데…….

여신관은 그 뜻밖의 상황에 놀라면서, 자리가 불편한 기색으로 몸을 움직였다.

손질과 청소가 되어 있는 실내. 깨끗하게 닦인 식탁. 의자 위에 오도카니 앉아 있는 자신.

변경 도시를 나서서 가도를 조금 걸어간 곳에 펼쳐진 돌담과 울타리, 목초 지대의 너머.

그것은 고블린 슬레이어가 묵고 있는 그 목장이었다.

“그렇습니까.”

“그래…….”

옆에 앉은 고블린 슬레이어가 맞은편에 앉은 중년 남자, 목장 주인과 대화를 이었다.

물론 면식이 없는 건 아니다.

몇 번인가 대화를 한 적도 있고, 이 목장에 실례한 적도 있다.

그, 모험가가 된 첫 봄의 싸움은— 지금도 선명한 기억으로 남아 있다.

그래서 생판 남인 것도 아니겠지만, 이렇게 마주보고 대화를 한 적은 없었다.

—우으…….

당황하여 시선을 좌우로 흔들고 있는데, 역시 탁자에 앉은 소치기 소녀와 눈이 마주쳤다.

바로 아까 전에, 낮에 돌아온 그의 모습을 보고 놀라고, 그 옆에 있는 여신관을 보고 놀라고.

더욱이 그가 목장 주인과 할 얘기가 있다고 하자 세 번 놀라고, 그녀는 차를 타겠다며 본채로 들어갔다.

말한 것처럼 타온 차는 컵에 담겨서, 지금 여신관의 눈앞에 있었다.

따뜻하게 김이 피어오르는 그것을 입에 머금자 호오, 숨결이 흘러나왔다.

어쩐지 평소에 길드에서 접수원이 내어주는 것과 비슷한 맛이 나서 신기했다.

―같은 찻잎을, 쓰는 걸까요?

여신관이 그것을 멍하니 생각하고 있는 걸 깨달았는지, 소치기 소녀의 입가가 키득 올라갔다.

―그는 못 말린다니까. 정말이지.

그렇게 말하는 것 같아서, 여신관도 긴장이 녹는 것처럼 빠져나가 볼이 풀어졌다.

"목초지를 없애고, 밭으로 만들지 않겠나…… 라는 제안이었던가요."

"뭐 그렇지. 울타리나 돌담을 다 치우고…… 새로운 걸 만들자, 라고 하더군."

고블린 슬레이어의 말에 목장 주인이 분연한 기색으로 응답했다.

그가 어째서 그런 것을 묻는지에 대한 당혹은 표정에서 보이지 않았다.

목장 주인으로서는, 늘 있는 일…… 인 것일까? 여신관은 알 수 없었다.

"금액은 나쁘지 않았네. 나도 나이를 먹었지. 사람을 들이지 않으면 목장의 유지도, 계속하는 건 무리겠지."

그러니 언젠가 어떻게 방침을 전환해야 한다. 목장 주인은 그렇게 말하고서 표정을 찌푸렸다.

"그렇지만. 이 나이가 되어서 완전히 새로운 일로 바꿀 생각은, 나한테는 없어."

"과연."

고블린 슬레이어는 정중하게 맞장구를 치더니, 시선을 힐끔 창밖으로 보냈다.

아니, 정확하게는 철 투구에 가로막혀서 눈의 움직임은 보이지 않지만 그런 생각이 들었다.

이끌려서 여신관이 그쪽으로 시선을 움직이자, 펼쳐진 목초지에서 소가 태평하게 풀을 뜯고 있었다.

그야 대목장이라고는 할 수 없겠지만— 훌륭한 토지를 가지고 있다고, 그녀는 생각했다.

그것은 고블린 슬레이어도 마찬가지인지, 어조는 예의 바른 그대로 그가 말을 이었다.

"그리고 이 땅을 밭으로 일구려면, 일손이 필요하겠군요."

"마음에 안 든다는 건 그것도 그래. 그쪽에서 소작인들을 내어준다고 하더군."

돈을 받고, 사람을 받아서, 그들 말에 따라 밭을 일구며 생활한다.

과연, 그것은 분명히 안락한 생활일지도 모른다.

사람을 고용한다면 스스로 일할 필요조차 없는 것이다.

유유자적한 노후, 라고 할 수도 있었다.

"―그러나, 나는, 이렇게 보여도 독립농민(요먼)이다."

하지만 목장 주인은 그 목소리에 미약하게 자부심을 실어서 잘라 말했다.

이곳은 그가 지키고, 그가 개척한, 그의 토지라고.

사람을 고용하든, 밭으로 일구든, 그 자신이 정해서 해야 할 토지라고.

"……."

고블린 슬레이어가 철 투구 안에서 숨을 들이쉬고 내쉬었다.

"그렇게 생각합니다."

한 마디였다. 그러나 그 대답에 만족했는지, 목장 주인은 느릿하게 고개를 끄덕였다.

그리고 그 떫은 표정이, 미약하게 느슨한 쓴웃음과 지친 것 같은 한숨으로 바뀌었다.

"그리고, 녀석은 우리 애랑 연담 이야기까지 꺼내더구나……."

"어."

그 목소리와 함께 찰칵, 컵 소리를 낸 것은 여신관이었을까? 소치기 소녀였을까?

적어도 소치기 소녀가 무심코 의자에서 일어선 것은 틀림없었다.

그녀는 눈을 동그랗게 뜨고서 곤혹― 당혹, 혹은 삐친 것처럼 모난 소리를 냈다.

“그게 뭐야. 나 그런 거 못 들었는데?”
“그래서 거절했다.”
목장 주인이 태연하게 대답하고 홍차가 담긴 컵을 입가로 옮겨서 홀짝였다.
“우리는 딱히 귀족님도 아니지 않니. 집안 사정 때문에 어떻게 하는 것은 생각해본 적도 없다.”
그것은 말은 안 했지만, 소치기 소녀가 바란다면 괜찮다, 라는 것일까?
그녀는 얼굴이 빨개진 채「우~ 우~」소리를 내더니 어쩔 줄 모르며 팔을 움직였다.
여신관은 뭔가 안타까운 기분이 들어서 살며시 눈을 깔고 옆에 앉은 그를 보았다.
그는 — 표정을 알 수 없으니, 무슨 생각을 하고 있는지 — 어떻게 생각하는 걸까?
“…….”
고블린 슬레이어는 낮게 신음한 다음, 입을 꾹 다물었다.
눈앞에 있는 컵은 어느새가 손을 댔는지 텅 비어 있었다.
“……고블린 슬레이어, 씨?”
“그래.”
짧은 대답이었다. 담담하고, 무기질적이고, 뭔가에 의식을 집중하고 있을 때 같았다.
그가 덜컥, 의자 소리를 내면서 거침없는 움직임으로 일어섰다.
“조금 생각을 정리하고 오지.”

그는 소치기 소녀에게 말했다.

"그녀를 여기서 기다리도록 해주겠나."

"어, 아……."

소치기 소녀는 당황하면서, 그러나 고개를 끄덕였다.

"응, 나는. 상관없는데."

"미안하군."

고블린 슬레이어는 그렇게 말하고 살짝 고개를 숙였다.

여신관은 무슨 말인가 하려고 했지만, 말이 되지 못해서 결국 입을 다물어 버렸다.

그는 그대로 철 투구를 빙글 돌려서 목장 주인 쪽을 돌아보았다.

"죄송합니다. 도움이 됐습니다."

"……그런가."

"네. ……참고가 됐습니다. 대단히."

고블린 슬레이어가 그렇게 말하더니, 돌아보지 않고 성큼성큼 걷기 시작했다.

그리고 본채 문을 거침없이 열고, 탁 소리를 내며 닫고 가버렸다.

"…………."

"……하하."

여신관과 소치기 소녀는 닫힌 문을 보고, 눈짓을 나누고, 지친 표정으로 어깨를 으쓱거렸다.

§

—노리는 건 목장이다.

고블린 슬레이어는 결론을 내리고, 그러나 금방 고개를 좌우로 흔들었다.

—그리고 아마도, 그것은 수단에 지나지 않으리라.

술렁이는 바람이 발치의 풀을 흔들고, 울타리를 넘어 가도로 빠져나갔다.

고블린 슬레이어는 그 흐름을 따르는 것처럼 철 투구를 돌리고, 하늘을 올려다보았다.

새가 파란 하늘의 높은 곳을 날아가는 것이 보였다. 투구 면갑을 통과하여 쏟아지는 빛에 눈을 가늘게 떴다.

온갖 일이, 빙글빙글 들러붙고, 뒤엉키고, 나중에 끌려 나오는 것 같았다.

지금 상황을 귀찮다고 생각한 적은 없다. 생각하지도 않는다. 다만…….

—동굴에 틀어박혀서 고블린 놈들을 상대하는 편이, 단순했다.

그렇게, 생각하는 일이 늘어난 것 같았다.

결국 나에게는 맞지 않는 것 아닐까? 그 얕은 생각에, 그는 짧게 코웃음을 쳤다.

모든 것은 「한다」나, 「하지 않는다」였다. 할 수 있는지 없는지가 아니다. 그것뿐일 것이다.

그는 평소와 같은 의식을 유지하며, 성큼성큼 거침없이 목초지에 발을 들였다.

사색에 잠기면서 걷고 있자니, 익숙한 갑옷 차림에 소들이 어슬렁거리며 다가왔다.

그 코끝을 가볍게 쓰다듬어주며, 그는 적당한 장소에서 자리에 풀썩 앉았다.

생각해도 알 수가 없으니, 하나씩 정리를 해야 하리라.

고블린 슬레이어는 적당한 막대기를 들고 땅에 끄적끄적 선을 그었다.

목장을 노린다. 어째서일까?

선을 그어서 그 끝으로 원을 그리고, 원 곁에 작은 원을 그렸다.

기억나는 대로 도시와 가도, 목장, 그리고 쌓아 올린 돌담이나 울타리의 선을 그렸다.

울타리를 없애고, 돌담을 무너뜨리고, 목초지를 고르고— 목장을 발가벗기고서, 어떻게 할 것인가?

—노리는 건 목장이다.

적어도 그건 됐다. 그걸 위한 작전이라는 것은 명백한 것 같았다.

그것은 다소 지나치게 강박관념을 가진 것 같지만, 때로는 그것이 필요하다.

수많은 무법자들이 그런 것처럼, 주의하는 것은 목숨을 건지는 것으로 이어진다.

그러나 고블린 슬레이어는 낮게 신음했다.

그 이상의 그림을 그는 그릴 수가 없었다.

지키면 끝이 아니다. 고블린을 퇴치하고서 끝이 아니다. 소굴을 없애고 끝이 아니다.

—모험이란 것은, 어려운 일이다.

"뭐야. 고블린 슬레이어. 혼자 뭘 끙끙거리고 있나?"

그 늠름한 목소리는 머리 위에서 내리쬐는 것처럼 찾아왔다.

음. 숨결을 흘리며 올려다보니 그곳에는 씨익, 대담하고 사나운 웃음을 지은 여기사가 있었다.

등 뒤에는 기가 찬 표정의 중장 전사와 그의 파티인 소년 척후, 소녀 무술사, 하프 엘프 경장 검사의 모습도 있었다.

그렇다면—.

"모험인가."

"아아, 아니, 물의 도시에 가려고. 그 녀석들하고도 도시를 나서서 금방 합류할 거야."

그 녀석들, 이란 것은 창잡이와 마녀를 이르는 것이리라. 고블린 슬레이어는 기억을 뒤져서 결론을 내렸다.

"그래서, 뭘 고민하고 있나. 음……. 이건 뭐지?"

"지도다."

들여다보는 그녀에게 고블린 슬레이어가 짧게 대답했다.

손에 든 막대로, 작은 원을 찔러 가리켰다.

"이곳을 노리는 적의 의도를 모르겠군."

그가 신음했다.

"전에도 있었던 일이다만."

"뭐냐. 그건 외성(外城)이라 그런 거지."

아주 간단한 대답이 돌아왔다.

여기사는 그런 것도 모르냐는 듯 자신 있게, 장갑에 둘러싸인 가슴을 내밀며 과시했다.

"외성."

"그래. 지성(枝城)이라고도 하는데, 요컨대 본성을 지키기 위한 성이다. 공성을 위해서 간이적으로 만들기도 하지."

"흠."

고블린 슬레이어는 생각지도 못한 영역에서 나온 의견에 감탄한 것처럼 중얼거렸다.

실로 흥미로운 말이었다. 자신이 모르는 분야의 말이다. 의식을 집중했다.

그러나 그녀는 그것을 깨달은 기색도 없이 자신만만하게 말하기 시작했다.

"이 외성을 무시하고서 본성을 공격할 수는 없다. 반대로 외성을 공략하려고 해도, 본성에서 공격을 받는다."

"성가시군."

"그래."

고개를 끄덕이는 여기사.

"따라서 계략으로 외성을 정리하는 수도 많이 쓰지."

예를 들어 화목을 교환 조건으로 외성을 제거한다거나—.

술술 논하는 군사 지식은 제대로 된 전쟁의 군략 그 자체였으며, 기사이기 때문에 가진 지식이리라.

고블린 슬레이어는 「그렇군」이라고 말을 흘리더니 고개를 끄덕이며, 그것을 하나씩 머릿속에 박아 넣었다.

모든 것을 한 번에 듣고서 기억할 정도의 재능은 없다. 그러나 기억하려는 노력은 언제나 할 수 있다.

"……아니, 아무리 봐도 그거 이 목장의 지도 아냐?"

"으극?!"

물론 그 강의는 여기사의 어깨너머로 중장 전사까지 들여다보자 중단되었지만.

새된 비명과 함께 깜짝 놀란 여기사가 올려다보듯 노려보면서 항의하는 소리를 질렀다.

"뭐, 아, 그러나 말이다! 내가 말하는 것은 일리는 물론이고 십리가 있지 않나?!"

"얼마나 과장하는 거냐……."

"아니."

고블린 슬레이어는 진심으로 경의를 표하며, 되도록 정중한 어조로 말했다.

"사실이다. ……도움이 됐다. 감사한다."

"거봐라!"

원군이 나타나자 여기사는 보란 듯 콧대를 세우며 승리를 뽐내고, 중장 전사는 한숨을 쉬었다.

이러면서 진짜 기사니까 대책이 없다고, 그는 언제나 생각하는 모양이다.

고블린 슬레이어는 두 사람과 파티의 모습을 보고, 그래야 한다고 생각했는지 고개를 숙였다.

"미안하다. 출발하기 전에 수고를 끼쳤군."

“아 뭐 상관없어.”

중장 전사가 투박한 장갑을 낀 손을 흔들어 웃어넘겼다.

“시간이 없고 틈이 없다고 조이는 편이 소용없으니까.”

“그런 건가?”

“그런 거야. 때와 장소에 따라 다르지만.”

“그렇군.”

잠시 지나서 두 마디, 세 마디 대화를 나눈 다음. 중장 전사 파티는 가도를 나란히 서서 걸어갔다.

물의 도시까지 가는 여정, 왕복 일수. 현지에서의 행동— 등등을 고블린 슬레이어는 생각했다.

자신은 어떻게 해야 할 것인가? 어떻게 행동할 것인가?

언젠가 중장 전사는 왕이 되고 싶다고 했다. 과연, 그것은 틀림없이 난해한 일이다.

그저 눈앞의 고블린을 쓰러뜨리기만 해서 끝나는 것이 아니다.

보다 많은 것을 보고, 알고, 생각하고, 결단을 해야 할 것이다.

“……모험이란 것은, 어려운 것이군.”

고블린 슬레이어는 성큼성큼 걸어가면서, 자신의 주머니 속을 생각했다.

그곳에는 수가 있다. 언제나 있다. 따라서 수를 쓴다.

지금은 대부분이 도무지 모험답지 않은 것들뿐이지만.

그렇다면, 어떻게 할까?

——무법자처럼, 하면 되는 것이다.

막간 「다들 각자 이것저것 하고 있다는 이야기」

Goblin Slayer
He does not let anyone roll the dice.

쏴아아. 강의 재잘거림은, 어슴푸레한 세상에서도 대단히 마음을 편하게 만들어준다.

시간 여유가 많은 직무가 아닌 것은 알고 있지만, 졸음의 유혹은 참기 어렵다.

하물며 그것이 빛이 내리쬐는 지고신의 신전, 그 가장 안쪽에 있는 자신의 영역인 안뜰이라면.

어쨌든 동이 틀 때부터 질 때까지 일을 한다고 그만큼 능률이 오르는 것도 아니다.

평소부터 곁을 지키는 여관들이 휴식도 하라고 입이 마르도록 말을 하지 않는가.

이렇게 한때, 졸음에 쓴다고 해서 세상이 멸망하지는 않으리라…….

—이것은, 변명일까요……?

오후의 따스한 햇살을 온몸으로 감수하고 있던 검의 처녀가 살며시 천칭검을 끌어당겼다.

복도에 울리는 발소리. 그것은 귀에 익은 것이었지만…… 멀리, 그것에 섞이는 소리는 다르다.

철컥철컥 무구가 여럿, 통일되지 않았다. 잡다하다. 종족도 성별도 혼재되었다.

"……모험가가 온 걸까요?"

"아, 네, 네에……."

고개를 돌리지도 않고 말을 걸자, 흠칫 뜰의 입구에서 여상인이 멈춰서는 것을 알 수 있었다.

평소에는 **시선**을 돌리는 노력을 하지만, 종종 귀찮아지니 어쩔 수가 없다.

"대주교(아크비숍)님을 만나 뵙고 싶다 하여, 지금 기다리도록 하고 있습니다만……."

"그래요……."

삭. 천칭검을 의지하여 일어서자, 천칭이 찰랑, 시원스런 소리를 내면서 울었다.

"……왕도는 어떤가요?"

"여전하다. 라고 하면 여전합니다."

여상인이 씁쓸함 섞인 미소를 짓는 걸 알 수 있었다.

"폐하께선 정무에 마음을 쓰고 계십니다만, 문벌 귀족이나 호상들의 계략, 사교의 암약은 끊이지 않으며……."

"세상에 모험의 씨앗은 끊이지 않음이라."

"……네."

키득 검의 처녀가 웃는 것에 비해, 여상인은 침울한 기색으로 고개를 숙여 버렸다.

—그것은, 참 좋은 일이라 할 수 있어요.

가혹한 경험을 겪고, 수많은 일들을 보고, 그래도 더욱이 결벽함을 잃지 않았다.

검의 처녀로서는 참으로 기쁜 일이지만— 당사자는 괴로운 일도 많으리라.

다름아닌 그녀 자신이 그랬었다.

가장 깊은 미궁을 다니는 탐색행, 그 뒤의 수많은 모험, 그리고 보게 된 수많은 일들—.

“그것은 이 도시도 다를 바가 없답니다.”

따라서 그녀는 길 잃은 신도에게 살며시 가르침을 주고 달래듯 속삭였다.

삭, 거리를 좁히고 여상인의 볼에 손을 대자 「아」 하고 떨리는 목소리가 귀에 닿았다.

손가락 끝에 닿은 비단결 같은 피부. 그곳에 희미한 열이 생기자, 검의 처녀는 입술을 풀었다.

“빛 아래, 그 그림자 속을, 달리는 자가 있습니다. 세상에 늘 있는 일이니…… 그것을 인정해야 하죠.”

삭. 그대로 볼을 쓰다듬자, 그녀의 몸이 흠칫 떨리는 걸 알 수 있었다.

그것이 너무나도 귀여워서, 검의 처녀는 안대 안에서 살며시 눈웃음을 지었다.

분명, 그 미궁에 도전했던 무렵의 자신도 주위에서 이렇게 보고 있지 않았을까?

“우선은 『있다』라는 것을 인정하세요. 그것은 포기하고는 다릅니다. 그런 다음에…….”

—우선 드높이 목소리를 내세요.

세상의 악을 심판하는 것이 아니라, 그곳에 악이 있음을 깨닫게 하는 것. 그것이 바로 정의다.

법은 정의에서 나온 것이지만 결코 법 그 자체는 정의가 아니며, 심판 또한 마찬가지.

그것을 오해하면, 모든 것이 그저 독선으로 전락해 버리리라.

"네, 에."

여상인이 입술을 꾹 깨물고 몸을 굳히며, 힘이 안 들어가는 목소리로 응답했다.

"……후후. 좋아요."

살며시 몸을 물리자, 「아」 하고 또 비슷한 소리를 여상인이 흘렸다.

그러면, 그건 그렇다 치고—.

"자, 모험가 분들을 불러오세요. 용건을 들어볼까요?"

"아, 네, 네에……."

당황한 기색으로 허둥지둥, 여상인이 신전의 복도를 달려서 돌아갔다.

그것을 귀로 배웅하면서, 검의 처녀는 「그러면」 하고 몸가짐을 정돈했다.

자신도 바로 요전에 길을 잘못 들어설뻔한 참이었다.

발길을 되돌린 것은 결코 자신의 힘이 아니었다.

그렇다면— 이번에는 그녀 자신이 조금이라도 누군가의 힘이 되어줘야 하리라.

그런 것은 모험가의 길에 뜻을 두었던 처음 무렵부터 가슴에 품었던 마음이다.

새삼 꺼내보니, 그것은 유리구슬처럼 진부하고 별 것 아닌 것이었다.

―그렇지만 존귀한 것, 이겠지요.

"그러면, 손님들은…… 후후, 묵직한 검이군요. 그리고 기사님. 하프 엘프. 남자 아이……."

그리고 어린아이― 아니, 맨발이니까 레아일까요?

그런 생각을 하면서 검의 처녀는 단단히 자신의 직무로 돌아가는 것이었다.

§

"오오, 여기 있었네!"

물의 도시, 술렁거림과 소란 속에서도 뛰어난 모험가의 지각력은 떨어지지 않는다.

녹색 겉옷을 입고 손에 철창을 든 소녀가 긴 의자에서 휙휙 다리를 흔들고 있었다.

시간을 정해 만나기로 했어도, 정확한 기계세공의 시계 따위를 가진 건 한줌의 왕후귀족뿐이다.

점심이 지나 이곳에서, 그 정도의 전언을 동료인 마녀에게 부탁하여 사역마로 보냈다.

"이야. 오랜만이구만. 건강해 보여서 다행이다."

"그러~엄!"

그 소녀는 훌쩍 의자에서 뛰어내려 방긋 웃었다.

"이래저래 제법 노력하고 있으니까, 꽤 힘들긴 하지만."

"하하 그러냐. 뭐야. 무기는 내 영향으로 바꿨냐?"

창잡이가 말하고, 그녀가 든 철창을 턱으로 가리켰다.

언젠가 마차 안에서 만난 그녀는 쓸데없이 호화로운 검을 차고 있었던 것을 지금도 기억하고 있었다.

허세를 부리는 무기보다는 자기 분수에 맞는 무기가 훨씬 살아남는데 적합하다.

신참의 기색이 다 드러나던 그 소녀도, 이렇게 보니 이제는 어엿한 모험가다웠다.

녹색 겉옷, 그 안쪽의 가녀린 몸을 사슬갑옷으로 지키고 있는 걸 잘 알 수 있었다.

그렇다면 한 번쯤 놀리게 되는 법이다. 그녀는 「아~니~거~든~요~!」 하고 외쳤다.

"모두가 골라줬어. 아주 옛날 용사님을 따르는 거랬어."

"헤에."

창잡이는 웃었다.

"그건 좋은 일이구만. 좋아좋아."

흐흥. 소녀는 작은 가슴을 자랑스레 내밀며 과시하고, 창잡이는 쓴웃음을 섞어서 눈을 가늘게 떴다.

모두란 것은 그 마술사와 전사이리라. 좋은 판단을 했다고 생각한다.

창이란 것은 흠이 무기라는 것을 잡은 이래, 곤봉에 맞먹는 역사를 가진 무기 중 하나다.

십수 년 정도 전에 죽음의 미궁에서도, 여섯 영웅 중 한 명이 창을 썼다고 하니까—.

"뭐, 그 영웅은 미녀였다고 하지만 말이다."

창잡이는 소문에 들은 그 모험가의 모습을 그려보면서, 심술궂게 입술을 끌어올렸다.

"이제는 좀 더 키가 크고, 멋진 여자가 되면 음유시인이 내버려두질 않을 거야."

"아아, 그렇게 말한다는 거지?"

그걸 놀림으로 받았는지, 소녀는 괜히 거창하게 눈을 끌어올리며 몸을 내밀었다.

"보고만 있어~. 나는 100년 뒤까지 칭송 받는 전설이 되어 줄 테니까!"

"오냐오냐. 기대하고 있을게. 아가씨의 서사시를 들을 날을."

그것은 모험가와 모험가가 휴일에 나누는 별 것 아닌 대화에 지나지 않는다.

창잡이는 선배로서 얼음과자 — 아이스크림 — 를 사주고, 소녀는 와아 양손을 들었다.

또 다시 긴 의자에 앉아서 희희낙락하게 숟가락을 입에 문 그녀는, 잠시 지나 「그래서 말이지」 하고 중얼거렸다.

"오늘은 무슨 일이야? 지금까지도 종종 소문은 교환을 했었는데."

직접 만나야 하는 일이야? 그렇게 묻자, 창잡이는 자신의 머리를 긁적였다.

"아니, 긴급한 건지 아닌지는 알 수 없지만—. 좀 수상쩍은 이야기를 들었지.”

“수상쩍어?”

“내가 활동하는 동네에서, 매년 수확제에 맞춰 지모신 사원에서 제사주를 만드는데.”

갸우뚱 고개를 기울이는 소녀에게, 창잡이는 머리를 긁적이면서 말을 이었다.

“그게 올해, 일이 묘하게 돌아가서— 어때? 다른 데서 그런 움직임이 없는지 뭔가 아는 거 없냐?”

“…………헤에.”

슥, 소녀의 눈이 가늘어진 것을 창잡이는 깨닫지 못했다.

세상에는 모험의 씨앗이 끊이지 않음이라— 그것은 누구에게든, 같은 일이었다.

단장 「대도회지의 그림자를 달리는 이야기」

Goblin Slayer
He does not let anyone roll the dice.

넝쿨(픽서)이 『그냥 갔다가 돌아오는 거야. 간단한 일(런)이지』라고 하면, 주의해야 한다.

그것은 다시 말해서 서둘러 일해야 하고, 성가시고, 위험하며, 돈이 엉켜 있다는 것과 같은 뜻이니까.

—첫째로, 간단하고 안전한 일이라면 비싼 돈을 내고서 우리들한테 시킬 필요가 없지.

씨익 웃는 친구의 표정을 떠올리면서, 젊은 밀정은 갈고리 밧줄을 붙잡고 벽에 발을 대며 버텼다.

애당초 돈을 받았다고 해도, **이런 장소**에 잠입하는 건 무척 사양하고 싶긴 하지만.

“괘, 괜찮아……? 무겁지 않아?”

“그래, 문제없다니까.”

등 뒤에서 목덜미에, 간지러워지는 달콤한 목소리. 물론 마음이 들뜨는 상황은 아니지만.

목에 손을 두르고 매달리는 마술사 파트너에게 응답하고, 몸의 가벼움과 부드러움에 얼굴을 찌푸렸다.

—정말이지, 엘프란 녀석들은 어째서 이렇게……!

파트너가 비슷한 나이의 이성이라고 의식하는 것에 엉큼한 마음과 수치를 품을 정도로는, 밀정은 젊었다.

정찰꾼이 사전 조사를 한 겨냥도를 보고, 낮에 봐둔 저택의 경관과 조합하여 의식을 집중해야 한다.

미리 봐둔 창에 매달린 밀정은, 고개를 돌리며 가녀린 팔을 손가락 끝으로 통통 두드렸다.

"부탁한다."

"응, 맡겨둬."

그녀가 말하더니, 그의 어깨 너머로 팔을 뻗어서 손가락 끝에 집은 것을 창틀에 대었다.

허리의 작은 주머니에서 꺼낸 그것은, 지네와 민달팽이를 합쳐놓은 것 같은 유충이었다.

두 마디, 세 마디, 속삭이듯 **부탁**하자, 즉시 애벌레가 꿈틀거리더니 회칠에 달라붙었다.

록이터(암식괴충)의 유충한테 걸리면, 회칠을 깨는 것 정도는 간단한 일이다.

아무리 견고한 철창과 자물쇠, 창을 지키는 마술을 걸어도 창틀은 넘기는 법이다.

덜컥. 떼어져서 떨어진 창틀을 들고서, 밀정은 스르륵 실내로 숨어들었다.

누군가의 서재— 집무실이라고 해야 할까? 책장, 책상, 마시다 만 술병, 고급스런 잔.

발이 푹 가라앉을 정도로 털이 긴 융단이란 것은, 언제 밟아도 익숙해지지 않는다.

소리를 내지 않도록 창틀을 내려두는 것에 맞추어, 마술사가 살며시 바닥에 내려섰다.

동시에 그는 고리에 통과시킨 끈으로 어깨에 걸어둔 연노(連弩)를 물 흐르는 듯한 움직임으로 겨누었다.

탄창이 장전된 것을 확인. 파트너의 사각을 지키는 위치를 골랐다.

이런 부분은 이미 습관이 됐다. 짝을 이룬지 꽤 오래됐으니까.

"적당히 뒤질게. 눈에 띄는 게 있으면 가져간다. 그리고 **물건**을 놓고 간다."

"맞았어."

"금방 끝낼게."

강도가 들었을 때, 신경 쓰는 것은 도둑맞은 것이지 뭐가 늘어났는지는 신경 쓰지 않는다.

딱히 해결사가 좀도둑질 같은 짓만 하지는 않는 것이다.

돌격, 추출, 유괴, 삽입, 양동, 호위에 추적, 도주, 때와 경우에 따라서 인명 구조.

이것을 하면, 누군가가 이득을 본다. 돈을 낸다. 그러니 해결한다. 그것이 전부다.

그래서 그들은 돈을 받고, 때로는 영웅이, 때로는 악한이 된다.

모험가 길드나 나라, 신들을 이상하게 꺼리는 자도 적지 않지만—.

결국 자신들이 보다 거대한 무언가의 손끝에 있다는 것을 받아들이는 것이 해결사의 첫걸음이다.

—그렇지 못하면, 죽는 거지.

작금 물의 도시에서 유행하고 있는 엉터리 노래를 읊조리고 시간을 때우면서, 젊은 밀정은 그렇게 생각했다.

'도대체가 소귀 살해의 영웅이라는 걸 엉터리라고 안 하면 뭐라고 한단 말이냐!'

괜한 일에 흥미를 가지거나, 이것저것 가리지 않고 반발하여 대들었다가 죽은 해결사는 많다.

이번 일도 그렇다.

물건을 준비한 녀석이 있다. 정찰병이 사전조사를 했고 그 밖에도 움직인 녀석이 있었으리라.

분명히 일이 지난 다음 뒤처리를 하는 녀석도 있을 거고, 분명히 지금은 그와 마찬가지로 시간을 때우고 있으리라.

자신들이 담당한 것은 말단의 또 말단, 일부분이다. 그것을 받아들여야 한다.

물론, 받아들이고서— 그에 따를 것인가 아닌가는 또 다른 문제다.

해결사를 제멋대로 쓰고, 내치고, 자기만 이득을 보려는 발단(존슨)은 오래 못 산다.

우리는 작다. 그건 사실이다. 그러나 얕보지 마라. 알겠냐.

그런 삶(스타일)을, 그는 자신의 입장(포지션)으로 삼았다— 그렇게 생각했다.

—물론「속여서 미안하지만」이란 일을 그 녀석이 하지는 않을 것이다.

친구이기도 한 넝쿨의 얼굴을 떠올렸다. 위험한 일을 소개하는 일은 있어도 배신하지는 않는다.

이번 일도, 발단이 어디 사는 누구인지는 모르지만 신원은 분명한 녀석이리라.

그 정도 신뢰는 하고 있다. 당연하다. 동료니까.

"……끝났어."

"응, 좋아."

그녀의 목소리에 의식을 전환한 밀정이 고개를 끄덕였다.

"얼른 철수—."

그 순간, 밀정이 연노의 방아쇠(트리거)를 당기는 것과 방의 문이 열리는 것은 동시에 일어났다.

그리고 공간을 비처럼 꿰뚫은 화살이 우산에 튕겨나가는 것처럼 흩어지고 마술사가 비명을 질렀다.

"《디플렉트 미사일(화살 막이)》?!"

"빌어먹을(가이각스)! 여기는 동굴이 아니거든!!"

빈 탄창을 빼내고, 손을 더듬어 허리띠에서 뽑아낸 것으로 교환하며 그는 신음했다.

그의 눈에 끼워진 금기의 마안이 어둠 속에서 우뚝 선 거한을 보았다.

—트롤!

마신왕의 군세가 패배한 이후로, 혼돈의 패잔병이 그림자의 세계에 몸을 숨기는 일이 늘어났다.

다크 엘프며, 와이트며, 뱀파이어며. 정말이지 환영해줄 수가 없다.

화살 더미를 일제 사격했는데도 끄떡도 없이 돌진하는 거한의 괴물 따위는 더욱 그렇다.

하물며, 목에 화살 막이의 부적을 걸고 있다면—!

"TOOOOORREOORRRRRRR!!!!"

"《움브라(암영(暗影))…… 루푸스(낭아(狼牙))…… 리베로(해방)!》"

그러나, 이쪽도 혼자가 아니다.

방울 소리 같은 영창을 하자 속박에서 벗어난 짐승이 마술사의 그림자에서 튀어나와 공격한다.

마력으로 짜낸 송곳니가 괴물에게 박히고, 근육을 찢어내는 순간을 밀정은 놓치지 않았다.

"간다!"

"응!"

주저 없다. 자신에게 매달리는 그녀의 신뢰가 조금 기쁘다.

그 가녀린 몸을 끌어안고서, 밀정은 창을 빠져나가 밤으로 날았다.

부유감. 이어서 추락. 그녀의 억눌린 비명. 갈고리 밧줄이 아쉽다. 뭐 필요경비다. 나중에 청구해야지.

쿠웅. 온몸을 꿰뚫는 충격을, 주술적으로 강화된 사지로 흡수하면서 착지.

이 또한 금지된 보랏빛 꽃 덕분이다. 인간성(에센스)을 깎아낸 보람이 있다.

"……윽! 미안, 당했어!"

"문제없다!"

귓가에 닿는 그녀의 목소리. 응답하는 것과 동시에 땅을 박차고 달린다. 그 직후에 거체가 그 장소에 낙하.

"OOOOOLE!!!!"

그림자의 짐승을 갈기갈기 찢어낸 트롤이 울부짖으며 추격해온다. 정말이지, 지긋지긋하다.

그러나 거듭 말하지만, 딱히 이쪽도 혼자가 아니다. 정말로 고맙게도.

"서둘러라, 꾸물거리지 마!"

"타이밍 좋은데!"

성대한 말발굽 소리와 함께 저택의 문 앞으로 미끄러져 들어온 것은 동료인 마부가 모는 2륜 1두의 마차였다.

"트러블인가?"

"최고라도 해결사(동업자), 최악이라도 해결사. 부탁한다."

"꺅?!"

나이에 걸맞은 비명은, 휼쩍 마차 안으로 던져진 파트너의 입에서 나왔다.

그리고 밀정이 마부석을 붙잡고 몸을 끌어올리자마자, 마차가 기세 좋게 달리기 시작했다.

물론 마차 안에는 선객이 두 사람— 아니, 정확하게는 한 사람과 한 마리.

"…………응, 좋아, 다 됐어. 화살 막이의 부적은 날려버렸어."

"이쪽도 경비대를 휘저어 놓고 왔다! 시간은 충분하고 남아!"

명상에 빠져 의식을 몰입(잭인)하고 있던 지식신의 신관 소녀와, 또 한 명의 마술사가 부리는 **사역마**다.

신의 종이 무법자가 된 이유를 그는 모른다.

신관은 「어둠이여 추락하지 말라」면서 웃을 뿐이다. 그러면 그런 법이리라.

그리고 파트너인 소녀와 달리 어째서 또 한 명의 술사가 사역마만 보내는지, 그는 모른다.

아는 것은, 얼굴을 보이지 않더라도 사역마를 통해 쓰는 주문이 듬직하다는 것이다.

그러면 사역마밖에 몰라도, 다들 그녀 — 일 것이다 — 를 믿지 않을 이유가 없다.

뭐, 이력서가 없어도 동료는 될 수 있다. 신관이든 마술사든.

좋은 파티다. 밀정은 생각했다.

"달린다! 《달려가라 비의 말(켈피) 어서 달려라, 흙에서 산천, 바다에서 하늘로》!"

마부가 정령에게 말하자, 마차를 끄는 비의 말이 소리 높여 울더니 가속했다.

곧장 가는 곳은— 이 물의 도시를 종횡무진으로 달리고 있는 수로다. 최고의 도주경로.

"그러면 나는 내 역할을 다하면, 되겠지……."

넝쿨이 사전조사를 하고 계획을 짜서 해결한다.

지식신의 신관, 사역마 너머의 마술사가 후방지원. 정령술사 마부는 이동수단을 전면 담당한다.

앞으로 나서는 것은 파트너인 그녀와, 그리고 자신— 대체할 수 있는 단순한 밀정.

『인격 말고는 대신할 수 있겠지』 친구인 넝쿨이 웃었다. 그거면 된다고 그는 생각했다.

쓸어 담을 만큼 있는 실력치고는 최고의 평가다. 그렇지 않나?

금기의 마안은 어둠 너머에서 콧김을 거칠게 뿜으며 돌진하는 트롤을 보고 있었다.

마부석을 붙잡으면서, 한손으로 연노를 겨누고 조준.

파파파파팟. 가벼운 소리와 함께 현이 잇따라 튕기고, 으르렁대는 화살비가 괴물을 꿰뚫었다.

물론 트롤이다. 다소 화살에 꿰뚫어졌다고 죽지는 않으리라. 커다란 놈의 얼굴이 웃는다.

"작별이다."

그러나 그의 왼손은 이미 허리에서 핸드 캐논을 뽑아내, 방아쇠를 당기고 있었다.

부싯돌의 불똥과 비약의 하얀 연기가 시야를 가로막는 너머에서 피가 파악, 흩어졌다.

머리가 사라진 거구가 휘청대며 물에 빠진 것처럼 공중을 긁고, 등 뒤로 쓰러져서— 가라앉았다.

—이거면 된다. 목격자는 없다.

씨익 웃은 밀정은 띠를 이용해 어깨에 걸어둔 연노를 다시 겨누고 커다랗게 숨을 내쉬었다.

일단 공격하는 횟수가 많아야 한다. 마구 쏴대면 된다는 녀석은 본질을 보지 못한다.

한 발만 쓸 수 있는 핸드 캐논은 지근거리에서 갑옷을 꿰뚫는 비장의 수, 역시 이렇게 쓰는 게 정답이다.

—최대의 난점은 한 방이 비싸다, 라는 거구만.

그밖에 화살도 그렇고, 로프도 그렇다. 물론 목숨과 비교하면 싸게 먹히지만.

무슨 일이든 대가가 필요하다. 그런 법이다.

보수에서 경비를 빼고 분배하자고 제안을 할 수 있으면 좋겠지만…….

—그 부분은 발단에서 얼마나 끌어낼 수 있는가 하는 문제니까, 넝쿨이 할 일이다.

그때 차체를 콩콩 두드리는 희미한 소리.

돌아보니 등받이 위에 있는 창 너머로, 마술사 소녀가 생긋 웃고 있었다.

밀정도 웃었다. 그리고 그녀가 주먹을 내밀고 있는 곳에, 창을 틈에 두며 주먹을 부딪쳤다.

“수고했다.”

“그쪽도.”

웃음소리는 물보라에 뒤섞여서 녹아 사라지고, 그들은 대도회지의 그림자를 달려 사라졌다.

그들 같은 이름이 없는 생물들에게, 그것은 언제나 밤마다, 언제(어나더)나 하는 일(사이드 어나더 런)이었다.

제4장 『의뢰인의(스폰서) 한 마디』

흠들은 참 신기해서, 무슨 일이 일어나면 곧장 사태가 급변하기를 바라게 된다.

예를 들어 모험가가 되면, 당장이라도 세상의 명운을 뒤흔드는 대모험을 하고 싶다거나.

검을 배우기 시작하면, 내일이라도 쑥쑥 두각을 드러내어 지역에서도 이름을 날리는 검술사가 된다거나.

마술이라면 아무도 모르는 세계의 비밀이나, 시인이라면 도읍에서 일약 유명해진다거나…….

그것은 별 것 아닌 몽상이며 결코 바보 취급할 일은 아니지만, 그러나 현실은 다른 법이다.

무슨 일이 있다고 해서, 즉시 모든 것이 변하는 일이 있으랴.

모험가가 된지 2년하고 조금. 여신관도 그런 건 이미 알고 있었다. 그렇게 생각했다.

"하아……."

그러나 아침 안개 속에서 길드와 사원, 사원에서 길드를 왕복하는 그녀의 입에서는 한숨이 흘러나왔다.

왜냐면, 상황이 변할 거라고 생각했던 것이다.

고블린 슬레이어가 대처를 시작해주었다. 다들 협력해주었다. 다른 모험가들도.

그러나, 그 뒤로 며칠이 지나도— 아무것도 변화가 없었다.

소문은 퍼진다. 그것 말고 뭔가 다른 움직임은 없다.

매일 같이 길드에서 사원으로 가고, 길드로 돌아오는 발걸음도 오늘은 괜히 무거웠다.

반복하지만, 딱히 무슨 일이 있는 건 아니다.

그저 나날이 반복되고, 그것이 쌓여서 여신관의 가녀린 몸에 얹어지는 것뿐이다.

오늘 방문한 사원에서도 — 엘프 궁수는 아직 자고 있었지만 — 다들 따스하게 그녀를 맞이해주었다.

드워프 도사는 아무 일도 없다며 보증을 해주었고, 리자드맨 승려는 하루 사색에 잠기는 것도 좋다며 고개를 끄덕였다.

그건 다시 말해서, 보수도 없는데 동료 세 사람을 사원의 호위로 붙들어놓는 것이나 다름없다.

그리고 웃으며 자신을 맞이해주고, 그리고 보내주는 언니— 포도 여승.

그녀의 귀에도 소문은 들어갔을 텐데 전혀, 아무것도 그것을 겉으로 드러내지 않는다.

자신은, 여전히 고블린 슬레이어를 따라서 돌아다니는 것뿐인데.

"……하아."

한숨을 다시 한 번.

그 무법자들의 모임터를 방문하고서 불과 며칠이 몇 주일처럼 느껴졌다.

아침에 일어나는 게 괴롭고, 밤에 잠드는 것이 무섭다. 무위하게 시간이 지나버리는 것이, 두렵다.

상황이 변하지 않은 채, 오늘도 이렇게 모험가 길드 앞에 도착해 버렸다.

—고블린 슬레이어 씨는…….

무슨 생각을 하는 걸까, 하는 생각이 스쳐서 여신관은 고개를 휙휙 저었다.

그래서는 안 된다.

고블린 슬레이어는, 그녀의 파티 리더인 그는 뭔가 생각이 있을 것이다.

그러고서, 그저 그걸 따라다니기만 해서는 분명 안 될 것이다.

그래서는— 모험가가 된 처음 무렵과 비교해 아무것도 변한 게 없지 않은가?

입술을 꾹 깨물고, 여신관은 스윙 도어를 슥 밀어서 열었다.

곧장 기세 좋게 뛰어드는 이른 아침의 소란이 여신관에게 밀려들었다.

"어머, 어서 오세요!"

맨 먼저 말을 걸어준 건 접수처에서 뭔가 작업을 하고 있던 접수원 아가씨였다.

그녀의 귀에도 소문이 들어갔겠지만, 의도한 건지 그것을 언급하지 않았다.

그런 배려가 참으로 기뻐서, 여신관 또한 「네」 하고 열심히 미소를 지었다.

“고블린 슬레이어 씨는, 벌써 오셨답니다?”

“아, 네. 그러니까, 오늘도—.”

고블린 퇴치, 일까요?

여신관은 그 말이 목에 걸려서 나오지 않은 채, 힐끔 대합실로 시선을 보냈다.

의뢰를 보려고 모험가들이 가득한 그 안에서도, 그의 모습은 전면에 떠오른 것 같았다.

대합실의 구석, 늘 있는 정위치에 지저분한 가죽 갑옷과 싸구려 철 투구의 모험가.

그곳에 종종걸음으로 다가가는 여신관에게 주위의 모험가가 제각각 말을 걸었다.

“야아.”

“여어.”

“오늘도 고블린이야?”

“힘내라.”

등등등…….

2년 조금 넘는 모험가 생활은, 지모신의 사원밖에 몰랐던 그녀에게 수많은 관계를 키워주었다.

이름도 모르고, 내력도 모른다. 그렇지만 같은 모험가인 그들, 그녀들.

종족도 여럿인 동업자에게 여신관은 일일이 고개를 숙이며 눈인사를 하고 「안녕하세요」를 말한다.

과거의 신인, 기대되는 후배도, 이제는 나란히 서서 나아가는 같은 모험가…….

—가, 된 걸까요……?

당사자로서는 도저히 그런 자신이 없었지만.

§

"이야아, 과연 대주교님은 말이 통한다니까!"

"나는 분명히 문전박대를 받을 거라고 생각했다만."

서둘러서 지나가는 여신관을 배웅하는 옆에서, 중장 전사가 기가 막힌 기색을 섞어서 투덜거렸다.

너 정말로 지고신의 기사였구나아. 라고 말하는 표정이지만, 여기사는 깨닫는 기색이 없었다.

그녀는 주먹을 쥐고서 열변을 토하며, 당연하다는 듯 끊임없이 고개를 위아래로 움직였다.

"고블린 정도의 이야기를 하러 가면 그것도 당연하지. 이야, 대주교님을 의심한 내가 어리석었어!"

"그러냐."

중장 전사는 적당히 이야기를 흘려 넘겼다.

중요한 것은 지고신의 신전이 움직였다는 것, 그것이 돈이 될 법한 모험의 입구로 이어졌다는 것이다.

이슬을 먹으며 모험을 할 수도 없다. 목숨은 소중하다. 그것뿐이 아니지만, 중요하다.

나이를 얼버무린 탓에 승급도 늦은 어린애를 둘이나 품고 있다면 더욱 그렇다.

누가 뭐래도 돈이 있으면 밥을 먹을 수 있다. 여관을 잡을 수 있다. 무기와 방어구를 새로 장만할 수 있다. 도구도 살 수 있다.

기부한 액수에 따라서는 죽음의 문턱에서 생명을 다시 불러오는 《리저렉션(소생)》의 기적도 받을 수 있을지도 모른다.

다시 말해서, 돈으로 목숨을 어느 정도 보충할 수 있다는 것이다.

실질강건, 질박검약 따위를 잘났다고 이야기하는 자들도 가끔 보이지만, 중장 전사는 이해가 잘 안 됐다.

돈을 가볍게 볼 이유는 무엇 하나 없고, 있으면 있는 만큼 곤란할 것 없으며 써야 할 때는 쓰는 것이다.

―교역신의 신전에 기부라도 좀 해둘까?

딱히 신들을 믿은 적도 없지만, 중장 전사는 문득 그런 생각을 하면서 친구에게 말을 걸었다.

“그쪽은 어땠어?”

“이야, 신통찮아.”

손을 내저은 것은 빠른 다리로 한 발 먼저 돌아온 창잡이였다.

창을 어깨에 걸치고 있는 그의 옆에서, 이야기를 듣고 있는 건지 아닌지 마녀가 연기를 뿜고 있었다.

평소와 같은 광경이다. 이제 그만 세금을 내야 하지 않던가? 중장 전사는 자기는 제쳐두고 생각했다.

“도시에서 모험을 하는 아는 녀석에게 물어봤는데, 뭐 금방 알기는 어렵겠지.”

“그런 법인가 보구만.”

“애당초 우리는 괴물 퇴치 전문이니까. 적성에 안 맞는 거지.”
자신만만하게 그런 말을 하니, 마녀가 「후, 후」 웃으면서 소리 죽여 숨결을 흘렸다.
“뭐, 지극히 당연한 말이군.”
여기사가 응답했다.
“서로서로 잘 맞는 역할이 있는 법이야.”
“흠.”
중장 전사가 숨을 내쉬었다.
“너는 때때로 속뜻이 있는 말을 하는군.”
“바보자식. 내 말은 언제나 속뜻이 산더미처럼 있다.”
“그러냐.”
“일단 들어봐라.”
기가 막혀서 손을 흔드는 그를 무시하고, 여기사는 자신만만한 표정으로 풍속을 올렸다.
“혼자서 모두 할 수 있답시고 말하는 녀석은, 사물의 진리를 보지 못하는 어리석은 놈이다.”
“허어.”
창잡이가 씨익 웃으면서 맞장구를 쳤다.
“설교 같은 말 좀 하지 마라. 아침나절부터.”
어차피 아침의 의뢰를 붙이러 올 때까지 시간 때우기. 시야에 접수원도 들어오지 않으니까.
“음.”
여기사가 잘난 표정으로 응답했다.

"가르침(教)을 설파(說破)한다고 써서 설교(說教)니까, 설교 그 자체다."

"그럼 기사님. 그 깊은 뜻은 무엇입니까?"

"예를 들어서 말이다. 그저 한 칼로 천지를 베어내고, 마신을 멸하지만, 귀찮아서 동 등급이라는 녀석이 있지 않나."

"있는 거냐?"

"있다고 치는 거다."

창잡이는 아무래도 상상이 안 되는지, 그래 있다 치자며 고개를 끄덕였다.

동화 속의 영웅이라도 조금은 더 현실적인 법이지만.

"그러나 생각을 해봐라."

여기사가 말했다.

"그 녀석의 옷도, 식사, 야채, 고기, 신발에, 숙소도, 나라도, 전부 다른 누군가가 마련한 것 아닌가?"

"당연히, 반한 여자— 인지 남자인지는 모르지만, 반한 상대에게는 부모님도 있는 법이지."

괜한 참견을 하자, 마녀가 말없이 정강이를 걷어찼다. 아야. 소리를 내지 않을 정도의 근성은 그에게도 있었다.

"오오, 맞는 말이군."

여기사가 깨닫지 못한 채 감탄한다.

"그래서, 말이다. 그것을 전부 혼자서 마련할 수 있다는 것은, 뭐, 다시 말해서 거창한 헛소리라는 거지."

"그, 러고 보면…… 이런, 말도…… 있었, 지."

곰방대를 빙글 돌리면서, 한 모금을 마친 마녀도 재미 반으로 참견했다.

"술, 만들 때, 박자 맞춘 노래. 별의 그림 변하면, 술도…… 맛도, 달라지는 법……이라고."

여신의 유방의 풍만함, 그것을 칭송하는 형용사 하나 둘이 중요한 것이다— 등등.

고대의 현인이 남긴 말을 마녀가 자아내고, 여기사가 「맞는 말이야」라며 크게 고개를 끄덕였다.

신들마저도 혼자가 아니다. 홀로 전지전능하다니 웃긴다. 여기사의 바람은 더욱이 세차게 불었다.

"다시 말해서 뭐든지 다 할 수 있는 게 아니니까, 못하는 일은 남에게 맡기면 된다!"

"네 경우는 맡긴다기보다는, 떠넘기는 거잖아."

풍속이 최고에 달한 참에, 평소처럼 중장 전사가 속도를 늦추려고 나섰다.

"애당초, 신이나 악마 같은 힘을 가졌다고 해도, 그 녀석의 힘이잖아. 좋을 대로 쓰면 되는 거야."

"그러나 말이다. 힘에는 책임이라는 것이 따른다는 격언이 말이다……!"

"세상을 구하면, 고맙습니다. 농가를 한다면, 그렇습니까. 너야말로 악마라고 하면, 때려눕히기."

심플하잖아. 중장 전사가 말을 잇자, 여기사는 「잠깐 기다려라」라며 매달렸다.

중장 전사는 눈을 반쯤 감고, 기막힘, 익숙함, 쓴웃음이 뒤섞인 뭐라 말하기 어려운 표정을 지었다.

"이제 그만 투구보다 먼저 장갑 끼우는 버릇을 좀 고쳐봐라. 내가 몇 번이나 머리를 정돈해줘야 되냐?"

"으, 극……!"

회심의 일격이었다.

급소를 찔린 여기사는 「으극」이라거나 「우」 하고 신음한 다음, 다 내려놓은 듯 반박했다.

"사, 상관없지 않나! 딱히 대단한 고생도 아닐 텐데?!"

"그야 뭐 그렇긴 한데, 자기 일을 너무 제쳐두는 거 아니냐?"

중장 전사가 어깨를 으쓱거리고 여기사가 으그그 이를 간 다음, 창잡이는 기가 막힌 기색으로 두 사람을 보았다.

둘 다 거기서 거기다. 마녀가 눈을 깔고 목 안쪽으로 조용히 웃었다. 정말이지, 질리지 않는다.

"다시 말해서, 내가 말하고 싶은 건, 용사는 용사란 것을 자각하고 있기 때문에 말이다……!"

"뭘 말하고 싶은 건지 잘 모르겠다."

결국은— 마녀는 두 사람의 대화를 흘려들으며 생각했다.

세상이라는 것은 커다랗고, 자신이 보고 있는 것이 전부가 아니며, 예상 밖의 장소에서 움직이는 법.

그 모든 것을 꿰뚫어보고자, 진리를 목표로 돌진하는 것이 마술의 길이었다.

무슨 일이 일어나고 있는가? 어떻게 되는가?

지금 보고 있는 것이 말단이라고 해도, 그 말단에서 그것을 생각한다.

그렇다면―.

"어, 떻게…… 되는 걸, 까……."

이번 모험도, 분명히 유쾌할 것이 틀림없었다.

§

"저, 저기, 안녕하세요? 고블린 슬레이어 씨……."

허둥지둥 달려온 여신관의 말에, 그 볼품없는 모험가는 평소처럼 「그래」 하고 대답했다.

변경 도시, 길드의 명물. 아침 일찍부터 길드에 오는데, 의뢰를 받으러 움직이는 건 마지막.

대합실의 한 구석에서 꼼짝 않는 갑옷처럼 버티고 있는 모습은, 익숙한 모험가들에게는 일상이다.

새내기, 초보 모험가도 처음에는 흠칫거리지만 금방 신경 쓰지 않게 된다.

그들이 보기에, 고블린 퇴치 전문의 모험가란 것은 그 정도 존재니까.

최근에는 파티 같은 것도 생겨서 집단으로 행동한다고 하는데, 지금은 혼자― 아니, 둘.

요 며칠 동안, 그의 동료라는 드워프, 엘프, 리자드맨은 모습을 보이지 않고 있었다.

"오늘도, 고블린 퇴치인가요……?"

조심조심하는 기색으로, 그의 옆에 오도카니 앉은 여신관이 물었다.

그 물음에 담긴 감정은 두려움…… 이라기보다는 주저함일까?

두 사람이 함께 행동하기 시작한지, 얼마나 되었을까?

짧지는 않다. 몇 년. 그것을 길다고 할 수 있는지 없는지는 사람에 따라 다르겠지만…….

"그래."

고블린 슬레이어라고 불리는 모험가는 짧고 담담한 낮은 목소리로 응답했다.

"조금 상태를 본 다음이다."

"……네."

여신관이 고개를 끄덕이고, 그 뒤로 대화가 끊어졌다.

모험가들의 별 것 아닌 잡담이, 의미가 없는 소리의 파도가 되어 밀려들고 공간을 채웠다.

그러나 여신관은 잠시 꼬물꼬물 얄팍한 엉덩이를 자리가 불편한 것처럼 움직인 다음, 조용히 입을 열었다.

"저, 저기……."

"뭐지?"

"뭐, 뭔가, 그…… 해야 하지, 않을까요……?"

그것은 주어가 빠진 애매한 말이고, 말을 하는 것과 동시에 여신관은 창피한 기색으로 고개를 숙여 버렸다.

무엇에 대한 수치인지는, 언뜻 봐서 알 수 없었다.

불명료한 발언이었다거나, 혹은 행동하지 않는 자신에 대해서인지.

고블린 슬레이어는 그 말에 대해 낮게 신음한 다음, 조용히 말을 이었다.

"손은 써뒀다."

"네—?"

갸우뚱. 여신관은 문득 이마를 콕 찔린 것처럼 어린애 같은 표정으로 철 투구를 올려다보았다.

그런 그녀에게 그는「나도 실제로 해본 적이 있는 것은 아니지만」이라고 한 다음 말했다.

"사슴을 사냥할 때는, 움직이지 않는 편이 좋다고 한다."

"사슴……."

"상대가, 이쪽을, 길바닥의 나무나 돌 같은 것으로 생각할 때까지."

그 다음에, 단숨에 화살을 쏘아 급소를 꿰뚫는 것이다— 라고 한다.

여신관은「하아」감탄한 건지 넋이 나간 건지 모를 한숨을 흘렸다.

"우응……."

여신관은 가는 손가락을 턱 끝에 대고서 생각한 다음, 심각한 어조로 말했다.

"이것저것, 알고 있네요."

"마구잡이다."

고블린 슬레이어는 겸손이라기에는 너무 거친 말로 대답했다.

"본직인 탐색자에게도, 척후에게도, 전사에게도 미치지 못한다."

"……하지만, 이것저것 알고 있어요."

여신관은 대답했다. 손가락을 꼽아, 모험에 대해서, 싸우는 법, 탐색 방법, 하고 세면서.

"알고 있는 것, 생각하고 있는 것, 잔뜩 있어요. ……치사해요."

"그런가?"

"그래요."

"그런가……."

납득을 했는지 아닌지, 고블린 슬레이어가 무뚝뚝하게 말하더니 입을 다물어버렸다.

여신관은 잠시 그 철 투구를 본 다음, 마치 혼잣말처럼 조용히 중얼거렸다.

"……저도, 이것저것, 알게 될 수 있을까요?"

"모른다."

"모른다, 고요……."

"나도, 내가 그렇게 영리하다고 생각한 적은 없다."

알 수 있겠나? 그렇게 대답하면 여신관도 그 이상은 붙들 수가 없었다.

웅. 어린애답게 볼을 부풀리고, 그 어린애 같은 태도를 깨닫고서 자세를 바로잡았다.

"그러면, 공부할게요."

그렇게 대답하는 말은 토라진 것처럼 새침했으나, 어쩐지 유쾌하게도 들렸다.

"이것저것 더욱 더 공부를 하고, 단련해서…… 노력할게요."

"그런가."

고블린 슬레이어는 고개를 끄덕였다.

"그게 좋겠군."

네. 여신관은 말 잘 듣는 학생처럼 대답하고 또 입을 다물었다.

또 다시 모험가 길드의 소동이 되살아나고, 별 것 아닌 잡담이 주위를 가득 채운다.

솔직히 지금 나눈 대화도 별로 특별할 것 없는— 의미가 없는 대화에 지나지 않는다.

그리고 그런 한때도 금방 끝을 맞이했다.

훌쩍 접수처에서 모습을 감춘 직원이 금방 종이 다발을 끌어안고 나서면—.

"네에! 오늘 일을 붙입니다아!"

기다렸다는 듯, 환성을 지르며 모험가들이 게시판으로 달려가는 것이다.

간단한 일, 어려운 일, 차이는 있지만 모험을 하지 않으면 먹고 살 수 없다.

"어이, 이거 좀 봐라!"

"뭐야? 지모신 사원의 경호?"

그렇게 떠들썩한 가운데, 문득 굴러 나온 말에 여신관의 어깨가 움찔 떨렸다.

"뭐야, 소문을 들은 불량배들이 노리기라도 하나?"

"아니, 지고신의 신전에서 원조를 한다고 하는데—."

"허어, 그건 좋은데. 돈도 나오고!"

"남을 돕는 건 남을 위한 일이 아니라고 하지만. 난처한 사람을 구하면 업(카르마)도 쌓을 수 있을 거야."

입을 모아 제멋대로 말하면서 의뢰를 다투는 모험가들.

그것을 여신관은 뭐라 말하기 어려운 애매한 표정으로 보고 있었다.
저 사람들도 소문을 퍼뜨리고 있었을 텐데— 라는 심경일까?
—가녀린 가슴 속에 응어리져 있을 감정을 생각하면 조금 주춤거리는 부분도 있지만, 어쩔 수 없으리라.
결심을 한 **그**는 자리에서 일어나, 모험가들의 공백 지대를 발 빠르게 답파하여 똑바로 걸었다.
"——?"
신기하단 표정을 지은 소녀의 시선이 이쪽을 향하고, 철 투구의 무표정을 마주한다.
으. 숨을 삼킨다. 그 안에 아무것도 없는, 부재의 기사가 아닐까 싶은 모험가의 모습.
그것은 주춤거림에 더해서 주저를 느끼는 것도 당연한 위압감이라, 그는 몸이 굳어졌다.
"무슨 용건 있나."
그래. 짧게 응답한 목소리는 대단히 갈라졌고, 톤도 높아졌다.
이래선 안 된다. 그는 한 번 심호흡을 하고, 가볍게 헛기침을 했다.
"부탁한다. 급한 의뢰다. ——부디, 우리를 구해줄 수 없겠나?"
물의 도시에서 온 주조상의 아들은 조용한 어조로 말을 꺼냈다.

§

"고블린인가?"
"아니. ……아니, 맞아."

애매하게 말을 흐리는 젊은이에게, 맨 먼저 험악한 시선을 보낸 것은 여신관이었다.

주조상인의 아들. 물의 도시에서 왔다. 자기소개를 한 내용은 여신관에게 많은 의미를 가지고 있었다.

그녀는 뭔가 말하고자 입을 열고, 그러나 그 말이 목에 걸린 것처럼 숨이 막혀버렸다.

—무슨 말을 해야…….

매도해야 할까? 차갑게 거절해야 할까? 분노하고, 소리치고, 울부짖고, 밀쳐내버리면 되는 걸까?

확실하게 말해버리면, 소문의 출처가 물의 도시에서 온 주조상이라는 것은 명백하지 않던가?

그것은— 이것저것 조사하고 캐본 결과, 그들이 움직이고 있었던 것은 틀림이 없었다.

물론 아무런 증거도 없긴 하지만. 왜냐하면, 그렇지 않아도 득을 보는 것은 그들이다…….

여신관의 머릿속에, 추리인지 억측인지 망상인지 모를 사고가 빙글빙글 소용돌이쳤다.

그저, 그렇게 생각했다는 것뿐이다. 소중한 사람이 상처를 입었다.

—그것을, 이쪽이 앙갚음해선 안 되는 이유도, 없다.

불쑥 그런 생각이 가슴 속에 일어난다. 씨앗이 싹을 틔우는 것처럼, 그것이 펼쳐진다.

고블린의 딸이다. 그런 적당한 말을 떠벌렸는데, 어째서 이쪽만 참아야할까?

무엇을 이제 와서. 뻔뻔스럽다. 사과해라. 알 바 아니다. 꼴좋다.

가능한지 아닌지를 말해보면, 가능한 일이다. 그저 그 감정의 격류에 몸을 맡기면 된다.

그러나— 여신관은, 그녀는, 그래서는 안 된다고 믿으며 살아왔다.

사람을 자비로 대하며, 배려하며, 세상에 도움이 되는 일을 귀히 여기라 믿으며 걸어왔다.

그것이 그녀의 신앙이며, 그녀의 16년, 17년에 이르는 인생이었다.

물론 어떤 사람이든 사정이 있고, 이유가 있고, 용서를 받아야한다고 생각지는 않는다.

그렇지만 아무 생각 없이 날뛰는 것은 너무나도, 그렇다…….

—꼴사납다.

여신관은 목에 걸린 것을 빼내는 것처럼 깊숙하게 숨을 내쉬고, 들이쉬었다.

가슴 안쪽에 응어리져 있던 어둡고, 무겁고, 질척하고 뜨거운 것을, 전부 쓸어내기 위해서.

"……저는."

그녀는 말을 끊었다.

"들어도, 상관없어요."

"그런가."

고블린 슬레이어의 말은 평소와 무엇 하나 다르지 않았다.

그것을 어째서인지, 여신관은 견딜 수가 없었다.

"그러면 듣지. 여기서 괜찮나?"

"그것이……."

주조상이 아들은, 지금 그 대화로 여신관이 가진 성인(聖印)을 깨달았을까?

자리가 불편한 듯 볼을 긁적이고, 힐끔 주위의— 아침의 의뢰에 몰려드는 모험가들을 보았다.

당연히 그들은 이쪽을 깨닫지도 못하고 있겠지만, 이목이 많다.

주위의 사물을 지각할 수 있는지 없는지는 모험가의 목숨과 이어져 있는 것이다.

"이제 와서, 창피할 것도 뭐도 없겠지만……."

그렇게 중얼거린 주조상의 아들은, 다소 어색한 기색으로 말을 이었다.

"……가능하다면 담화실 같은 곳을 빌릴 수 없을까?"

"좋겠지."

고개를 끄덕인 고블린 슬레이어는 힐끔 접수처 쪽으로 투구를 돌렸다.

아침 의뢰에 몰려드는 모험가들에게 대응하느라, 익숙한 접수원은 감당하기 벅찬 모양이다.

아무래도 허가 없이 응접실을 빌릴 수는 없으리라…….

"—아."

그렇게 생각하고 있는데, 서류를 손에 들고 구석에서 대기하고 있던 감독관과 눈이 마주쳤다.

그녀는 새침한 표정으로 서류에 감추고 있던 책을 닫더니, 생긋 웃었다.

고블린 슬레이어는 그 동작은 신경 쓰지 않고, 말없이 2층과 주조상의 아들을 손가락으로 가리켰다.

감독관이 끄덕끄덕하더니, 한창 바쁜 접수원을 보면서 살며시 입술에 검지를 대었다.

이건 비밀— 이라는 것일까? 어쨌거나 허가를 받았으니 문제는 없었다.

“가지.”

“그, 그래…….”

담담한 말을 남기고, 성큼성큼 앞서가는 모습에 주조상의 아들은 당황하면서도 따라갔다.

“…….”

여신관은 입술을 꾹 깨물고, 양손으로 석장을 단단히 쥐더니 곧장 그 뒤를 따랐다.

계단을 올라가서, 2층— 안쪽으로.

『모험가의 가게』 2층에 상당하는 여관 부분과 다른, 길드의 집무를 행하는 구역.

생각해 보면 승급 심사 때 정도가 아니면 들어가지 않는 장소에 들어가는 것은 어쩐지 긴장되는 법이다.

—아니.

그건 변명이었다. 그것 정도는 여신관도 깨달았다.

자신 안에서 마음의 정리가 전혀 되지 않은 탓이리라.

그래도— 이야기를 듣기로 정한 것이다.

중후한 문을 밀어서 열자, 안쪽 응접실에는 과거의 모험가들이 세운 위업이 주르륵 늘어서 있었다.

번쩍거리는 보석, 훈장, 서사시에서도 이름 높은 갖가지 무구들—.

이른바, 트로피란 것이다.

주점에 장식되어 있는 것보다도 화려한 괴물의 두개골이나 뿔, 보기 좋은 것을 골라서 두었다.

그것은 이렇게 의뢰인과 대면할 때를 대비한 것이지만.

그런 가운데 장식되어 있는 투박한 철 망치를 보자, 여신관의 마음은 조금 자랑스러워졌다.

자존심을 용기로 바꾸어, 여신관은 살며시 살집 적은 엉덩이를 응접실의 긴 의자에 내렸다.

맞은편에는 주조상의 아들이 앉았고— 여신관 옆에는 고블린 슬레이어가 있었다.

그가 장비한 무구의 무게로 기다란 의자의 쿠션이 삐걱거리는 것을, 여신관은 느꼈다.

서로 자기소개를 간단히 마친 다음, 고블린 슬레이어가 말을 꺼냈다.

"그러면, 용건을 듣지."

주조상의 아들은 입을 다물었다— 이렇게 차분하게 살펴보니 생각보다도 젊게 보였다.

그것은 그의 식생활이 드러나는 피부나 낯빛, 그리고 격식이 있는 호화롭지만 고상한 의복 탓이리라.

20세, 혹은 조금 더. 부모 뒤를 잇고자 현장에도 솔선해서 나서며 경험을 쌓은 정도일까?

여신관은 어렴풋한 잣대로 그렇게 생각하면서, 그의 태도를 주시하는 것에 전념했다.

왜냐하면 그녀는 《센스 라이(거짓말 감지)》의 기적을 받지 못했다.

“……아버지가, 혼돈의 권속과 계약을 나눈 것이 명백해졌다.”

—다시 말해서, 그 말이 진실인지 아닌지 자신의 의지로 판단을 해야 하는 것이다.

§

—아버지 상태가 이상하다고 생각은 했다.

매상이 정체된 건 아니었다. 그랬을 거다. 그럼에도 아버지는 필사적이었다.

그리고 지모신의 사원에 연관된 그 소문이 흐르고, 그 틈을 타서 의기양양하게 움직였다.

변명을 하는 건 아니지만, 위화감을 느꼈다.

상인이란 것은 업이 깊어서, 상황의 혼란을 이익으로 바꿀 수 있다면 환영한다.

그러나, 그건 일이기 때문이지…… 남의 불행을 기뻐한다고 해도 그저 평범한 수준이다.

그러나, 아버지는 웃고 있었다.

열심히 일하고, 고지식하고, 성실하고, 내 입장에서 말하기는 조심스럽지만 유능하다고 생각한다.

아버지가 일을 하는 모습은 어렸을 때부터 보았고, 의복에 묻은 술 냄새가 아버지의 냄새였다.

……아니, 알고 있다. 미안하군. 본론하고는 상관없는 일이지…….

어쨌든, 아버지는 필사적이었다.

주조는 잘 되어가고 있었고, 돈도 잘 흐르고 있었다. 조금 더 넓히자, 장사를 넓히자.

이제 와서 생각해 보면— 그곳에 혼돈의 싹이 있었던 거겠지.

일을 하여 돈을 번다. 번 돈으로 규모를 키운다. 규모를 키우면 일이 늘어난다. 그 순환이다.

다시 말해서 장사 규모를 키우면 돈이 줄어들고, 일을 돌리지 않으면 장사가 안 되며, 그저 여유만 사라진다.

아버지는 초조해했다. 초조해서…… 혼돈의 세력과 손을 잡은 거겠지.

다시 말해서, 놈들의 꿍꿍이에 올라타고— 그 보답으로 계획의 틈에서 이익을 얻는다.

웃어버릴 이야기다. 속아넘어갔다. 손을 잡는 편이 이상하다. 그렇지.

그러나 장사를 하다 보면…… 정의나 인정 같은 것보다, 상호 이익이 분명한 일도 많아.

물론, 우리도 청렴결백하다고 하진 않아. 뒤가 구린, 그림자 속에 사는 자에게 일을 부탁하는 경우도 있다.

그래도, 그것은 그들이 존재를 부정 가능한 인재이기 때문이지.

일이 드러나지 않는 것이 대전제이며— 아아, 아니, 또 이야기가 어긋났군.

……초조해진 아버지는 주도하게 계획을 짜서, 계약을 맺고 자기 손에 증거를 남기기로 했다.

다시 말해서 자기가 해를 입거나 붙잡히게 되면, 계약이 드러나서 네놈들의 계획도 좌초된다고 한 거지.

그것은 보험이었다.

한편으로 놈들도 네가 배신하는 일이 있으면 그냥 넘어갈 생각은 마라— 이렇게 정한 거지.

웃어도 상관없지만, 그것이 실책이었다.

요전에, 도시 경비대장의 저택에 도둑이 숨어들었다.

……전에도 그런 일이 있어서, 곰방대나 약 상자 따위가 도둑맞는 일이 있었다고 하는데.

그러나 이번엔 달랐다. 도둑은 **트롤이었다**.

놈은 경비대장의 방을 뒤지고서, 도망쳤다. 그리고 지나가던 모험가들이 해치웠다고 들었다.

그 트롤이 말이다.

……어째선지, 경비대장의 방에 **아버지의 계약서**를 떨어뜨리고 갔다.

그걸로, 끝이다.

체면이 구겨진 경비대는 잔뜩 화가 나서 추궁을 시작했고, 모든 것이 드러났다.

아버지가 포박됐으니 파멸은 벗어날 수 없을 거야.

나는— 다행히도 사태를 몰랐다. 물의 도시 법의 신전에서 《센스라이》의 증거도 받았지.

물론 내가 뒤를 잇는다고 해도, 그걸로 원만하게 해결될 리가 없다. 일이 다 드러난 것을 놈들도 모를 리가 없지.

며칠 전, 아침의 일이다.

우리 사용인 중에서, 10여 년 전의 전쟁에 나섰던 남자가 있지.

그 남자가 말하더군. 집의 뒤편에 발자국이 있다. 내가 본 적이 있다. 틀림없다.

——그건, 고블린의 발자국이다.

§

이야기가 시작되고 끝날 때까지, 응접실은 지독히도 조용했다.

주조상의 아들은 일절 거짓이 없음을 가리키는 것처럼, 그저 말을 거듭했다.

《센스 라이》의 기적이 없어도, 여신관은 그의 말이 진실이라고 받아들일 수 있었다.

―《센스 라이》를 얼버무리는 수단은 얼마든지 있지만요.

마음 속 깊숙한 곳에서 속삭이는 심술궂은 자신의 존재를 인정하는 것은 상당히 괴로운 일이었다.

"과연, **그렇게 움직였나**."

번민하는 여신관의 귀에, 고블린 슬레이어의 담담한 목소리가 매끄럽게 들어왔다.

에? 그러나 고개를 돌린 그녀의 시선을 철 투구로 받으며, 고블린 슬레이어는 대답 없이 말을 이었다.

"길드는?"

"이야기해뒀다."

주조상의 아들이 말했다.

“물의 도시에서는 받아주는 자도 없었지만.”

그리고 얼마 남지도 않은 익살을 끌어 모아서 어색하게, 자조적인 태도로 어깨를 으쓱거렸다.

“……고블린 퇴치라서가 아니라, 혼돈과 손을 잡은 자의 아들이니까. 라더군.”

“그건—.”

여신관은 입을 열고, 그러나 뭐라고 말을 해야 할지 몰라서 입을 다물었다.

당연한 응보라거나, 꼴좋다? 아니. 아니. 싫다. 싫다. 싫다.

그런 말을 소리로 내는 것은— 싫다. 움켜쥔 손이 떨리고, 석장이 짤랑짤랑 울렸다.

“그러나, 말을 들어보니 다음날에 습격을 받은 것도 아닌 모양이군.”

“그 사용인이, 일단 무기를 든 녀석이 보초를 서면 고블린 놈들을 견제할 수 있다고 하더군.”

“흠.”

고블린 슬레이어는 작게 소리를 흘리고, 생각하면서 담담하게 이야기를 진행시켰다.

뭐라고 하기 어려운 냉철함에, 여신관은 매달리는 것처럼 귀를 기울였다.

“본래 경비가 없었던 건 아니다. ……소동이 일어난 뒤에, 태반이 그만둬 버렸지만.”

그래도 무구는 남아 있고, 사용인도 몇 명 정도는 남아주었다.

그들을 파수꾼으로 세우고 밤마다 배치를 바꾸었으며, 포도원에는 갑옷을 입힌 허수아비도 세웠다고 했다.

"시간 끌기로군."

고블린 슬레이어는 그 세세한 노력을 한 마디로 잘라냈다.

"나쁘진 않지만 그렇게 여유도 없을 거다."

"그래. ……그래서, 법의 신전에 달려갔지. 창피한 줄도 모른다고 할 수도 있겠지만."

그러나 혼돈의 계획이 드러난 지금, 이것에 대한 대처는 즉시 이루어진다.

지고신의 신전은 진작에 지모신 사원을 지원하는 계획을 세우고 사람들이 모두 나서 있었다.

도저히 고블린 퇴치 따위에 신경 쓸 여유는 없었다.

하물며 자업자득, 인과응보라고 할 수 있는 처지에 있는— 배신자의 아들을 구하기 위해서라면.

"그러나…… 면식이 있는 귀족의 영애가 지금은 독립 상인으로 신전과 가깝게 지내고 있어서."

그러나 거기까지 말하고서, 그제야 주조상의 아들의 얼굴에 어쩐지 구원을 받은 것 같은 느슨함이 보였다.

"면회를 소개해줘서…… 대주교님께서, 이야기를 들어주셨지."

"그래서, 나로군."

"그래. 서방 변경의 도시에 고블린을 죽이는 모험가가 있다……라고 하셨지."

여신관은 그 광경을 손에 잡힐 듯이 그릴 수 있었다.

과거의 영애 검사— 여상인과 검의 처녀가 고블린이란 말을 들었을 때의 양상을.

두 사람이 일어서 있는 모습, 고블린과 연관되어야 한다는 것. 그에 비해서 자신의 꼴이란.

찾아온 마음은 복잡하게 뒤엉켜서 여신관의 가슴 속에 가시가 되어 박혔다.

"해보지."

그래서 그 말은 너무나도 예상대로였고, 날카롭고— 터무니없이 아팠다.

"받는 건가요?!"

생각보다도 날카로운, 비난하는 기색의 목소리가 여신관의 입술에서 흘러나왔다.

여신관은 무심코 퍼뜩 입가를 눌렀지만, 말이 되어버린 이상은 이미 늦었다.

"거절할 이유는 없다."

"그렇지만……!"

—그렇지만, 뭐란 말인가? 받지 말라고 하기라도 할 셈인가?

귀를 막고서 웅크리고 싶어지는, 마음속에 있는 시커먼 자신의 말.

그러나 자신 안에 솟아오른 말은, 설령 눈을 태우고 귀를 찌르고 혀를 뽑아도 벗어날 수 없었다.

그러나 창백한 표정으로 어깨를 떠는 그녀에게 고블린 슬레이어가 한 말은 단적이었다.

"누가 됐든, 무엇이 됐든, 고블린 놈들에게 살해당해도 된다고 생각지는 않는다."

"아……."

여신관은 멍하니 — 우두커니 — 싸구려 철 투구를 올려다보았다.

면갑의 틈. 그 안에 있는 그의 표정도, 눈동자도, 그림자가 되어서 살펴볼 수 없었다.

그렇지만 그에게 자신의 마음속까지 들킨 것 같아서 여신관은 눈을 깔았다.

그렇다.

그 말이 맞았다.

누구의 아버지가 나쁜 일을 했고, 그래서 안 좋은 기분이 들었으니 그 녀석이 어떻게 되든 상관없다.

그것은 어머니가 고블린에게 희롱 당했다고, 그 딸을 웃음거리로 삼는 자와 아무것도 다를 바가 없었다.

말하자면— 마치 고블린 그 자체가 하는 짓이 아닌가?

"네 집과, 주변의 지형…… 지도는 있나. 실제로 보기 전에 파악하고 싶다."

"그, 그래……!"

믿을 수가 없다는 표정으로 주조상의 아들이 고개를 끄덕였다. 그는 필사적으로 몇 번이나 고개를 위아래로 움직였다.

뿐만 아니라, 감격하여 고블린 슬레이어의 투박한 손을 잡고 힘차게 쥐었다.

"받아들여, 주는 건가……!"

"할 수 있는 일은 하지."

“미안하다, 덕분에 살았다……! 뭐든지 말을 해다오, 가능한 한, 모든 것을 준비해서— 협력하지!”

—드디어 이야기가 단순해졌군.

홀로 투덜댄 고블린 슬레이어의 마음은 여신관하고는 달리 잔잔한 바다 같았다.

일은 이래야 한다, 그런 생각마저 들었다.

고블린 놈들이 온다. 이것에 맞서 죽인다. 한 마리도 남기지 않고.

별 것 아니다. 평소와 같다. 생각해야 할 일은 많지만, 고민할 필요는 없다. 편하다.

—모험은 즐겁지만.

자신이 쓴 수가 어떻게 작용할 지도 알 수 없고, 그저 앉아서 기다리기만 하는 건 고통스럽기까지 했다.

그에게 상황은 자신의 손으로 변화시키는 것, 파악하는 것이어야 하니까.

남에게 맡겨야 할 것이 아니다.

—익숙하지 않은 일은, 하지 말아야 한다.

고블린 슬레이어는 그렇게 생각하고, 철 투구 안에서 입술을 살며시 일그러뜨렸다.

단순히 오래 계속해서 익숙해진 것뿐일지도 모르지만, 정말이지…….

—도시의 모험(시티 어드벤처)보다는, 훨씬 어울린다.

“……그렇지.”

드디어 해방된 손을 풀면서, 문득 생각난 것처럼 고블린 슬레이어는 말했다.

“도시 변두리에, 목장이 있다.”

“응, 아아. 그랬었지. 나도 봤다. 아버지가 매수하려던 장소였다고 알고 있다만.”

맥락이 없는 물음이었다.

주조상의 아들은 당황하면서도, 뭔가 중요한 것이리라 홀로 납득하고 진지한 기색으로 고개를 끄덕였다.

“어떻게 생각했지?”

“어떻게 생각, 이라—.”

글쎄. 주조상의 아들은 팔짱을 끼고, 생각하면서 천장을 노려보았다.

가축은 잘 보살피고 있었다. 건강했고, 살도 올랐다.

목초는 파릇파릇하게 우거진 채 펼쳐지고, 자유롭게 방목을 할 수 있으리라.

그 넓이에 대응되는 울타리와 돌담도 있고, 잘 정비되고 있는 것을 한눈에 알 수 있었다.

그렇다면, 결론은 하나다.

“좋은 목장이었다.”

“그런가.”

고블린 슬레이어는 고개를 끄덕였다.

“나도 그렇게 생각한다.”

그에게는 그걸로 충분했다.

그렇다면 확인해야 할 것은 앞으로 하나다.

고블린 슬레이어는 머릿속으로 책략을 짜면서 철 투구를 돌렸다.

고개를 숙이고 있던 여신관이 그의 기척을 깨달았는지 어깨를 흠칫 떨었다.

"올 건지, 안 올 건지. 마음대로 해라."

§

"그래서, 받아버린 거야?"

"……네."

"정말로, 못 말리는 사람이네요."

"……흉내 내지 말아주세요."

미안미안. 깔깔 웃으면서, 엘프 궁수는 토라진 여신관에게 한 손을 내저었다.

지모신의 사원, 그곳의 문 앞에는 모험가들이 가득했다.

그렇다기보다, 여신관과 고블린 슬레이어가 가는데 많은 모험가들이 따라온 것이다.

물론 이래저래 말을 하면서 받아들였다지만, 이 뭔가 이상한 녀석에게 협력하러 온 것은 아니다.

모험가가 움직인다면, 그 이유는 하나. 모험을 하기 위해서다.

누가 뭐래도 이번에는 제법 커다란 일이다. 의뢰주는 물의 도시에 있는 법의 신전의 대주교— 검의 처녀.

지켜야 할 장소는 지모신의 사원. 덤으로 적은 혼돈의 세력.

이것은 보수와 실적이 모두 좋다. 대의명분을 지고서 실컷 날뛸 수 있으니 더 할 말이 없다.

그리하여 수많은 모험가가 너도나도 보수를 바라며 몰려든 결과가 이것이다.

제각각 잡다한 장비를 입은 그들이 웅성웅성, 잡담을 섞으면서 서성이고 있었다.

사원의 수도녀들도 그 광경에 눈빛을 반짝이며 대응하느라 바삐 다니고 있고…….

—처음부터, 이렇게 했으면 좋았을까요?

그림동화랑, 치료를 바라고 왔을 때의 모습밖에 모험가를 몰랐던 무렵을 떠올리며 여신관은 생각했다.

그랬다면 상황은 상당히 변했을 것이 틀림없다.

드워프 도사나 리자드맨 승려와 뭔가 이야기를 하고 있는 고블린 슬레이어를, 여신관은 시야에서 감추었다.

생각하여 행동했다고 생각했지만, 아직 부족하다. 아무것도 못했다. 아무런 결과도 내지 못했다.

남에게 맡겨버렸다면, 좋은 결과가 나오지 않았을까?

이것저것 어려운 생각을 하지 말고, 얼른, 누군가— 그렇다, 높은 사람에게 떠넘겨버리면…….

“그건 아마 틀릴 거야.”

“어……?”

그 울적한 사고에, 바람을 휘리리 불어 넣은 것은 엘프 궁수의 방울 같은 목소리였다.

목소리를 냈었나? 무심코 엘프의 얼굴을 보자, 그녀는 검지로 공중에 원을 빙글 그렸다.

"자기가 할 수 있는 일을 하면 돼. 할 수 있으니까 한다. 했다. 그렇지?"

"그런, 걸까요……?"

그래도 여신관의 마음은 맑아지지 않고, 그녀의 얼굴은 계속 흐려진 상태였다.

천상의 성탁(星卓)에 거하는 손들이 아닌 몸인데, 과연 완전하게 일을 할 수 있었을지 의문이었다.

"있잖아."

"아욱……?!"

그런 그녀의 코끝을, 엘프 궁수가 여동생을 대하는 것처럼 가볍게 콕 찔렀다.

"너는 호위를 부탁했어. 그랬는데 적이 안 왔어. 만만세잖아. 불만이야?"

"불만은 아니지만요……."

여신관은 코를 눌렀다.

"그래도 되는 걸까요?"

"할 일을 하고서 나온 결과에, 아무도 불행해지지 않았으니까 당연히 좋은 거잖아."

흄은 수명이 짧은 것치고 사소한 일만 신경 쓰고, 그런 데다가 눈앞의 일은 깨닫지 못한다.

엘프 궁수는 어깨를 으쓱거리고, 기가 막힌 기색으로 고개를 저었다.

과장스럽고 우스꽝스런 동작이지만, 하이 엘프가 하면 우아해지니 신기한 일이다.

그렇게 그녀는 심술궂은 고양이처럼 씨익 눈웃음을 지었다.

"물론 모험으로서는 시시하긴 했지만 말야. 덤으로 그 다음에 고블린 퇴치인걸!"

이번에는 오르크볼그한테 단단히 받아낼 거야. 엘프 궁수의 말은 어디까지나 가벼웠다.

"네."

여신관은 짧게 고개를 끄덕이고, 그 다음에 시선을 모험가들 쪽으로 힐끔 돌렸다.

이미 말한 것처럼 수지가 좋은 일이지만— 그러나 어떤 의미에서는 간단한 일이라고 할 수 있다.

모여든 모험가들 중 다수는 하수도나 고블린 퇴치를 경험한 신인부터 그 위 정도였다.

동이나 은 같은 상급 모험가의 모습은 없고, 아직 어딘가 풋풋함이 남아 있었다.

"검, 좋아! 곤봉, 좋아! 이마 보호대에, 갑옷, 좋아! 횃불은— 필요없나?"

"가지고 있어서 곤란할 것도 없잖아. 다음은 약이나…… 떨어뜨려서 깨뜨리지 마."

"노끈을 감아뒀으니까 아마 괜찮아. 자, 그쪽도 빙글 돌아봐. 확인할 테니까."

신참 전사와 수습 성녀. 아니, 이제는 그렇게 부르기엔 꺼려지는 두 사람도 그 중 한 팀이었다.

지난번 설산의 모험을 거친 두 사람은 쑥쑥 두각을 드러냈다— 같은 일은 없었다.

그들은 여전히, 착실하게 한 걸음씩, 착실하게 전진하고 있는 모양이다.

그렇지만 그 걸음은 전보다도 미약하게, 속도가 늘어나고 있었다.

"야아아, 여러분도 이쪽 일을 하러 왔어요?"

그 이유는 이렇게 빼꼼, 하고 태평하게 말을 거는 토끼 수인 엽병이 더해진 덕이다.

기다란 귀를 좌우로 흔들면서, 긴 다리를 휘휘 흔들며, 그녀 — 일 것이다 — 는 기분 좋게 웃었다.

"나는 아직도 아는 사람이 적어서요. 여러분이랑 함께라면 안심이에요."

소녀는 거기까지 말하고서 「잠깐 실례」라고 하더니, 허리의 가방에서 나무 열매를 꺼내 입에 쏙 넣었다.

토끼 수인은 먹기만 하면 움직일 수 있지만, 먹지 않으면 금세 굶주려 버리는 종족이라고 들었다.

그리고 이렇게 행복한 기색으로 볼을 움직이는 모습은, 보고 있으면 마음이 편안해 지니까 신기한 일이다.

신기하다면 또 하나. 어째선지 그녀는 끊임없이 머리칼을 만져대고 있었다.

그때마다 푹신푹신한 하얀 털이 솜처럼 흩어져서, 여신관은 무심코 우울함을 잊어버렸다.

"와, 털이 굉장해요……."

"털갈이란 거예요. 산 아래는 더우니까, 이거 참 힘들어요. 가려워서 영."

듣고 보니, 과연 소녀의 하얀 머리칼 여기저기가 갈색으로 변화하고 있었다.

—그렇구나, 벌써 여름이 가깝구나.

여신관은 그런 생각을 할 여유조차 사라져 있던 자신을 깨닫고, 하늘을 우러러 보았다.

파란 하늘 너머에는 찬란하게 빛나는 햇살이 있고, 눈부실 정도로 그녀를 비추고 있었다.

그런 모습을 보고, 흐흥. 엘프 궁수는 자신 있게 작은 가슴을 내밀며 코웃음을 쳤다.

"우리는 이제부터 대모험이야."

말하긴 했지만, 그녀는 쓴웃음을 지었다.

"고블린 퇴치지만."

"아이코, 그랬었나요. 그건 유감. 그래도 기회가 있으면 또 같이 해요."

이 소년 같은 소녀의 어조는 어디까지가 진심인지 알 수가 없었다.

그래도 거짓은 없는 것 같아서, 여신관은 아주 약간 마음이 가벼워진 것 같았다.

—뭐라고 할까요? 단순하달지…….

그것에 스스로 질색해버리기도 하지만.

"어~이, 너도 이리 와봐! 장비 확인한다~!"

문득 신참 전사가 토끼 엽병을 부르자, 핼쭉 웃는 목소리를 냈다.

"아이 아이 서(Aye, aye, sir)~."

흰 토끼 엽병은 순순히 총총 달려갔지만, 갑자기 발을 멈추고 빙글 돌아보았다.

"아, 그렇지. 수녀 누나가 불렀어요."

"에."

여신관은 반사적으로 대답할 수가 없었다.

그것은 오히려 자신이 맨 먼저 만나러 갔어야 하는 사람인데.

그런 그녀의 태도를 깨닫지 못하고, 흰 토끼 엽병은「그럼!」하고 손을 흔들더니 달려갔다.

엘프 궁수는 기가 막힌 기색으로 숨을 내쉬고, 그 다음에 연상행세를 하듯 기다란 귀를 위아래로 쫑긋 흔들었다.

"자, 얼른 다녀와. 이쪽에도 다른 용건이 있으니까."

어깨를 툭 밀어내자 어머머, 비틀거리는 것처럼 앞으로 나오며 다른 모험가와 스쳐 지나갔다.

도끼를 어깨에 진 — 인식표는 취옥, 제6위다 — 모험가가 파티를 이끌고 온 것이다.

등 뒤에는 해진 외투를 입은 요술사와 허름한 법의를 입은 나이 든 승려가 함께였다.

요술사는 짜증난 것처럼 주문서의 페이지를 넘기면서, 중얼중얼 뭔가 반복하여 외고 있었다.

아마도, 오늘 고를 주문을 머릿속에 넣느라 필사적인 것이리라. 주위의 소리에 혀를 차기도 했다.

다만 리더로 보이는 도끼잡이의 신경 쓰는 기색 없는 커다란 소리가 요술사의 혀 차는 소리와 겹쳤다.

"여어. 그쪽 파티가 먼저 하고 있었다며? 이대로 계속할 거야?"

"아~니."

엘프 궁수는 자랑스럽게 미소를 지었다.

"이제부터 모험에 갈 거야."

"그러면 우리가 제일 위 등급이구만……."

도끼 전사는 귀찮다고 말하듯 깊은 숨을 내쉬더니, 잠시 지나 마음을 가다듬은 모양이다.

"좋아. 그러면 인수인계 부탁한다."

"맡겨둬. 그렇지만 그렇게 대단한 일도 없었단 말이지—."

여신관은 그런 그들의 대화를 등지고 털레털레 익숙한 사원 안을 걸었다.

오고 가는 지인 — 신관도, 모험가도 — 에게 눈인사를 하면서, 서두르지도 않고, 조바심 내지도 않고.

그러나 가능하다면, 도착할 때까지 시간이 한순간이나 영원 둘 중 하나였으면 좋겠다고 생각했다.

아무 생각도 안 하기에는 너무 길고, 마음을 정리하기에는 너무 짧은 것이다.

머리속에서 의미가 안 되는 사고가 빙글빙글 휘몰아쳐서, 산산이 흩어진 채 떠돈다.

여러 사람에게 여러 말을 들었다.

여러 사람들이 여러 일을 하고 있다.

—그러면, 나는?

세상이란 것은 터무니없이 넓고, 복잡하고, 보이지 않는 곳이 너무 많다.

그리고 그 중에서 태반은, 평생 보지도 알지도 못할 것이리라.

이 세계가 무대라면, 판자 한 장 너머 무대 뒤가 분명히 훨씬 커다랗다.

아니, 어디까지나 자신의 무대가 이곳일 뿐이지 사실은 이쪽이…….

—무대 뒤.

그런 것은 다 알고 있었을 것이다.

뭘 할 수 있다고 생각했을까? 고작해야 신의 목소리를 들을 수나 있는 계집아이가.

기적을 일으키는 신관이 사방세계에 대체 몇 명이나 있다고 생각한 걸까?

다소 모험을 해결했다. 과연, 그래서?

조금은 성장했다. 어쩌라고?

그런 것은 이 놀이판에서 한 칸도 되지 못하는 작디작은 한 걸음이 아닌가?

너는, 자신이, 뭘 할 수 있다고, 진심으로, 생각한 건가?

가벼워지고 맑아졌던 마음이, 조금 지나자 다시 둔하고 묵직하고 탁해졌다.

여신관은 무의식중에 목덜미를 끊임없이 쓰다듬으며 털레털레 발길을 옮겼다.

어쩐지 「아, 울 것 같아」라는 것을 깨달았다. 마치 남일 같았다.

꾹 입술을 깨물고, 앞을 똑바로 보았다. 그러자—.

"얘. —어휴, 왜 그러니? 그런 표정을 짓고서."

"아……."

여신관이 찾던 여승의 태양 같은 미소가 눈앞에서 빛나고 있었다.

그녀는 갈색 손을 뻗어서 여신관의 볼을 부드럽게 뒤덮어 쓰다듬는가 싶더니.

"후야아?!"

주물주물 힘껏 붙잡아서 좌우로 잡아당겼다.

눈물의 의미가 휘릭 바뀌고, 여신관은 무심코 새된 비명을 지르며 — 우스움에 수치심을 느꼈다.

"다히지마아우헤오!"

그대로 이번에는 위아래로 잡아당겨서 얼빠진 소리를 냈다.

기어이 그녀가 부들부들 분노로 떨기 시작하자, 포도 여승은 양손을 삭 떼고 어깨를 으쓱거렸다.

"자 웃어야지. 신관님이 어두운 표정을 지어도 되는 건 세상이 끝날 때뿐이거든?"

"그, 그렇다고, 아프잖아요……."

"하지만, 이제 풀 안 죽었지."

펄펄 언니한테 대들던 여신관이 그 히죽 웃는 얼굴 앞에서 찍소리도 못했다.

—정말이지, 참.

만나면 무슨 말을 해야 할까 생각하고 있었던 일이, 고민과 함께 훌쩍 날아가 버렸다.

그래서 결국, 솔직한 의문이 나왔다.

"……어째서, 그렇게 밝은 건가요?"

입술을 삐죽거리며 삐친 것처럼 질문해 버렸지만.

"그러게. ……어째서일까?"

포도 여승은 자기 일인데, 전혀 모르는 것처럼 대답했다.

빨랫감일까? 의류를 던져놓은 바구니 옆에 있는 통 위로, 그녀가 버릇없이 올라앉았다.

그리고 휙휙 다리를 흔들면서 사원의 복도 바깥, 파란 하늘을 보고 눈웃음을 지었다.

"아마, 알고 있어서 그런 걸 거야."

"알고 있어서……?"

그래. 포도 여승이 고개를 끄덕이고, 귀여운 여동생을 향해서 솜씨 좋게 한쪽 눈을 감았다.

"나는, 고블린의 딸 같은 게 아니라고."

그렇다면 뭐, 다른 녀석들이 떠들어대는 말들이 얼마나 우스운지!

아아, 아무것도 모르면서 제멋대로 떠드네에. 그것뿐이야. 그녀는 웃었다.

"그리고 말야. 결국은 고민하든 화내든 울든 배는 고프고, 간지럽히면 웃음이 나오거든."

그러면, 즐겁게 지내는 게 분명히 더 이득인 게 틀림없고 그게 바로 덕이란 거야…….

"……."

여신관은 알 수 없었다.

알 수 없었지만, 그것은 참으로— 참으로, 단순한 것 같았다.

그것은, 그야말로 철이 들면서부터 계속해서 쌓아왔던 것일 테니까.

포도 여승은 통 위에서 훌쩍 상체를 숙이더니, 여신관의 얼굴을 들여다보았다.

눈을 깜빡이자, 빨려들 정도로 예쁜 눈동자가 눈앞에 있었다. 숨을 삼켰다.

“우리가 모시는 신의 가르침. 제일 중요한 거. 말해볼래?”

네. 여신관은 고개를 끄덕였다. 망설일 여지는 한 조각도 없었다.

“—지키고, 치유하고, 구하라.”

맞아. 포도 여승은 웃었다. 정말로, 진심으로 행복해 보이는— 후련한 웃음이었다.

“망설일 때는 그 말대로 하는 거야. 무슨 말을 하든 알게 뭐야? 이쪽에는 신이 있어!”

“……네.”

여신관은 고개를 끄덕였다.

“네.”

힘차게, 끄덕였다.

“그러면 똑바로 가!”

“네! 다녀올게요!”

여신관은 기세 좋게 고개를 끄덕이고, 그대로 다닷 달려갔다.

그리고 석장을 짤랑짤랑 울리면서 돌아보더니, 모자를 누르고 고개를 꾸벅 숙였다.

“저기.”

뭐라고 말하면 좋을지, 알 수 없었지만.

“정말, 고맙습니다!”

“그거, 반대잖아.”

이쪽이 할 말이라며 유쾌해 보이는 언니에게 다시 한 번 고개를 숙이고, 여신관은 발을 앞으로 움직였다.

고민도 있다. 망설임도 있다. 그렇지만 이제 알 바가 아니게 되었다.

무엇을 해야 하는지, 어떻게 해야 하는지. 그것은 아주 옛날부터 배우고, 실천하며, 걸어왔다.

그저 익숙해져 버린 것뿐일지도 모르지만, 하지만, 분명히.

그 길이야말로, 사람들이 신앙이라 부르는 것이 틀림없었다.

제5장 『지키고, 공격하고(타워 디펜스)』

Goblin Slayer
He does not let anyone roll the dice.

“그러나, 카미키리마루야. 꽤나 발을 구르고 있었구나.”

덜컹덜컹, 바퀴가 돌바닥에 새겨진 바퀴자국을 굴러가는 소리에 섞여 드워프 도사의 웃음기 어린 목소리가 울렸다.

마차의 천막 안, 앉아서 묵묵히 도구를 늘어놓고 작업을 하는 고블린 슬레이어의 철 투구가 흔들렸다.

“흠.”

그는 짧게 중얼거리고 생각한 다음, 평소처럼 담담한 어조로 응답했다.

“필요한 일이긴 했다.”

대답은 단적이었다. 당사자가 상대의 말에 담긴 의미를 어느 정도 이해하고 있는지는 의문이지만.

드워프 도사는 천막 바깥의 흘러가는 경치를 곁눈질하며, 허리의 호리병에서 술을 들이켜고 숨을 꺼억 내쉬었다.

“고블린의 딸이다 뭐다 하는 소문을 들으면 맨 먼저 돌진할 법도 하다 생각했다마는.”

“그녀는 갈색 피부 인종의 피를 이은 것뿐이다.”

고블린 슬레이어는 잘라내듯 말했다.

그 말에 드워프 도사가 만족한 기색으로 껄껄 웃고, 구석에 앉은 여신관이 희미하게 볼을 풀었다.

두 사람을 보고 있던 엘프 궁수는 보란 듯이 기가 막힌 기색으로 어깨를 으쓱거렸다.

"그래서, 결국 또 평소처럼 고블린 퇴치잖아. 정말이지, 오르크볼그랑 같이 다니면 지루하지가 않아."

"그런가."

"지금 그건 비꼰 거야."

"……그런가."

고블린 슬레이어는 그렇게 중얼거리고 살짝 손을 멈춘 다음, 금세 다시 작업을 시작했다.

마치 연금술사처럼 바삭바삭, 막자사발 안에서 뭔가 검은 것을 빻아서 갈고 있는 모양이다.

평소라면 들여다보는 엘프 궁수가 코를 흥흥 움직이더니, 싫은 기색으로 표정을 찌푸렸다.

흥미 없다고 말하듯 손을 흔드는 그녀를 안주 삼아 드워프 도사가 술을 한 모금.

"뭐, 결국 모험가란 것은 곤봉이니라."

"곤봉, 이요?"

"오냐."

여신관의 물음에 드워프 도사가 말하며 하얀 수염을 매만졌다.

갸우뚱 고개를 기울이는 여신관을 대신하여 리자드맨 승려가 반응을 보였다.

"그 뜻은 뭔가?"

스르륵 똬리를 트는 것처럼 앉아 있던 그가 고개를 들자 드워프 도사가 고개를 끄덕였다.

“언제적 세상이든 문제를 마지막으로 해결하는 건, 결국 후려치는 것 아니더냐?”

거기에 이르기까지 정성스레 쌓아 올리고, 문제를 갈라놓고, 일이 막바지에 이르면—.

“드디어, 우리들이 나설 차례가 온다는 게다.”

“만물이 창생된 이래, 폭력으로 해결하지 못한 문제가 더 적으니 말일세.”

지당하다며 고개를 끄덕이는 리자드맨 승려에 대한 언급을 삼가면서, 여신관은 굳어진 미소를 지었다.

“그런…… 법인가요?”

“물론, 전부가 다 그렇다고 할 수는 없음이라.”

리자드맨 승려가 승직답게 함축이 담긴 깊은 어조로 당연하게 응답했다.

“그렇지만, 정보를 모으고, 군의를 열고, 끙끙대며 으르렁댄 끝에—.”

“결국『이제 돌진하는 수밖에 없다아!』하게 되는 일이 많지 않더냐.”

드워프와 리자드맨이 서로 마주보며 유쾌하게 껄껄 웃었다.

우렁찬 소리가 천막을 흔들고, 여신관은 글쎄, 과연 뭐라 말해야 좋을지 몰라 반응하기가 난처했다.

결국 그녀는 마부석에「죄송합니다」하고 사과를 하여 그 자리를 헤쳐나갔다.

그렇지만, 어째서일까? 이런 대화라도 어쩐지 마음이 통통 들뜨는 것은.

—돌아왔다, 고 해야 할까요?

딱히 지금까지 모두와 따로 행동한 적이 없던 것도 아니고, 드문 일도 아니었다.

마지막으로 모두 함께 모험을 한 뒤 며칠이나 지났는지를 세어 보면 대단치도 않았다.

그렇지만— 응, 분명히. 돌아왔다는 말이 딱 맞는 것이다.

다들 왁자지껄 떠들고, 그 사이에 있고, 난처한 표정을 짓고 있는 자신이 있다.

그것이 무척 마음이 편해서, 여신관은 쑥스러운 기색을 감추며 꾸민 것처럼 작은 소리를 흘렸다.

"……정말이지, 참."

"이래서 드워프도 리자드맨도, 머릿속에서 나사가 풀려있다고 해야 하는 건지……."

신경 안 써도 돼. 엘프 궁수는 여신관에게 말하고, 훌쩍 천막 바깥으로 귀를 기울였다.

"있지, 이제 보이는데 저 저택이야?"

천막 바깥으로 몸을 내민 그녀의 옆으로 고블린 슬레이어가 거침없이 움직였다.

천막 바깥, 햇살 안에 철 투구를 내밀고 진행방향으로 고개를 돌렸다.

————과연, 저것이군.

우거진 낮은 나무들의 무리 너머, 이쪽을 내려다보는 고지대 위에 우뚝 선, 저택.

과연, 주조상은 상당히 돈벌이를 한 모양이다. 새롭고, 그리고 훌륭한 저택이다.

고블린 슬레이어는 한 차례 소리를 내면서 그 저택을 올려다보고, 조용히 중얼거렸다.

"어떻게 보나?"

"그거, 내 역할이 아니잖아."

뭐 좋아. 엘프 궁수가 그렇게 말하더니 천막 바깥으로 돌린 눈에 힘을 주고, 쫑긋 기다란 귀를 흔들었다.

"서쪽이 포도원. 그리고 저택. 저택에서 제방을 내려가서, 동쪽이 강……."

"강?"

"물소리가 들리는 걸."

무슨 말이냐고 하는 것처럼, 엘프 궁수는 당연하다는 기색으로 가녀린 가슴을 내밀었다.

"흠."

고블린 슬레이어는 살짝 소리를 흘리고, 가방을 뒤져서 지도를 꺼냈다.

꽤 넓은 영역의 지도다. 따라서 세세한 지형을 새삼 조사하고 확인해야 하겠지, 만—.

과연, 분명히 동쪽으로 강이 흐르고 있었다.

물의 도시로 이어지는 것인데, 과거 엘프의 마을로 여행을 가며 남하했던 강의 지류인 모양이다.

“뭐, 온다면 서쪽에서 오겠지.”

그가 그 지도를 조사하는 걸 곁눈질하면서, 엘프 궁수가 마차 안으로 훌쩍 들어갔다.

이 엘프의 입장에서 이것은 자기 일이 아니다, 라는 것이리라.

이제부터는 실제로 자기 눈으로 보고 현장에서 어떻게든 하면 되는 것이지, 사전에 생각할 일은 별로 없다.

“포도원은 요해가 될 수는 없겠군.”

“요해?”

문득 들린 말의 의미를 금방 알아듣지 못하고, 그녀는 앵무새처럼 되뇌었다.

그리고, 「아아, 요해(要害)」라면서 이해를 한 건지 만 건지, 애매하게 중얼거리고 고개를 끄덕였다.

“그러네. 고블린은 키가 작으니까, 그다지 의미 없지 않을까?”

“그런가…….”

포도나무는 가늘고, 농작업을 할 수 있도록 중간을 벌려서 한 줄로 심었다.

마치 빗살 같군. 고블린 슬레이어는 생각했다.

정비된 길이라면, 고블린은 바보처럼 솔직하게 똑바로 돌진, 할까?

“……불은 쓸 수 없겠군.”

당연하지, 혹은 당연해요. 곧장 말한 것은 과연 누구일까?

고블린 슬레이어는 사색 속에서 그런 의문을 떨쳐내고, 마차에 맞추어 흘러가는 경치를 노려보았다.

듬성듬성 서 있는 사람의 모양이 묘하게 눈에 띈다. 파수꾼이나 사용인인가 했더니, 그것도 아니었다.

무기를 들고 투구를 쓴 그것은 아무래도 급하게 마련한 허수아비 같았다.

야간이라면 모를까 낮에는 크게 의미가 없다. 그리고 고블린에게 밤이란 낮이다.

고블린이 방심할 것인지, 경계할 것인지— 고블린 슬레이어는 생각하고 고개를 저었다.

어느 쪽이든 큰 의미는 없다. 오늘 밤에 놈들은 돌진해온다. 고블린 놈들은 그런 것들이다.

그리고 공세로 나서는 이상, 놈들은 자신이 질 거란 상상은 하지도 못하리라.

물론— 그것은 수많은 모험가들도 마찬가지겠지만.

§

"죄송합니다. 와주셔서 정말로 감사합니다……!"

마차에서 내린 파티를, 한 발 먼저 돌아와 있던 주조상의 아들이 맞이해 주었다.

그러나 그의 선도로 문을 넘어선 곳에 펼쳐진 광경은, 예상을 배신하는 광경이었다.

"음……."

"이것은…… 참으로……."

발길을 멈춘 고블린 슬레이어 옆에서 드워프 도사가 무심코 나온 것처럼 소리를 흘렸다.

정성스레 정돈된 안뜰, 그곳을 지나는 오솔길, 중후한 떡갈나무 문.

그것에 비해 현관 홀은— 텅텅 비어 있었다.

여기저기 건축 자재나 비계가 보이고, 벽의 도장도 어중간하다.

치워둔 가구들이 바닥 한 구석에 놓여 있고, 먼지를 막는 천에 덮여서 버려져 있었다.

건축 도중이라고 해야 할지, 무너져가는 폐허라고 해야 할지. 여신관은 판단을 망설였다.

"공사를 하고…… 계셨던 건가요?"

"창피한 줄도 모른다고 하겠지만, 겉은 잘 정돈이 되어 있었지."

망설인 끝에 나온 말에 주조상의 아들이 대답했다.

"아버지가 목수들에게 개장을 의뢰했는데, 도망쳐 버렸어."

"카아……. 야박한 짓을 하는구먼."

생목과 원석이 아닌, 목재와 석재라면 드워프의 영역이다. 그는 얼굴을 찌푸리며 독설을 뱉었다.

그것은 무참하게 벌채된 숲을 눈앞에 둔 엘프 같았다. 그 심정도 비슷할 것이리라.

표정은 침울함 그 자체였으며, 목소리에는 제 역할을 다하지 못하고 버려진 건물에 대한 연민의 색이 짙었다.

"좋은 저택이 아니더냐. 내팽개쳐두다니 아까운 일이라."

"그러나, 마침 잘 됐다."

고블린 슬레이어는 임시로 설치된 벽에 손을 대고, 그것이 얇은 것에 만족한 기색으로 말했다.

"벽을 뚫지. 적의 수가 많다. 이곳을 거점으로 삼을 거라면, 내부로 오고 가기 쉬운 편이 좋다."

"뭐냐? 요새로 만들 셈이더냐?"

반쯤 질색, 반쯤 농담. 눈을 까뒤집은 드워프 도사에게 고블린 슬레이어가 「아니」 하고 고개를 흔들었다.

"외성으로 삼는다."

"흠. 방어전이 된다면 정석일세."

평소처럼 기묘한 손놀림으로 합장을 한 리자드맨 승려가 응답했다.

파티 안에서 가장 군사적으로 뛰어난 종족인 그는, 일이 이렇게 전쟁이 되면 갑자기 말이 많아진다.

긴 꼬리를 흔들며 낼름 혀를 보이더니, 그는 고블린 슬레이어의 철 투구에 다가갔다.

"혼돈 세력의 목적은 알 수 없지만, 단순한 제재, 복수로 끝은 아닐 걸세."

"고블린 놈들에게 그 이상의 일을 생각할 두뇌가 있나?"

"고블린 놈들에겐 없어도, 그 위에. 그렇다면, 놈들이 노리는 것도 예측할 수 있음이라."

"흠."

고블린 슬레이어는 생각했다. 이곳에 있는 것.

"포도와 술. 그리고 건물."

"보급을 약탈로 보충하는 것은 좋은 수일세. 그러나 보급이란 것은 목적이 따르는 것이지."

"물의 도시. ……교두보라는 거군."

“아마도. 그러나 그것도 주목적은 아닐 걸세. 다방면 작전이니. 그렇다면—.”

지혜를 가진 자 둘이, 익숙한 기색으로 전투에 대해서 논한다.

여신관은 홀짝홀짝 나누며 던지는 말을 따라잡기도 벅찼다.

주눅이 들기도 하고, 아직 미숙한 몸으로서는 이런 대화도 공부가 된다.

—그렇지만, 해야 할 말은 하지 않으면, 안 되겠죠.

“저기.”

어흠. 귀여운 헛기침을 하자, 두 사람의 시선이 빙글 여신관의 가녀린 몸에 박혔다.

주목을 받아 얼굴을 붉히면서도, 여신관은 조심조심 한 손을 들었다.

“그런 건, 의뢰주에게 확인을 한 다음에 하는 편이 좋지 않을까요……?”

“……음.”

“그것은 지당한 말일세.”

고블린 슬레이어가 낮게 으르렁거리고, 리자드맨 승려가 눈알을 빙글 돌렸다.

나는 모른다며 흘려듣고 있던 엘프 궁수가 목 안쪽으로 방울처럼 쿡쿡 웃음을 죽였다.

정말로— 뭐라고 할까. 평소와 같은 대화다. 여신관도 살짝 볼이 풀어졌다.

그런 파티의 모습을 바라보던 드워프 도사가 어이쿠야, 한숨을 섞으며 의뢰인을 돌아보았다.

"그래서 말인데…… 상관없겠는고? 주인장."

"상관없습니다."

주조상의 아들이 뭐라고 말하는 것보다 빠르게, 홀에서 뻗은 계단 위에서 응답이 있었다.

팽팽한 활의 현이 연주하는 소리 같은 목소리. 노부인이었다.

고상하지만 화려하지 않은 차분한 색조의 옷을 입었고, 회색이 된 머리칼을 높이 틀어올렸다.

과거에는 아름답고 풍만했을 용모는 이제 마르고 노쇠했으며, 수많은 세월에 뒤덮였다.

그렇지만 그것을 부끄러워하지 않고, 힘차게 계단을 내려오는 태도가 바로 지금 그녀의 아름다움이었다.

여신관은 숨을 삼키고 자세를 바로잡았다.

그 동작마저도 노부인은 당연한 것처럼 받아들였다.

"이미 가문에 남겨진 명예는 오로지 하나밖에 없습니다. 그렇다면 다른 모든 것은 사소한 일이겠지요."

"어머니……."

"입 다물고 있으세요."

딱 잘라 말하는 한 마디는 노파의 목소리였지만, 대단히 힘이 담겨 있었다.

그녀는 날카로운 눈매로, 문자 그대로 가늠하는 것처럼 모험가들을 둘러보며 말했다.

"우리 일족은, 단 한 번도 무릎을 꿇은 채 일어서지 못한 적이 없습니다."

그것이 바로, 이러한 상황에 빠져서도 그녀를 의연하게 만들고 있는 것이리라.

—삶의 방식, 이란 것일까요?

지난번, 그 무법자의 소굴에서 들은 말이 떠올랐다.

여신관에게는 아직 아주 조금밖에 이해할 수 없는 개념이긴 했지만.

"장사에서도, 전쟁에서도, 그것은 마찬가지. ……보수를 받은 만큼 일해주기를 기대하겠습니다. 모험가 여러분."

노부인은 우아하게 인사를 하더니, 미끄러지는 것처럼 움직여 2층으로 물러났다.

발소리 하나도 안 나는 그 걸음걸이는 분명히 나타났을 때도 틀림없이 마찬가지였으리라.

"정말로, 흠은 재미있다니까."

여신관 옆에서 엘프 궁수가 키득 웃었다. 그 목소리에는 미약하게나마 경의가 스며 있었다.

"**저 애**한테 꼴사나운 모습은 못 보여주지. 연장자로서."

"저한테는, 대단히 연상인 분이지만요."

그렇기에, 부끄럼 없는 모습을 보여야죠—. 여신관은 생각했다.

상인에게 보수만큼의 일을 하란 말을 들은 것이다. 그것은 그들에게 신뢰의 증거이기도 할 것이리라.

마을 사람이 끌어 모은 낡은 화폐와, 상인이 금고에서 꺼낸 금화, 그 가치는 같다.

아버지가 있고, 어머니가 있고, 아이가 있고, 친구가 있고, 일이 있고, 나날을 살아가고.

—아마, 그런 것……이겠죠?

여신관은, 누구에게랄 것도 없이 — 아마도 천상에 있을 지모신에게 — 마음 속으로 물었다.

물론 대답 따위 돌아올 리도 없었다. 그렇지만 분명히, 그거면 되는 것이리라.

"뭐, 그걸 위한 이모저모는 오르크볼그한테 맡길게."

엘프 궁수는 표정을 휘릭 바꾸고, 참으로 태평한 기색으로 말했다. 나는 활을 쏘기만 하니까.

"바보 같은 소리 말거라, 길쭉귀야. 일손이 부족하구나. 모루라도 놀려두고 있을 여유는 없느니라."

에엑. 항의하는 소리가 울렸다. 그것을 무시하고, 드워프 도사는 주조상의 아들에게 물었다.

"그래서, 한 번 더 묻겠다만 어쩔 텐가? 주인장."

"어머니가 허락하셨으니."

주조상의 아들은 쓴웃음을 지었다.

"나는 거부할 생각이 없어."

"그러면, 정해졌다."

고블린 슬레이어는 고개를 끄덕였다. 그리고 금방 머릿속으로 계획을 짰다.

모두가 있다. 주머니 속에는 수가 있다. 절실하게, 그 고마움을 느꼈다.

"어느 벽을 뚫고, 어디를 남길 건지 맡긴다. 다니기 쉽도록 잘 해다오."

“오냐. 그렇지만 일손이 부족한 것은 아까도 말했다만.”

모루 하나밖에 없구나. 드워프 도사가 얄미운 기색으로 말했다. 뭐야—. 엘프 궁수가 주먹을 들어 휘둘렀다.

시끌시끌 평소 같은 대화가 시작되는 것도, 어쩐지 참 오랜만인 것 같았다.

여신관이 과연 어떻게 중재를 할까 생각하는 한편, 고블린 슬레이어는 고개를 끄덕였다.

“남아 있는 사용인, 건축 자재나 공구를 빌리고 싶다. 비용은 이쪽 보수에서 빼도 상관없다.”

“알았네. 그리 많이 남진 않았지만, 남아준 사람들이야. 듬직하지.”

주조상의 아들은 미약한 자학 속에서 긍지를 드러내며 딱 잘라 말하고— 그리고 웃었다.

“나를 포함해서, 잘 해주게. 전문가 아닌가?”

“아마도.”

고블린 슬레이어는 고개를 끄덕였다. 소귀 살해자. 그렇게 불린지 벌써 5년, 6년, 7년이나 되는 걸까?

고블린 퇴치에 관해서, 그것만을 위해 쓴 시간은 다른 사람과는 비교도 안 되리라.

너는 바보에 얼간이에다 운이 나쁘니, 계속 생각하고 행동해라. 스승에게 혼이 나긴 했지만.

“그러면 고블린의 발자국을 봤다는 자를 내어다오. 나도 확인하고 싶다.”

“알았네. 금방 불러오지.”

그리고 몇 가지 대화를 거쳐서, 고블린 슬레이어는 행동을 시작했다.

엘프 궁수도, 리자드맨 승려도, 드워프 도사도, 여신관도, 각자의 역할을 다하고자 움직였다.

시간은 짧고, 일손을 부족하고, 적은 많고, 지켜야 할 것은 많으며, 그리고 질 수 없다.

조건은 나쁘다. 그러나 고블린 슬레이어는 담담하게 생각했다.

그런 거야, 늘 있는 일이 아니던가?

§

메이드가 허둥지둥 달려 다니고, 하인들이 여기저기를 돌아다닌다.

요리사도, 농노도, 남은 자들은 그 지위나 위아래랑 상관없이 자신의 일을 열심히 하고 있었다.

휑하던 저택에 공구 소리가 울려 퍼지고, 곧장 활기가 생기기 시작했다.

그 원인만 생각지 않는다면 집으로서는 기쁜 일이리라.

"이게 그 발자국입니다요."

고블린 슬레이어를 안내한 것은 나이 든 하인인데, 낡고 녹슨 창을 지팡이 대신 쓰고 있었다.

"악마 놈들 마법에 날아가 버렸습죠."

그는 나무다리를 두드리며 주름진 얼굴을 웃음으로 일그러뜨렸다.

"주인 나리랑 사모님이, 저한테 일을 주셨습죠. 은혜를 갚지 않으면 사내로서 체면이 서지 않는 법입니다요."

“그런가.”

짧게 고개를 끄덕이고, 고블린 슬레이어는 가리킨 지면 위에 웅크려 앉았다.

그곳은 저택 앞에 펼쳐진 포도원, 늘어선 나무 사이에 뻗은 길의 끝 부분이었다.

낮은 나무의 가지와 잎이 천개처럼 머리 위를 뒤덮고 그림자를 드리우는 곳에, 그 역겨운 발자국이 보였다.

그는 철 투구의 면갑 너머로 고블린 놈들의 발자국을 세며, 문득 2년 전 봄을 떠올렸다.

그때 정도의 수는 아니다.

“발자국은 매일 남아있나?”

“아니, 처음뿐이었습니다요. 허수아비를 세운 다음부터는, 고블린 놈들은 멀리서 보기만 하고 있습죠.”

“그러나, 모험가를 부르자고 말했군.”

“그야 그렇습니다요.”

늙은 사용인은 과거에는 거칠었을 얼굴을 한껏 긴장시키며 고개를 끄덕였다.

“고블린 놈들의 정찰꾼 아닙니까요. 놈들은 방해를 받았다고 열이 받아서 결국은 덤벼듭니다요.”

“그래.”

—그건 틀림없다.

고블린 놈들에게 있어서, 다른 녀석들은 자신들에게 공격을 받고 빼앗기는 게 당연한 것이다.

그것을 방해한다면「이런 건방진 놈들이 있나」라고 생각하며 멋대로 펄펄 화를 내는 건 명백한 일이다.

다시 말해서 처음에 상정했던 것처럼, 덤벼드는 게 확정이다. 아무것도 변하지 않는다.

문제는— 저 허수아비.

일어선 고블린 슬레이어는 기울기 시작한 햇살 너머에 서 있는 허수아비를 보았다.

무기를 손에 들고, 투구와 갑옷을 입고, 고블린과 해조(害鳥)를 노려보는, 지푸라기가 가득한 용사다.

밤눈이 밝은 놈들이니 다가오면 그 정체를 깨닫겠지만, 과연, 시력은 어느 정도나 될까?

멀리서 보고 있었다. 그렇다면— 이쪽이 대군을 준비하기 시작했다고 받아들일 것인가?

—발자국을 지우지 않은 이상, 우두머리를 포함하여 놈들은 고블린이리라.

혼돈의 군세, 그 첨병 놈들이라면 장비의 원조도 받았을 것이 틀림없다.

뭔가 수작을 부릴 것을 염두에 두고서 대비를 할 필요가 있었다.

"……강 쪽도 봐두고 싶군."

"예입. 뒤쪽으로 나가서, 둑을 내려가면 곧장 강입니다요."

"둑?"

"제방이라고 하기도 합디다. 이곳은 몇 대인가 전의 영주가 강을 따라서 쌓은 흙 위에 있습죠."

그런가. 고블린 슬레이어는 고개를 끄덕이고 일어섰다.

나무들 사이를 빠져 나와 쏟아지는 햇살이 붉어지고, 피의 비처럼 그를 비추고 있었다.

흥. 고블린 슬레이어는 코웃음을 치고, 가방을 뒤져 마차 안에서 마련한 주머니를 꺼냈다.

"이쪽에서 준비한 게 있다. 모든 길의 중간쯤에, 하나씩 설치해줄 수 있겠나?"

그는 그것을 사용인에게 건넨 다음, 조금 생각하고서 「다른 사람을 써도 된다」고 덧붙였다.

"뭐얼. 그 정도는 저 혼자서도 어떻게 됩니다요. 맡겨만 주십쇼."

노인은 씨익 웃더니, 자루를 잡아채서 가볍게 걸어갔다.

그러나 잠시 지나 멈추더니 「그러고 보니」 하고 말했다.

"저 허수아비는 어쩝니까요? 이제 치워버릴깝쇼?"

"아니."

조금 생각한 다음 고블린 슬레이어는 고개를 옆으로 저었다.

"남겨둬라."

"알겠습니다요."

고블린 슬레이어는 노인을 배웅한 다음, 철 투구를 빙글 돌렸다.

결국— 이런 것은 사방세계 전체로 따지면 자그마한 싸움이다.

놀이판의 한 칸도 되지 않는 영역을 둘러싼, 대단할 것 없는 사소한 다툼이다.

놈들은 혼돈의 세력의 첨병이며, 이쪽은 그저 모험가다.

아마도, 천상의 손들은 보다 장대한 의도를 가지고 주사위를 던지고 있으리라.

자신이 이긴다고 해도, 진다고 해도, 천칭을 미약하게 흔드는 정도에 지나지 않으리라.

"—알 바 아니지."

그것에 무슨 문제가 있는가? 고블린 슬레이어는 전혀 알 수 없었다.

§

"수, 수고하십니다!"

여신관은 몇 번이고 말하면서 저택 안을 허둥지둥 달려 다녔다.

그녀는 목수 일에 대해서는 잘 모르고, 힘쓰는 일도 특기가 아니다.

주위를 살피는 것이야 엘프 궁수에게 맡기면 되고, 저택에 대해서는 사용인들이 더 잘 안다.

그렇다면 할 일은 하나.

그녀는 머리칼을 손수건으로 정리하고, 앞치마를 두르고 손을 잘 씻은 뒤 식칼을 들고 주방에 섰다.

누가 뭐래도 많은 사람이 잔뜩 먹을 수 있는 것을 만드는 건 사원에서 계속 해왔던 일이다.

물론 스튜 같은 것은 작업하다가 손을 멈추고 먹기에는 좋지 않으리라.

다행히 식재료는 대량으로 있었다. 지금 이 저택에 있는 사람의 배를 채우기에는 충분했다.

—그렇다면.

오래된 빵을 접시 대신 삼아, 남아 있는 식재료를 있는 대로 올리고 끼워서 쓱삭쓱싹 자른다.

샌드위치는 귀족이나 상인의 음식이 아니니까 입에 맞을지는 알 수 없지만—.

"그래도, 일하는 도중에 먹기에는 이게 제일이니까요……!"

도와준 여급들에게 감사하며 고개를 숙이고, 각자 바구니를 한 손에 들고 나눠주러 다닌다.

어떤 때든, 누구든지, 뭔가 할 수 있는 일 정도는 있는 법이다.

지금 이 순간 여신관에게는 이것밖에 없다고 생각했고, 실제로 그렇기도 했다.

이것저것 사용인에게 지시를 내리고 있던 드워프 도사는 씨익 웃더니, 재빨리 모두에게 나눠주기 시작했다.

목재를 나르고 있던 리자드맨 승려는 기쁜 기색으로 눈을 돌리더니, 한 번 깨물어 치즈를 끼운 그것을 해치워버렸다.

옥상 위에 있던 엘프 궁수는 훌쩍 뛰어내리더니 「고마워」 하고 받아서는 또 올라가 버렸다.

사용인들도, 다른 여급도, 다리가 안 좋은 노인도, 다들 「고마워」라고 말해줬다.

그것이 그녀는 참 기뻤다. 도움이 되고 있다는 것은 그저 그것만으로 격려가 된다.

허둥지둥 저쪽 방, 이쪽 방을 돌고, 마지막으로 도착한 곳은— 저택의 가장 안쪽.

숨을 삼켰다. 심호흡을 한다. 자그마한 가슴을 위아래로 움직이며 공기를 내뱉고서, 노크.

"들어오세요."

늠름한 목소리에 「시, 실례합니다」 하고, 여신관은 문을 열었다.

안에는 그녀가 지금까지 살아오면서 본 것보다 훨씬 많은 책이 선반에 주르륵 담겨서 늘어서 있었다.

서재, 라고 하는 걸까?

여신관은 압도된 것처럼 주위를 둘러보면서, 살며시 조용하게 방 안으로 들어섰다.

커다란 책상에는 주조상의 아들이 앉아서 펜을 놀리고, 의자 위에서 노부인이 책을 펼치고 있었다.

노부인은 여신관의 접근을 깨닫고는, 페이지에서 눈도 떼지 않고 날카로운 목소리로 말했다.

"아아, 도박을 좋아한 귀족이 즐겨 먹었다는 그것인가요?"

"어머니……."

이건 펜을 멈춘 주조상의 아들이었다.

그는 의자에서 일어나 여신관에게 다가가더니 「고맙습니다」 하고 인사를 했다.

"이쪽도 이쪽대로 이것저것 싸워야 합니다. 보급 물자에는 감사를 해야죠."

그것은 어머니에게 보내는 쓴 소리였으리라. 노부인은 「알고 있어요」라고 기분이 틀어진 것처럼 응답했다.

"그 귀족은 근면하고, 놀러 다니지도 않았어요. 일하는 도중에 먹기에는 좋겠죠."

여신관은 뭐라고 말해야 하나 생각하다, 결국 「네」 하고 대답하기만 했다.

긍지 높은 사람이 꾸며낸 감정을 일부러 지적하는, 창피를 모르는 자는 되기 싫었다.

“일단, 저희들은 순조로워요. 조금 시끄러울지도 모르지만, 죄송합니다…….”

“한창 전쟁을 치르고 있으니, 어쩔 수 없습니다.”

주조상의 아들은 샌드위치를 바구니에서 꺼내 깨물더니 「야아, 맛있네요」 하고 웃었다.

품위가 좀 떨어지는 동작이었지만 싫은 기색이 없는 움직임, 어째선지 그에게는 잘 어울렸다.

“그렇지만, 전쟁……인가요?”

“이 뒤의 일에 대해서입니다.”

여신관이 고개를 갸웃거리자, 주조상의 아들이 말했다.

“만에 하나를 대비한 유언장. 살아남았을 경우의 전략. 전쟁 전에 할 일이 많습니다.”

누가 뭐래도 모든 것을 내던지고 이긴 것은 좋지만, 그 탓에 쓰러져 버리면 본말전도다.

앞일, 그 앞일, 또 그 앞일을 생각해서 행동하게 되는 것은 상인의 습성 같은 것이었다.

“야아. 하지만, 이건 정말로 맛있군. ……어머니도 어떠신가요?”

“전쟁의 승리는 생존에 직결되는 것이니까요. ……수고했습니다.”

노부인은 결국 여신관 앞에서 식사에 손을 대지는 않았지만, 마지막에는 그렇게 말하며 격려해 주었다.
"그 정도는 아니에요!"
여신관은 웃음을 지으며 정중하게 고개를 숙이고 퇴실했다.
탁 문이 닫히고, 복도에서 한숨.
사람은 각자, 다들, 누구든지, 할 수 있는 일을 하고 있다.
그것은 그녀 자신도 그랬고, 그들도 그랬다. 당연한 것을, 당연하게.
대답을 찾아낸 지 얼마 안 됐지만, 대체 무슨 시시한 고민을 하고 있었는지 웃음이 나왔다.
—바깥을 둘러보는 게 끝나면, 고블린 슬레이어 씨한테도 줘야지.
그렇게 생각하고 달려가는 사이에, 순식간에 해가 저물어 밤이 왔다.
그리고, 그때가 찾아왔다.

§

쌍둥이 달과 별들이 내려다보는 지평선 너머에서 두두둥, 으스스한 북 소리가 메아리쳤다.
다가오고 있는 검은 그림자도, 포도의 낮은 나무에 가려져 저택의 2층에서는 보이지 않았다.
창틀을 떼어내 만들어둔 화살창에 한 발을 올리고, 엘프 궁수가 기다란 귀를 흔들었다.
"수가, 꽤 많아. 고블린뿐—인 것 같지만, 무구 소리가 철컥철컥 시끄러워."

"예상대로다."

"틀렸으면 좋았을 텐데."

"그래."

고블린 슬레이어는 장궁을 겨누는 그녀의 어깨를 가볍게 두드리고, 미끄러지듯 옆으로 움직였다.

벽을 무너뜨린 방은 드나들기가 편하고, 떼어낸 건축 자재도 방해가 되지 않도록 한쪽에 밀어놓았다.

그 모든 것을 지휘한 것은 역시 화살창 앞에 웅크리고 있는 드워프 도사였다.

촉매 가방을 안고서, 전장을 내려다보듯 시선을 보냈다. 발치에는 벽돌을 부숴 만든 돌 탄이 쌓여 있었다.

그는 술을 들이켜더니, 하얀 수염에 묻은 방울을 손가락 끝으로 닦아내고 평소처럼 붉은 얼굴로 웃었다.

"허면, 카미키리마루. 그쪽도 실수하지 말거라."

"첫 수에서 맞춰다오. 타이밍은 맡기지."

"오냐. 이래저래 벌써 2년 어울리지 않았느냐."

흄의 2년. 드워프의 2년. 엘프의, 리자드맨의 2년.

어느 정도 차이가 있는지 고블린 슬레이어는 알 수 없었다.

입을 다물자, 드워프 도사는 껄껄 웃었다. 고블린 슬레이어는 그 소리에 배웅을 받으며 방을 나섰다.

각각의 방과 복도를 가로막던 문도, 지금은 떼어내서 벽에 세워두었다.

여차하면 그곳으로 들어가 화살을 피할 수도 있을 것이다. 급하게 마련한 방패치고는 좋은 편이다.

복도에 늘어선 문 옆에, 잡다한 무기를 손에 든 사용인들이 굳어진 표정으로 서 있었다.

무기라고 해도 광에서 꺼낸 검이나 창을 제외하면, 각자의 손에 든 투석끈이나 사냥에 쓰는 작은 활 정도였다.

그들이 백병전을 하는 사태가 일어나면 모든 것이 끝장이니— 사격에 의지해야 할 것이다.

그런 사용인들 가운데는 아까 만난 노병의 모습도 있어서, 고블린 슬레이어는 그에게 고개를 끄덕였다.

"어떻게 됐나."

"빠짐없이 묻어놨습죠. 안심하십쇼!"

"몇 명은 강 쪽 감시를 부탁한다. 만일의 사태가 있을지도 모른다."

"옛날에도 이랬습죠. 익숙한 일입니다요."

병졸다운 가벼움이었다. 절뚝거리며 화살창에 몸을 기댄 노병은 강 쪽을 가만히 노려보았다.

고블린 슬레이어는 그를 비롯한 사용인들을 둘러보며, 잰 걸음으로 계단을 내려갔다.

—보고, 확인하는 것이 중요하다, 했던가.

그것은 스승에게 배운 것이었는지, 아니면 모험을 하다가 배운 것이었는지, 중장 전사였던가?

파티의 리더나 군의 지휘관이라면, 동료를 안심시키는 것을 생각해야 한다.

따라서 당황해선 안 되고, 조바심을 내서도 안 된다. 겁을 먹어도 안 된다. 흥분해도 안 된다.

지금 이 때만큼 그는 이 철 투구에 감사한 적이 없었다.

자신이 그런 태도를 잘 하고 있는지 아닌지, 그는 도저히 자신이 없었다.

여신관은 자신을 어떻게 보고 있을까? 다른 동료들은 어떨까?

접수원 아가씨는 은 등급의 모험가니까라고 한다. 은 등급의 모험가란 무엇일까?

—그러나, 나는 고블린 슬레이어다.

목에서 흔들리는 인식표를 의식하면서, 그는 짧게 자신을 정의했다.

그렇다면 이것은 고블린 퇴치다. 그대로 하면 된다. 그거라면 특기였다.

"고블린 슬레이어 씨!"

현관까지 내려온 그를 주방에서 허둥지둥 달려오는 여신관의 발소리가 맞이해 주었다.

벗은 앞치마를 걸어두고, 손수건을 풀고 머리에 모자를 꾹 쓰고는 석장을 쥐고서.

"고블린이……!"

"알고 있다."

그는 고개를 끄덕였다. 평소와 다름없는 태도로.

"준비는 됐나?"

"네!"

응답한 여신관은 불과 며칠 전하고는 딴판으로, 밝고 명랑한 기색으로 보였다.

물론 고블린 놈들과 싸우는 것에 대한 긴장감이 보이고 있지만, 전혀 다르다.

—정말이지, 못 말리는 녀석이다.

"……? 왜 그러세요?"

"아니."

고블린 슬레이어는 짧게 고개를 좌우로 흔들고 현관의 문 쪽으로 갔다.

"순서는 기억하고 있겠지?"

"네, 괜찮아요!"

"그러면 됐다."

저택 안의 문이나 창틀은 떼어냈지만, 이 현관문은 아직 남아 있었다.

저택을 외성으로 삼는다면, 이곳은 성문이다. 여차하면 빗장을 거는 일도 있을 수 있으리라.

수비의 요체인 떡갈나무 문 옆에서, 리자드맨 승려가 실로 즐거운 기색으로 팔짱을 낀 채 기다리고 있었다.

"그러면, 소귀 살해자 선생. 중요한 승부가 될 텐데, 병력은 필요하신가?"

"일손은 부족하지만, 술법은 남겨두고 싶다."

"알겠네, 알겠어."

리자드맨 승려는 기다란 목을 위아래로 흔들고, 두 손의 갈고리 손톱을 쥐었다 폈다 움직이며 몸을 풀었다.

생각해보면 그는 요즘 들어서, 설산에서 전투를 벌이거나 망자놈들 따위를 상대하느라 평지에서 제대로 생명을 찢어낸 적이 없었다.
그것이 리자드맨 승려에게 어느 정도 고통인지, 고블린 슬레이어는 알 수 없었지만.
“어떻게 보나?”
중요한 것은 이 거한이 파티 안에서 가장 군략이 뛰어나다는 점 하나다.
그것을 알고 있으면 이력서 따위가 없어도 목숨을 맡기기에는 충분했다.
“어디.”
리자드맨 승려가 눈을 돌렸다.
“책략이 있다면, 평소와 다를 바가 없으리라.”
“그런가.”
“어쨌거나 전장인 이상, 예상 밖의 일은 일어나는 법일세…….”
리자드맨 승려는 오랜 병사의 품격을 두른, 차분하고 묵직한 목소리를 내면서 두 사람에게 기묘한 합장을 했다.
“두 분께선 죽이는 것보다 살아남는 것을 생각하시게. 그리하면 전과도 오르는 법.”
“네.”
여신관이 응답했다. 생각보다 톤이 높아졌는지 얼굴을 붉히며 입을 눌렀다.
“어려운 말을 하는군.”
고블린 슬레이어는 신음했다.
“살려서 돌려보낼 생각은 없다만.”

그리고 그는 떡갈나무 문에 양손을 짚었다. 지면을 스치는 소리를 내면서, 문이 묵직하게 열렸다.

결국, 동굴 안에 숨어드는 것과 마찬가지다. 마을에 닥쳐오는 고블린 놈들과 맞서는 것과 마찬가지.

이 단계에 이르기까지 과연, 분명히 드워프 도사가 말한 것처럼 발을 구르고 있었다.

그리고 자신이 움직일 수 없는 부분은 해결사를 의지했다.

모험가다운 행동이라고는 도저히 말할 수 없다. 무법자도 아니고.

자신이 어떠한 자인지, 그는 잘 알고 있다고 생각했다.

이 상황으로 끌고 오기 위해 여기까지 쌓아 올린 것이다.

그렇다면, 할 일은 하나. 확인할 것도 없었다.

그러나, 고블린 슬레이어는 그것을 확실하게 입에 담았다.

그의 말은 쌍둥이 달이 비추는 밤의 어둠 속에서, 내던진 단검처럼 날카롭게 날아갔다.

그야말로 땅 깊숙한 곳, 계곡을 지나는 차가운 바람 같은 목소리였다.

"고블린 놈들은, 몰살시킨다."

§

"GOOROGGOORG!!"

"GOORGB!! GBBOORGBB!!"

놈들은 깡마르고, 메말라 있었다.

열병 같은 기아를 채우기 위한 것은 이 땅 말고는 없다, 그것을 믿어 의심치 않았다.

누가 뭐래도 이곳에 있는 놈들은 자신들과의 계약을 어긴 것이다. 잘난척하는 녀석들이 말했다.

그러니까 때리고, 고통을 주고, 짓밟고, 죽이고, 범해도 불평해선 안 된다.

아무리 울며 사과해도 용서할 필요 없으며, 죽어버리면 근성이 없는 것뿐이다.

뭔가 수작을 부린다고 이렇게 지푸라기 인형에 창을 들려서 세워 놓고 있는 걸 보니 참으로 얼빠진 놈들이다.

"GBOOOGGB!!"

"GOGB!!"

고블린 놈들은 낄낄 조소하면서, 포도 수풀 입구에 세워진 지푸라기 인형을 걷어차서 쓰러뜨렸다.

침을 뱉고, 뽑아내서 옆으로 쓰러뜨리고는 폴짝폴짝 그 위에 올라타서 짓밟는다.

그렇다. 붙잡은 녀석들을 꼬챙이로 꿰어서 이렇게 똑같이 숲의 입구에 세워두자.

그러면 이 포도 나무도 모조리 고블린의 것이라고 흄 놈들이 알아먹을 것이다.

놈들은 멋대로 이 근처의 포도나무를 자기 거라고 착각하는 모양이지만, 터무니없다!

"GOROOGBB! GOBR……?"

그런 시시한 망상을 하고 있던 고블린 한 마리가 휘청, 비틀거렸다.

빙글빙글 천지가 돌아가는 심정으로 비틀비틀 발치를 헛디디고 그대로 풀썩, 혼절했다.

물론 사방세계는 꼼짝도 안 했으며, 비틀거리며 넘어진 것은 고블린이었다.

따라서 주위에서도, 동료들이 풀썩풀썩 쓰러지기 시작한 것을 그 고블린은 깨닫지 못했다.

그리고 깨닫지 못한 그 두뇌에 저 너머에서 날아온 화살이 박히고, 꿈꾸는 기분 그대로 생애를 마쳤다.

고통도 없으며 괴로움도 없다. 고블린에게는 참으로 축복받은 죽음이었으리라.

적어도 그렇게 소리도 없이, 기이한 궤도로 박히는 화살 비는 자비 깊다고 할 수 있었다.

그러나, 멀리서 보고 있던 고블린 놈들에게는 그렇지 않았다.

"GOROGB?!"

"GGBB?!"

―마법이다! 마법이다아!

곧장 고블린 놈들은 술렁거리기 시작했다. 이렇게 비겁한 놈들이 있다니. 자신들이 한 짓을 제쳐두고서.

연기에 휩싸여 화살 비에 맞고 당황하는 고블린 놈들은 그 길을 뛰어서 물러났다.

별 것 아니다. 그저 당한 놈들이 멍청했던 것뿐이다. 다른 길로 가면―.

"GOR?! GOOGB?!"

그러나 그렇게 생각한 고블린 놈들의 시야에, 길마다 차례차례 피어오르는 연기의 띠가 펼쳐지고 있었다.

여기도 저기도 마법의 연기투성이다. 그러나 그들은 학습한다. 연기에 말려들지 않으면 되는 것이다.

"GOOROGB!?!"

"GRRB! OOBOGRR!!"

각각의 손에 곤봉이며 도끼며 들고서, 고블린 놈들은 연기가 없는 한줄기 길로 밀려들었다.

이런 빌어먹을 일을 한 놈은 절대 용서하지 않는다.

온몸의 뼈를 때려 부수고, 머리칼을 잡아서 끌고 다니고, 엉덩이에 창을 박아서 세워주마.

고블린 놈들은 화를 내고 있었다.

그 쬐그만 머릿속에 있는 것은 분노와 증오뿐이다. 다시 말해서 평소와 같았다.

따라서, 모든 것은 평소처럼— 고블린 퇴치로서 진행된다.

§

"정말이지, 오르크볼그는 꾀를 잘 낸다니까."

엘프 궁수가 2층의 화살창에서 불씨를 매어둔 화살을 차례차례 쏘며 투덜거렸다.

기다란 귀를 흔들며 밤바람을 읽고, 기류에 실은 화살은 노린 곳을 벗어나지 않고 길의 끄트머리에 박힌다.

하이 엘프의 눈에 걸리면 그곳에 살짝 도화선이 나와 있는 것도 어렵잖게 볼 수 있는 것이다.

“말한 것처럼 맞춰서 태우긴 했는데. 저 연기는 뭐야?”

“건조시킨 늑대 똥, 유황, 목탄, 소나무 잎, 지푸라기를 섞은 연막이라더구먼.”

질색하는 표정의 엘프 궁수 옆에서, 드워프 도사가 술을 벌컥 들이켜며 말했다.

누가 뭐래도 의뢰주는 주조상의 총대장이고, 물자를 모두 제공해준다고 했다.

술법을 다룰 기력은 그렇다 치고, 촉매가 되는 술은 부족할 것 없으며, 술만 있으면 드워프는 무적이니라.

드워프 도사는 의기양양하게 사방의 정령을 불러 자신의 술법을 확립했다.

“《마시라, 노래하라, 술의 정령(스피릿). 노래하고 춤추고 잠에 빠져, 술 마시는 꿈을 보여주거라》.”

그가 유지하는 《드렁크(만취)》는, 문자 그대로 전장의 안개가 되어 고블린 놈들을 현혹시켰다.

한 번 길에 들어서면 비틀대며 의식이 혼탁해지고, 쓰러지면 엘프 궁수의 화살이 쏟아져 내린다.

당황해서 도망쳐 좌우를 보면, 다른 길에도 연기가 솟아올라서 선택지가 좁아진다.

남겨진 길로 나아가거나, 꼬리를 말고서 도망치거나, 태반의 고블린은 전자를 고른다.

누가 뭐래도— 자기가 직접 피해를 입은 것도 아니며 아직 죽을 생각도 없으니까.

“고블린 놈들의 머리로는 내 술법과 연막의 구별이 안 되니 말이다.”

“그거 오르크볼그의 연막이랑 네 주문이 같은 수준이라는 거 아냐?”

“칭찬하는 걸로 들어주마.”

드워프 도사가 시시한 기색으로 코웃음을 치자, 엘프 궁수는 「비꼰 거야」라고 말했다.

“카미키리마루가 말하기로는, 놈들은 어둠을 내다볼 수 있어도 열을 품은 연기 너머는 안 보인다, 하더구먼.”

“분명히 화공은 그만 두라고 했지만…….”

그렇게 말하자면 엘프 궁수도 연기 너머로는 시선이 안 닿는다.

그러나 고도로 숙달된 기술은 마법과 구별이 안 되는 법이다.

그녀에게 걸리면 화살을 명중시키는 것 정도는 기척만 알 수 있으면 눈을 감고서도 가능하다.

휘리리 어둠을 가른 화살촉이 저 멀리 고블린에게 박히는 것은 손맛으로 안다.

엘프 궁수는 볼을 느슨하게 풀고 화살통에서 차례차례 화살을 뽑아, 사양할 것 없이 활에 메기고 당겼다.

그녀의 나무 눈 화살촉의 화살은 어찌 된 영문인지 몇 다발이나 뭉쳐서 발치에 놔둘 정도로 여유가 있었다.

이거라면 끊임없이 쏘아도 떨어질 일이 없다. 엘프 궁수는 무척 신이 난 모양이다.

"흐흥. 이번에는 화살이 얼마든지 있는걸. 마구 쏠 수 있으니까 기분이 좋아!"

"보거라, 모루야."

드워프 도사가 의심스럽게 바라보자, 엘프 궁수는 「뭔데?」 하고 불만 있는 것처럼 입술을 삐죽거렸다.

"이 많은 화살을 넌 어디서 가져온 게냐?"

"가져왔다기보단, 주변에 있는 애들한테 좀 부탁한 것뿐이야."

봐. 그녀는 화살창에 손을 뻗어서, 하이 엘프밖에 모르는 오랜 언어를 읊조렸다.

그러자 창의 바로 옆에 있던 우거진 나무의 가지가, 기분 좋게 부르르 떨리더니 가지를 뻗었다.

순식간에 뻗은 가지에 단단하고 날카로운 눈이 생기고, 틀림없는 화살을 만들어내지 않는가?

"고마워."

엘프 궁수는 인사를 속삭이고, 그 나무 눈 화살촉의 가지를 따서 활에 걸었다.

"봤지?"

"하아…………."

드워프 도사는 애잔하게, 그리고 깊숙하게 숨을 내쉬고 어지간해서 안 하는 말을 했다.

"넌 말이다, 이럴 때만 도움이 되는구나."

"실례잖아! 나는 언제든지 도움이 돼!"

엘프 궁수는 자랑스레 기다란 귀를 세우고, 세 번째 화살을 당겨

현으로 쏘아냈다.

§

“몇 마리 죽였지?”

“지금 그걸로 세 마리일세.”

그리고 남겨진 길 하나 앞에서, 고블린 슬레이어 일행은 고블린 놈들을 기다리고 있었다.

그들의 발치에는 몇 갠가 랜턴이 나란히 놓여 있고, 여신관이 그 옆에 쪼그리고 있었다.

찰칵찰칵 금속 기구를 부싯돌로 때려 불똥을 튀기고, 잠시 지나 불빛이 화륵 밝혀졌다.

“준비, 됐어요.”

“좋다.”

여신관은 고개를 들어, 양손으로 단단히 석장을 쥐고 대비했다.

그녀는 긴장한 표정이었지만, 입가를 단단히 여미고 웃음을 짓는 듬직함을 얻고 있었다.

2년 전의 봄에 만났을 무렵에는 어땠을까? 고블린 슬레이어는 생각하고서 고개를 옆으로 저었다.

그녀의 활약으로 목숨을 건진 것이다. 그 무렵부터 계속, 이 가녀린 소녀는 듬직한 존재다.

철 투구 너머의 시선을 깨달았으리라. 여신관은 당혹한 것처럼 눈동자를 흔들었다.

"저, 저기……?"

"아니."

고블린 슬레이어는 응답했다.

"정해둔 순서대로 부탁한다."

"마, 맡겨…… 주세요."

끄덕끄덕. 열심히 머리를 위아래로 움직이는 여신관에게 괜히 세세한 지시를 내릴 필요는 없으리라.

"하하하. 이제 그만 알 껍질도 떨어질 무렵 아닌가?"

그 모습을 보던 리자드맨 승려가 유쾌하게 말하며 눈을 돌렸다.

"그럴 지도 모르지."

짧게 응답했다.

"그러나 직접 지원은 부탁한다. 나는 여유가 없을 거다."

"알겠다네. 뭘, 영장이라면 대개는 사지밖에 가지지 못했으니, 팔은 둘이라고 정해져 있지 않은가."

부족하다면 남의 손을 쓰면 되는 법. 리자드맨 승려가 말하고 그 커다란 몸으로 우뚝 버티고 섰다.

"소승들은 손톱, 손톱, 송곳니, 꼬리를 네 번 휘두를 수 있음이니, 뒷일은 우려치 말고 싸우시게."

리자드맨들의 사고방식은 알 수 없어도, 그 강함에 대해서는 이제 더 말할 것도 없는 일이리라.

고블린 슬레이어는 고개를 끄덕이고, 자신이 맡은 자리에서 단단히 대비했다.

이윽고, 타박타박 규율 따위 없는 무질서한 발소리가 몇 개나 다가온다.

아무리 고블린이라지만, 달리는 속도는 개체마다 다소 차이가 있는 법이다.

필연적으로 앞서 달리는 것은 용감한 놈이 아니라, 발이 빠르고 생각이 없는 놈이 된다.

그런 놈에게 추월당해서 약탈품을 독점 당하기 싫으니까, 다른 고블린은 뒤를 따르는 것이다.

따라서 선두의 개체는 먹잇감을 발견했다. 바보 같은 덩치 옆에서 있는, 계집아이의 모습.

코를 킁킁거리자 젊은 여자의 냄새는 또 있었다. 엘프의 향기도 섞여 있다.

“GOROOGOBB!!”

저열한 웃음으로 얼굴을 일그러뜨린 고블린이 낸 말의 의미는 과연, 무엇이었을까?

내 거다, 라거나. 여자가 있다, 라거나. 다들 따라와라, 라거나. 단순한 함성이었을까?

어쨌거나 그 효과는 변함이 없었다.

고블린은 자기 사정에 맞춰 저 리자드맨을 따돌리고 계집아이를 가질 수 있다고 생각하여 달렸다.

그 뒤에 몇 마리가 따르고, 그보다 더욱 뒤에 또 몇 마리가 후속으로 온다.

뒤처질 수는 없다. 앞선 녀석이 먹잇감을 독점하는 건 못 봐준다. 모두 내 거다.

—그 순간, 옆에서 고블린 슬레이어가 돌진했다.

"GROG?!"

감이 좋은 고블린이 반사적으로 그 쪽을 보았다. 그리고 어둠 속에서 다가오는 그것을 보았다.

싸구려 철 투구에 지저분한 가죽 갑옷. 어중간한 길이의 검을 들었고, 자그마한 원형 방패를 고정한 기이한 모험가.

"GOROOGB——."

"하나……!"

그 커다랗게 열린 입으로, 그가 던진 검이 날아들고 혀를 가르며 꿰뚫었다.

뒤집어지는 고블린. 숨이 끊어진 시체에 부딪혀서, 떠밀려 버리는 것을 이용해 검을 잡고 뽑아냈다.

이어지는 동작으로 검을 들어서—.

"둘!"

"GGBB?!"

왼쪽에서 접근하는 한 마리의 목줄기에 그것을 박아 넣는다. 척수까지 박아버리고, 칼날을 비튼다.

꿀럭꿀럭 피거품을 뿜으며 익사하는 고블린을 방패로 때리고, 손에서 떨어진 도끼를 확보.

"셋!"

"GOOBOG?!"

주워서 올리는 그 궤도 그대로 한쪽 날을 턱 밑으로 파묻으며 올리고, 고블린의 안면을 베어냈다.

뿜어져 나오는 뇌수와 피보라를 방패로 받아내고, 고블린 슬레이어는 한 걸음 뒤로 다리를 움직였다.

—역시 무기의 질이 좋군.

손도끼를 휘둘러 피를 떨쳐내고, 고블린 슬레이어는 홀로 투덜거렸다.

고블린의 무기치고는, 이지만. 그래도 놈들이 혼돈의 군세란 것은 틀림이 없으리라.

—마침 잘 됐군.

어쨌든, 이쪽의 무기를 저쪽에서 가져다주고 있다. 좀 귀찮은 것 말고 무슨 문제가 있단 말인가?

쓱. 발치를 미끄러뜨려서 살피며, 고블린 슬레이어는 다음 적에 대비했다.

"GOOROG!!"

"GOBOR! GOOGOBRBRG!!"

물론, 고블린이라도 모두가 이 볼품없는 모험가에게 주력한 것은 아니다.

오히려 그들에게는 그저 단순한 장애물이며, 노리는 건 저 계집아이다.

"오오, 내 나선의 혈맥과 이어진 선조여! 자손이 전장에서 움직이는 바, 똑똑히 보소서!!"

다시 말해서 그 앞에 또 하나의 장애물이 있다는 사실에 대해 금방 생각이 미치지 않는 것이다.

부웅. 휘두른 꼬리에 휩쓸리고, 넘어지자 발톱에 유린된다.

비명을 지를 틈도 없이 고블린이 갈고리 손톱에 찢어지고, 누더기 같은 몸을 송곳니가 깨물어 부순다.

영문도 모른 채 한 마리. 고블린이 무시무시한 용의 후예에게 살해당한다.

"이거야, 소승도 상당히 선조의 영역에 다가선 모양인지라! 이제는 숨결이라도— 어이쿠."

즉시 꾀를 발휘한 한 마리가 멍청한 동포의 죽음을 디딤대 삼아서 덤벼들었다.

녀석의 손에 쥔 단검이 괴이한 빛을 띠고 있다. 사악한 독을 두르고 있음이 명백했다.

"흐음, 독이군!"

"GOROGB?!"

그러나 이곳에 있는 것은 용의 자리를 노리는 리자드맨의 고위 무승이었다.

틀어박으려는 칼날을 비늘로 손쉽게 튕겨내고, 승리를 뽐내는 고블린의 머리에 콰직 송곳니를 박아 깨물어 부순다.

으지직 고기와 뼈가 뭉개지는 기이한 소리.

리자드맨 승려는 씹지 않고 고깃덩이를 내뱉고서, 경련하는 고블린의 몸통을 후려쳤다.

"어이쿠. 위험하군. 아직 해독의 기적은 받지 못하지 않았는가?"

"저, 저기……."

여신관은 처절한 싸움임에도 태연한 기색의 리자드맨 승려에게 쓴웃음을 지었다.

과거의 어두운 기억도 비늘 달린 종족의 호걸 앞에서는 의미가 없다는 것이니, 이거 참.

놀라서 허둥대기에는 너무 익숙해져서 스스로도 정말이지 참, 하고 생각은 하지만.

"조금 지나면, 내려주시리라 생각해요!"

"으흠. 그 기개일세. 환난신고를 뛰어넘으면 길을 나아가 변화할 수 있는 법……!"

그렇지만, 과연. 아무리 고위의 성직자라 해도 그를 본받아도 될 것인가?

여신관은 문득 떠오른 그 잡념을 떨쳐내고, 호흡을 정돈하고, 의식을 서서히 고양시켰다.

기도할 때는 마음을 온화하게, 그렇지만 천상으로 기도를 전달하기 위해 영혼을 맺어야 한다.

그 집중을 위해서, 그녀는 석장에 매달리듯 양손을 미끄러뜨렸다.

고블린들에 대해서도, 리자드맨 승려에 대해서도, 그리고 고블린 슬레이어에 대해서도, 지금은 저 멀리.

세계와, 자신과, 신들. 굴러 떨어진 주사위의 소리를 듣는다. 숨을 들이쉬고, 내쉰다.

그렇게 널리 만물과 자신이 혼연일체가 되어 애매해졌을 때―.

"《자비 깊은 지모신이여, 부디 나약한 우리들을 대지의 힘으로 지켜주소서》!!"

갑자기, 신이 내린 기적처럼 고블린 놈들의 퇴로가 끊어졌다.

"GOOROG?!"

"GGOBBOGOB!!"

고블린 놈들, 특히 장벽으로 가로막힌 길에 남겨진 쪽은 이해할 수 없었으리라.

뒤쳐지지 않으려고 달리고 있었는데, 갑자기 눈앞에 나타난 빛의 벽에 앞길이 막힌 것이다.

그들은 머리부터 역장에 들이받아서, 호되게 코를 부딪치고 키악키악 벌 받을 말을 외쳤다.

그러나 사태를 이해할 셈도 없었다. 그리고 보다 치명적인 상황에 빠진 것은 앞서 달리던 쪽이었다.

"넷……!"

"GBROGB?!"

고블린 슬레이어는 손도끼를 던져 고블린의 머리를 깨부수며 전방으로 달렸다.

그대로 방패를 들어 후려치고, 무기와 갑옷의 중량을 이용해 다음 사냥감을 쓰러뜨렸다.

"GBBBG?!"

"이걸로, 다섯!"

발버둥 치는 고블린의 손에서 소검을 빼앗아, 그걸로 목을 찔러 숨통을 끊었다.

뽑아내고, 일어서서, 한 동작으로 등 뒤를 향해 그 칼날을 투척했다.

"GOOBGR?!"

"여섯— 어떻지?!"

난전이라지만 새는 놈이 있는 법이다.

고블린 슬레이어의 옆을 빠져나가 달려간 놈들은 리자드맨 승려와 상대한다.

"이이이이이이이이이이야아아아아아!!"

그리고 물음에 대한 대답은 용맹한 원초의 괴조음이었다.

거칠게 날뛰는 선조, 무시무시한 용의 화신으로 변한 리자드맨 승려는 그 사지를 마음껏 휘둘렀다.

말려든 고블린 놈들이 갈기갈기 찢어지는 모습은, 그야말로 고대의 명검(커시나트) 같았다.

"괜…… 괜찮은 것, 같아요!"

대신 의미가 있는 말을 한 것은 열심히 기도를 바치고 있던 여신관이었다.

석장에 매달려, 천상으로 기도를 바치는 그녀는 자신이 작전의 요체란 것을 잘 알고 있었다.

그리고 그녀가 무사한 것을 확인한 고블린 슬레이어는 고개를 한 번 끄덕였다.

"해라!"

그가 목에 단검이 돋아난 고블린의 시체에서 검을 빼앗아, 머리 위에서 빙글 회전시켰다.

그러자 누군가의 휘파람 소리가 피이 울려 퍼지고, 곧바로 저택에서 자갈이 후두둑 날아왔다.

그것은 《프로텍션》을 넘어 그 너머에 있는 고블린 놈들에게 맞아 비명을 올렸다.

몇 마리 정도는 죽었으리라. 그러나 모두가 죽은 것은 아니다. 상관할 바 아니다. 이건 견제다.

본래 사용인들은 초보자다. 난전 속에서 투석을 시켰다가 아군을 때리는 건 사양하고 싶었다.

그러나— 흄의 원거리 투사력이야말로, 사방세계에서 가장 우수한 것 중 하나다.

프로텍션이라는 목표선을 정하고, 그 너머로 던지는 것은 충분한 위협이 될 수 있는 것이다.

—휘파람. 제대로 불었을까요?

여신관은 한순간 섞인 잡념을, 이러면 안 된다고 떨쳐냈다.

이 작전을 세웠을 때, 엘프 궁수가 하고 싶어 했지만.

그렇게 시간을 벌고, 혼란에 빠뜨리고, 그러는 동안에—.

"일곱, 여덟— 아홉!"

"GGOOROOGB?!"

먼저 뛰어든 고블린 놈들은 두 모험가의 손에 차례차례 생애를 마쳤다.

열보다는 많고, 스물보다는 적다. 그런 시체 위에 고블린 슬레이어가 버티고 섰다.

해야 할 일은 알고 있었다. 칼날을 더럽힌 고블린의 피를, 고블린의 허리 천으로 닦아냈다.

호흡을 정돈한다. 부상을 확인한다. 문제없다. 그러나, 쉬고 있을 정도의 틈이 없다.

"벽이다!"

"네!"

여신관이 박자에 딱 맞춰 대답을 하고서, 프로텍션의 기도를 마치고 의식을 현실로 회귀시켰다.

밤의 얼음이 아침에 사라지는 것처럼, 빛의 벽이 스으윽 투명해지며 공중으로 녹아들었다.

"GOOGOB!!"

"GBBG! GOOROGB!?!"

곧장 와르르 몰려드는 고블린 놈들은 역시 눈앞만 보고 있었다.

자갈에 방해를 받았다. 벽이 사라졌다. 동료가 살해당했다.

지금이다 돌진해라. 놈들을 죽여주마. 여자는 범하고 죽여주마. 되갚아주마.

그것밖에 머리에 없는 것이다. 스스로는, 아무리 고상한 생각을 하고 있을 셈이라도 말이다.

—그렇다. 치명적인 상황에 빠진 것은, 문 앞으로 돌입한 고블린 놈들 쪽이었다.

누가 뭐래도 고블린의 가장 큰 강점은 수가 많다는 것이다.

"《자비 깊은 지모신이여, 부디 나약한 우리들을 대지의 힘으로 지켜주소서》!!"

다시 한 번 축도를 올려 지원이 가로막혀 버리면, 그 강점이 사라지는 것이나 마찬가지.

"오, 오……옷!"

무리를 지어 몰려드는 고블린 놈들 한 가운데로, 고블린 슬레이어가 파고들었다.

허수아비로 주의를 끌어 발을 묶고, 거기서 더욱이 《드렁크》와 연막으로 분단시킨다.

좁혀진 선택지 안에서 포도원을 가로지르는 놈들을 요격하고, 《프로텍션》으로 더욱 분단시킨다.

이제는 뛰어 들어와서 도망칠 곳을 잃은 놈들을 압살하고, 다음을 끌어들이면 된다.

물론, 여신관의 술법은 모두 세 번. 만에 하나를 생각한다면, 이 전술은 두 번이 한도였다.

드워프 도사의 《스피릿 월(정령의 벽)》을 이용하는 수도 있었지만…….

—흙의 정령력이란, 밭의 힘이기도 하다고 하니.

화공과 비슷한 것이리라. 그렇게 생각하면 어쩔 수 없는 일이라고 그는 생각했다.

그러나 두 번이나 하면 고블린 놈들을 대부분 깎아낼 수 있다.

수가 줄어든 고블린 따위는 두려워할 필요 없다는 것은, 신인 모험가도 이해하는 일이다.

—문제는 수없이 많다. 그렇다면, 나눠서 하나씩 처리하면 된다.

그것은 드워프 도사가 준 지혜이며, 별 것 아닌, 언제나 하고 있는 일이었다.

대군을 한 번에 상대하는 것이 아니라, **동굴**을 똑바로 돌진해오는 고블린 놈들이 상대라면.

소귀를 죽이는데(고블린 슬레이어), 질 이유가 있을 리 없다.

—아무 일이 없다면.

그렇다, 아무 일이 없다면.

고블린 슬레이어의 그 생각을 쳐부순 것은, 저택에서 울려 퍼지는 종의 음색이었다.

그것이 의미하는 것은 오로지 하나.

——강이다.

§

"크, 큰일입니다요……!"

종을 흔들면서, 절뚝절뚝 방에서 뛰어나온 노병이 가쁘게 숨을 쉬며 외쳤다.

그 모습이 나타나는 것보다 빠르게, 엘프 궁수가 기다란 귀를 움직이면서 일어섰다.

"강 쪽이지?"

"맞습니다요. 남쪽— 강 위에서, 이쪽으로 배가 오고 있습니다요! 몇 척인지는…… 잘 안 보입니다만!"

듣자마자, 그녀는 대궁을 잡아채고서 색채가 있는 바람이 되어 뛰었다.

하이 엘프가 전력을 내면, 흄의 눈으로는 좇는 것도 불가능할 정도의 속도가 된다.

정(靜)에서 동(動)으로 전환되는 속도가 범상치 않다. 하이 엘프는 한 걸음 만에 최고 속도에 도달하니까.

따라서 드워프 도사가 뒤뚱뒤뚱 따라잡았을 때는 이미 그녀가 뒤쪽 창에서 저 먼 곳을 노려보고 있었다.

"어떤고?"

"고블린이야. 사공이 그렇게 보이는 거지만."

"소귀 함대란 게냐? 정말이지, 네 고향은 뭘 하고 있는 게냐?"

"그건 나도 모르지. 강은 이쪽 관할 아니야!"

대화는 평소와 같아서 왁자지껄했다. 긴박감은 있어도 긴장감은 없었다.

딱히 놀랄 정도의 일도 아니다. 과거 물의 도시에서 싸운 것을 생각하면, 고블린은 배를 타는 법이다.

언제부터인지는 모르지만, 고블린 놈들은 기승의 비밀을 훔쳐냈다.

악마견— 늑대, 거미 따위를 비롯해서, 제대로 다룰 수 있는지는 둘째 치고 탈 수는 있다.

따라서 문제는 고블린이 기승을 했다는 사실이 아니라, 평소처럼 그 물량이다.

엘프 궁수의 눈은 매처럼 저 먼 곳을 내다보고, 검디검은 밤의 강을 미끄러지는 사악함을 보았다.

수는— 둘, 아니 셋.

"정말이지. 수만 많다니까……!"

그것과 동시에 엘프 궁수는 나무 눈 화살촉의 화살을 3개 뽑아 현을 당기더니, 가볍게 훌쩍 쏘았다.

세 화살은 그것 자체가 의사를 가진 것처럼, 각각 다른 커다란 호를 그리며 하늘을 꿰뚫었다.

드워프 도사는 그 끝을 인식할 수가 없다. 밤눈이 밝은 것과 멀리 보는 것은 전혀 다른 문제다.

"해치웠느냐?"

"물어볼 말도 못되잖아."

흥. 시시하다는 기색으로 코웃음을 치고, 엘프 궁수는 차례차례 끊임없이 화살을 쏘아냈다.

그것 모두가 밤하늘을 날아가는 하얀 유성처럼, 미약한 섬광을 남기고 어둠으로 사라졌다.

그리고 그 수만큼 — 혹은 곡사로 꿰뚫었다면 배 이상 — 고블린의 시체가 쌓였을 것이다.

"하지만, 이대로는 어쩔 도리가 없어."

그러나 엘프 궁수가 중얼거리고, 화살통에서 화살을 뽑아 현을 끼리릭 당겼다.

"사공은 전부 해치울 거지만, 강의 흐름을 타고 그대로 전진하는 걸. 끌려오면 손쓸 수가 없어."

"한 번 쏴서 배를 침몰시킬 수는 없느냐?"

"미안하네요. 오라버니보다 활의 힘이 빈약해서!"

"그 오라비라면 할 수 있는 게야?"

이 중얼거림은 하프 같은 현 소리에 지워졌다.

이번 전과는 강의 수면이 텀벙, 파도치는 것으로 드워프 도사도 알 수 있었다.

—참으로, 이 모루는 실력만 좋구나.

하이 엘프의 높은 기개에 질색을 하면서도, 드워프라도 그 사실은 인정하지 않을 수 없다.

그렇다면 이쪽도 이쪽 일을 해야 하리라. 엘프에게 다 맡겨서야 드워프의 체면이 안 선다.

"술법을 걸어서 강의 흐름을 바꿔 버려야겠구나. 그리 하면."
"그러네. 가능하면 돌파하고 싶지만, 백병전은 좀 위험하……니까!"
말과 함께 쏘아낸 화살이, 또 저편에 있는 고블린의 숨통을 끊었다.
"어쨌든 저 녀석들은 수만 잔뜩 있어서 싫—."
문득 엘프 궁수가 입을 다물었다.
"왜 그러느냐?"
드워프 도사도 진지한 표정을 보고는 한 마디 묻고 입을 다물었다.
엘프 궁수가 기다란 귀를 섬세하게 위아래로 움직이며, 긴장시킨 표정 그대로 날카롭게 중얼거렸다.
"……뭔가 온다. 커다래. —그리고, 빨라. ……이거, 뭐지?"
"뭐냐? 들어본 적 없는 소리라도 나느냐?"
"비슷한 건 들어봤는데."
엘프 궁수가 중얼거리고 눈썹을 찌푸렸다.
"하지만, 이거……!"
곧장, 땅을 찢을 것처럼 시끄러운 소리가, 저택 사람들이 들을 수 있는 영역까지 이르렀다.
멀리서 밀려드는 뇌정이나 번개 같은— 그러나 하늘이 아니라 땅을 기어 밀려드는 무언가.
그렇다. 고블린의 강점은 수이며, 잔꾀였다.
강에는 배가 있다. 그렇다면, 육지에 아무것도 없을 리 없는 것이다.
"—위험합니다요."
이 자리에 있는 세 사람 중에, 유일하게 그 소리의 정체를 아는 노병이 얼굴을 찡그리며 신음 소리를 냈다.

그것은 전장에서 몇 번이나 들은 소리였다.

후방에서 들리면 듬직하고, 전방에서 들리면 다리가 떨려서 어쩔 수가 없어지는 소리.

가능하다면, 두 번 다시 듣고 싶지 않다고 생각했던, 그 소리.

"이건, 전차입니다요……!"

§

—그것은 그야말로, 기이한 전투 기계(워 머신)처럼 보였다.

"꺄, 악?!"

두 번째 《프로텍션》이 사라지고, 세 번째 고블린 놈들이 끌려 들어왔을 때였다.

번개 같은 소리를 거느리고, 흙을 튀기면서 춤추듯 달려온 커다란 그림자에 여신관이 비명을 질렀다.

"음……!"

"이 상황은 좋지 않군……!"

역전의 두 모험가가 각자의 방패나 비늘로 흙과 자갈을 막으며, 허리를 낮추고 대비했다.

"GBBORB?!"

"GORG?!"

그들의 눈앞에서, 바퀴에 휘말려 든 고블린 놈들이 비명을 지르며 다진 고기로 변했다.

검붉은 피와 근육이 사방으로 튀고, 모험가들이 만든 살육의 흔적에 새로운 색채가 더해졌다.

물씬 피어오르는 내장의 냄새는 틀림없이 죽음의 냄새이며, 아직 온기가 남아있는 그것들은 김이 피어오를 정도였다.

그렇다. 그것은 살육을 이룩하기 위한, 조잡하고 폭력적인 병기였다.

"GOORGB! GGOOOROGOB!!"

붉은 달빛이 비추어 드러난 그 기구 위에, 승리를 뽐내며 조소하는 고블린의 두령.

그가 군림하는 그 전차는, 원형은 앞뒤가 거꾸로 된 짐수레 같은 것이었던 모양이다.

그 짐칸에 방패를 비롯하여, 창이나 칼날이나 투석기 등 마구잡이로 무시무시한 무기를 싣고 있었다.

그것을 무수한 고블린 놈들이 손수레마냥 가로 손잡이를 쥐고 땅을 달려 구동시키고 있는 것이다.

"GOOROGOOROG!!"

이름 붙이자면, 소귀 전차(고블린 배틀 왜건)라고 불러야 하리라.

혼돈의 세력에게 기술지원을 받아 만든 것으로 보이는, 무시무시한 병기가 송곳니를 드러냈다.

"산개해라!"

과연 고블린 슬레이어의 지시와 전차의 돌격은 어느 쪽이 빨랐을까?

"GOOROGB?!"

"GRGB?!"

포도원의 부드러운 흙을 튕겨내면서 돌진한 전차는 또 다시 몇 마리의 고블린을 치어버렸다.

바퀴에 깔려 죽거나 창끝에 꿰뚫어지는 건 그나마 나은 편이이라.

하늘 높이 튀어 오르면 비참하다. 부유하여 낙하할 때까지 몇 초 동안 죽음의 공포에 시달리게 되니까.

“GGBBRG?! GOOROGGB?!”

버둥버둥 팔다리를 흔들면서, 하늘을 헤엄치려는 소용없는 노력이 몇 순간.

콰직. 과실이 뭉개지는 것 같은 소리를 내며 그 고블린은 땅에 부딪혔다.

불가능한 쪽으로 사지가 비틀려 경련하는 그 삶은, 선회하는 바퀴에 치어서야 간신히 끝났다.

“GGOROGB! GGRRROGOBBGORGB!!”

고블린 배틀 왜건의 사기는 나무랄 데 없었다. 적어도 짐칸 위에선 두령에게는 그렇게 보였다.

두령이 시끄럽게 명령을 내리자, 손잡이를 미는 고블린 놈들 몇 마리가 불평불만을 하면서 힘을 주었다.

그러자 달려서 지나친 차체가 커다랗게 호를 그리며 방향을 바꾸더니, 또 다시 모험가들에게 창끝을 겨누었다.

차체에 튀어 오른 고기나 피보라는, 그야말로 「다음은 네놈들이다」라고 선고하는 것 같았다.

“이것은 참으로!”

무시무시한 위협 앞에서, 땅을 구르며 물러났던 리자드맨 승려가 희희낙락 꼬리로 땅을 때렸다.

“혼돈 놈들은 제법 장비가 좋군!”

그 커다란 몸 아래, 뒤덮인 것처럼 감싸인 여신관이 몸을 움츠리며 필사적으로 몸을 지키고 있었다.

"죄, 죄송해요."

가녀린 목소리를 낸 이유는 자신의 둔함을 신경 썼기 때문이리라.

아무리 경험을 쌓고 성장했다고 해도, 신체능력이 극적으로 상승할 리 없었다.

그래도 그녀는 그 가녀린 얼굴과 금발을 진흙으로 더럽히면서, 열심히 고블린 배틀 왜건 쪽으로 눈길을 돌렸다.

"그렇지만, 어떻게 하죠……!"

"어쨌거나 고블린이다."

한쪽 무릎을 짚은 자세를 바로잡으며, 고블린 슬레이어가 내뱉었다.

"해야 할 일은 변하지 않는다!"

그러나, 일은 그리 단순하지 않았다. 정확하게 말하면 단순해지지 않기 시작했다.

등 뒤에서 울려 퍼지는 종소리는 강 방면에서 이상이 일어난 것을 알리는 신호다.

"칫……!"

무리를 해도, 무모한 짓을 해도, 그걸로 상황이 변하는 일은 없으리라.

그리고 상황에 불평을 해봐야 승산이 생기는 것도 아니다.

고블린 슬레이어는 자신을 자제하면서 하염없이 사고를 했다.

——어떻게 해야 할까?

"어떻게 보나?"

“글쎄올시다…….”

흙을 깎으면서 방향을 바꾸는 고블린 배틀 왜건. 그것을 눈앞에 둔 리자드맨 승려가 쑤욱 몸을 일으켰다.

“장군의 목을 치려면 우선 말을 쓰러뜨리는 것이 자주 쓰이는 법이네만, 놈들에게 지혜를 내린 무리가 있는 모양일세.”

그렇다. 우선 첫 번째 문제는 그것이다.

선회할 때 보인 짐수레의 손잡이— 수레를 미는 고블린들은 본래 무방비해야 했다.

그러나 짐칸에서 뻗어 나온 가리개가 고블린 놈들의 머리 위를 덮고 있으며, 단단히 머리와 등을 지키고 있었다.

저래서는 앞도 보이지 않겠지만, 마부 — 라고 해야 할까? — 가 있다면 문제없으리라.

등 뒤나 옆에서 놈들을 치는 것은 엘프 궁수의 곡사를 이용해도 아마도 불가능하리라.

“정면은 어떤가.”

시간을 들이면 얼마든지 책략이 있으리라. 그러나, 그것은 등 뒤의 강에서 지원군이 도착하는 것을 의미한다.

이쪽의 여유는 한 수나, 두 수. 고블린 슬레이어에게 리자드맨 승려가 「어렵겠군」 하고 고개를 저었다.

“《파셜 드래곤(용 내림)》의 기적을 받아, 5분 정도. 용력과 피아의 중량, 상대 쪽의 속도 계산에 따라 다를 걸세.”

“운에 맡겨야 하는군.”

고블린 슬레이어는 신음했다.

"마음에 안 든다."

"뭘, 세상의 도리는 모두 숫자로 설명이 되는 법일세."

그 생각은 전에도 들은 기억이 있었다. 고블린 슬레이어는 숨을 내쉬었다.

"옆에는…… 창이군."

"하하하, 대개의 공격은 예상을 했다는 것이군."

차축에 억지로 묶어놓은 장창이, 병사를 휩쓸어 쓰러뜨리고자 옆으로 뻗어 있었다.

문제는 많다. 문제는— 그렇다. 문제가 복수로 갈라지고, 흩어지고, 겹쳐 있는 것이다.

그렇다면—.

"고블린 슬레이어 씨!"

문득, 여신관이 열심히 짜낸 목소리가 울렸다.

그녀는 신관복을 진흙투성이로 만든 채 일어서서, 석장을 손에 들고 단단히 앞을 보고 있었다.

방향을 바꾼 고블린 배틀 왜건은 얼마 안 가서 호령과 함께 또 돌진해 오리라.

그러나 여신관은 긴장과 공포에 얼굴을 굳히면서도, 그래도 확실하게 말을 했다.

"문제를, 한데 묶어요."

"그 방법으로 가야겠군."

고블린 슬레이어는 수긍했다.

방법은 있는 것이다. 언제든지, 어디든지.

§

고블린 전차장은 드디어 방향 전환을 마친 부하의 우둔함에 매도의 소리를 흘렸다.

정말이지, 이 놈들은 굼벵이처럼 느려터졌다! 사냥감이 도망치기라도 하면 어쩔 것인가?

이런 녀석들에게 몫을 나눠줄 필요는 없다. 대장은 가장 고생을 하고 있으니까 독점하는 게 당연하다.

얼마 전까지만 해도 높은 녀석들은 그냥 놀기만 한다고 생각했던 일은 이미 망각 너머로 사라졌다.

그러면, 사냥감은— 저기, 있다.

도망쳐 다닌 끝에, 어리석게도 요새의 문 앞에 스스로 내몰려 버린 모양이다.

자그마한 흄 계집이 겁먹은 기색으로 석장에 매달리는 것을 보고, 전차장은 입맛을 다셨다.

—자, 조금 겁을 주자.

전차장은 희희낙락하며 녹슨 도끼칼을 들어 올려 한 칼로 투석기의 끈을 잘라냈다.

뚝 소리와 함께 추가 가라앉고, 그 반동으로 지지대가 커다랗게 부웅 으르렁댄다.

지지대는 거대한 숟가락 같은 형태를 하고 있으며, 그릇 부분에 올라가 있던 바위가 단숨에 하늘을 날았다.

본래 고블린이 탄도 계산 따위 할 수 있을 리 없다.

호를 그리며 날아간 바위는 계집의 머리 위를 넘어서 쿠웅, 굉음을 울리며 요새의 벽에 처박혔다.

쌓아 올린 벽돌이 충격으로 금이 가고, 무너지고, 파편이 와르르 흩어졌다.

"GOOROGOOROOGG!!"

계집이 「힉」 하고 겁먹은 기색으로 주저앉는 것을 보고, 고블린 전차장은 크게 기뻐하며 손뼉을 쳐댔다.

한 발밖에 쓰지 못하는 투석기를 사용한 보람이 있는 법이다.

반동 때문에 크게 뒤로 기울어 올라간 바퀴를, 체중을 앞으로 실어 쿠웅 내렸다.

이제는 이대로, 이 전차를 돌진시켜서 깔아뭉개거나 치어 죽이거나. 그러면 된다.

마지막 순간에 저 계집이 어떻게 울부짖으며 용서를 구할까? 그것을 상상하기만 해도 흥분되는 법.

고블린 전차장은 그 흥분 그대로 발을 쿵쾅쿵쾅 굴러서 부하들에게 호령을 내렸다.

"GGORG! GGOOOROOGGB!!"

"GOOROGB!!"

바보 같은 녀석들이 투덜투덜 불평을 하면서 짐수레를 밀기 위해 다리를 움직이기 시작한다.

기세를 붙여서 돌진하면, 여자든 남자든 갈기갈기물컹물컹하게 뭉개져 죽는다. 이기는 건 우리들이다.

이 무시무시한, 그리고 어마어마한 무기가 있으면, 반드시 누구에게도 지지 않을 게 틀림없다.

—그렇다, 고블린은 그런 것이다.

조건반사로 침을 흘리는 개처럼, 그들은 눈앞의 일에 뛰어드는 것밖에 생각지 않는다.

지금까지 몇 명의 아군이 죽었는지에 대해서, 죽을지도 모른다는 생각은 하지도 못하는 것이다.

나는 다르다. 나는 영리하다. 나는 그 놈들하고는 다르다. 나는 잘 할 수 있다.

따라서—.

"《자비 깊은 지모신이여, 어둠 속 길 잃은 우리들에게 성스러운 빛을 베푸소서》!"

번쩍 눈부신 빛이 눈을 태운 순간, 시야에 뛰어 들어온 그림자의 정체를 마지막까지 알지 못했다.

§

"오, 옷……!"

여신관의 기적이 성스러운 빛을 내린 것과 동시에, 고블린 슬레이어는 땅을 박차고 달렸다.

문 안쪽에서 문을 박차며 뛰쳐나간 것이다.

그것과 스치는 것처럼, 녹색의 거구가 소녀의 가녀린 몸을 옆에서 잡아챘다.

“《오오, 기품 있고 묘연한 뇌룡(브론토스)이여. 내게 만인의 힘을 내리소서》!!”

《파설 드래곤》의 가호로 받은 용력은 그대로 육체의 순발력으로 이어지는 법.

전차를 막을 수 있는지는 운에 맡기게 되지만, 속도를 발휘해 그녀와 함께 궤도에서 벗어나기에는 충분하다.

그에 비해서, 고블린 슬레이어는 일직선으로 고블린 배틀 왜건을 향해 뛰어들었다.

한 걸음, 두 걸음, 세 걸음. 상대 속도로 줄어드는 거리를 정확하게 읽고서, 대지를 디디며 뛰었다.

“음……!”

기세를 죽이지 않고 짐칸 위를 구르는 것과, 전차의 차체가 문의 경계를 넘어서는 것이 거의 동시.

고블린 슬레이어는 떨어지지 않도록 뼈로 만들어진 투석기를 붙잡고 몸을 쑤욱 끌어올렸다.

현관 홀을 달려갈 때까지가 승부처다. 시야 끝에 현관 홀의 장식품이 흘러간다.

“오르크볼그?!”

“GOOROGBB?!”

위층에서 엘프 궁수의 목소리가 울렸다. 그러나 상대할 시간이 없다. 그녀의 눈이라면 보일 것이다.

허리띠에 끼워둔 단검을 손으로 찾으며, 고개를 흔들어 시야를 태운 잔광을 떨쳐내려는 고블린에게 덤벼든다.

“GOROG!”

"네놈으로……!"

바닥에 깔아 눕히면서, 역수로 뽑아 휘두르는 것이 좋다. 그대로 목젖에 칼날을 때려 박았다.

"스물다섯이다!!"

뒤엉키면서 — 고블린이라지만 흔들리는 차체 위였으니까 — 자루를 휙 비틀어 치명상.

비명을 지르지도 못하고, 부글부글 자신의 피에 빠져서 경련을 반복하는 고블린.

아직 그나마 숨이 남아 있는 몸을, 고블린 슬레이어는 자기 몸 위로 들어 올렸다.

"GGOORGB?!"

"GGBG! GGOOROGB!!"

두목이 죽은 것을 깨닫지 못하는 부하 고블린 놈들이 덮개 아래서 갸아아 소란을 피운다. 상관할 바 아니다.

"크, 으……."

고블린 슬레이어는 콱 덮개를 걷어차서 입다물게 만들고, 짐칸 끝에 단단히 매달렸다.

다음 순간에 무슨 일이 일어날 것인지, 전차 위에 있는 그만이 모두 이해하고 있었다.

바퀴는 현관 홀의 대리석을 단단히 구르며 돌진하고, 금방 한계에 마주친다.

벽이다.

과거 거대한 괴물에게 전투 망치로 맞았을 때처럼, 고블린 슬레이어의 온몸에 충격이 덮쳤다.

덜컥. 발이 걸려 넘어진 것처럼 몸이 완전히 쓰러졌다가, 튕기는 것처럼 다시 돌아온다.

짐칸을 붙잡은 팔이 삐걱거리고, 짊어진 고블린의 시체가 단단한 것에 부딪히는 것을 느꼈다.

"GGORBBG?!"

"GBBG! GOORGBB?!"

덮개 아래서 이상한 것을 깨달은 고블린 놈들이 비명을 지르지만, 이미 늦었다.

이어서 느껴지는 것은, 충격 다음으로 한순간의 부유감. 그리고 불어 닥치는 차가운 밤바람이었다.

전차는 돌파의 충격으로 투석기가 뜯어져 나가고, 반쯤 분해되면서 저택의 벽을 뚫어버리고 공중으로 날았다.

둑으로 낙하 — 착지라고 할 수는 없으리라 — 할 때까지의 몇 초가 괜히 길게 느껴졌다.

"으, 그……!"

쿠웅 부딪히는 충격에 고블린 슬레이어의 몸이 크게 튕겨나갔다.

날뛰는 말을 탄 적은 없지만, 이 정도로 휘둘리는 것일까?

낙하할 때 운이 좋으면 땅바닥, 나쁘면 바퀴 앞, 창이 할퀴고 지나갈 가능성도 충분히 높다.

고블린 슬레이어는 그저 매달리는 것에만 주력하고, 호흡을 정돈했다.

"GBBOGB?! GOGGG?!"

"GOOROGGB!!"

전차를 미는 고블린 놈들도 그것은 마찬가지로, 손을 놓지도 못하고, 전차의 기세에 끌려가고 있었다.

어느 쪽이든, 끝은 금세 찾아온다.

둑의 내리막에서 기세가 붙은 전차가 이르는 곳은 어둡고 차가운 밤의 강이다.

그리고 그 위를 가려는, 고블린의 선단이다.

"GORGB?!"

"GOOOROGBB?!"

선상에서, 저택에서 날아오는 화살에 대처하고 있던 고블린 놈들은, 그것을 보고 뭔가 외쳐대고 있었다.

「뭐냐?!」라거나 「왔다?!」라거나. 그런 종류의 매도하는 목소리였던 것은 틀림없으리라.

다음 순간, 전차의 질량과 속도 그 자체가, 거대한 전투 망치처럼 배의 옆구리에 충돌했다.

"으……윽!"

자신이 과연 어떤 자세를 취하고 있는지, 고블린 슬레이어도 알 수 없었다.

전차는 그대로 갑판에 바퀴를 묻으면서, 배 한 척의 한가운데를 커다랗게 파헤치는 것처럼 빠져나갔다.

이제 이것은— 전차라고도 배라고도 할 수 없었다. 산산조각 나는 것을 기다리는 목재에 지나지 않는다.

첨버엉. 물에 뛰어드는 그 순간, 의식에 있는 것은 하얀 것을 돌파했다는 착각뿐이었다.

금방 자신이 무겁고 끈적이는 것 안에 내던져진 것을 뇌가 이해하고, 반사적으로 팔다리를 움직였다.

그러나 도망칠 수는 없었다.

물의 정령은 가차 없이 다리를 붙잡아 끌어들이고, 머리 위에는— 그렇다. 전차의 잔해가 뚜껑을 덮고 있었다.

"GOBOO?!?!"

"GOOGRBB?!"

고블린 놈들이 부글부글 입에서 거품을 뿜으며 필사적으로 짐칸을 두드리지만, 그걸로 움직일 리가 없다.

금방 숨이 끊어져 가라앉으리라. 고블린 슬레이어는 그것을 확인하고 물의 바닥을 박찼다.

그렇다. 깊숙하게 가라앉아, 그리고 차면— 설령 두 팔이 묶여 있어도 헤엄칠 수 있는 것이다.

하물며, 오른손의 손가락에는 수중 호흡이 가능해지는 호흡의 반지가 끼어져 있었다.

등불은 오래 전에 꺼졌지만, 담긴 마력은 변함이 없다. 수중으로 가라앉아도 당황할 걱정은 없었다.

철 투구에서 물을 떨어뜨리며, 고블린 슬레이어는 대기 속으로 머리를 밀어 올렸다.

"——크하."

커다랗게 입을 벌리고 신음하는 것처럼 호흡을 빨아들였다. 마력이 통하지 않는 초여름의 눅눅한 공기다.

"GOOROGB!!"

"GOGB?! GOORGB?!"

좌우를 보자, 고블린 배틀 왜건은 세 척의 배 중에서 중앙함에 부닥친 모양이다.

커다랗게 찌그러진 선체가 삐걱거리면서 둘로 꺾이고, 앞뒤가 가는 배에 격돌했다.

갑판 위에서는 무슨 일인가 하여 뛰쳐나온 고블린 놈들이, 당황해서 비명을 지르고 있었다.

그러나— 이제 어쩔 도리가 없으리라.

고블린 놈들은 전차에, 군함에 타면 그걸로 이길 수 있다고 생각하는 법이다.

질 것 같으면, 가라앉을 것 같으면, 그런 일이 자신의 몸에 일어난다고 생각도 못한다.

놈들은 앞다투어 서로를 밀어내며 어떻게든 갑판에서 도망치고자 뒤엉켜 버렸다.

어떻게 강으로 뛰어든다고 해도— 배의 잔해에 부딪혀서 끼이고 뭉개질 것이다.

"……그렇지만."

그것은 고블린 슬레이어도 변함이 없다.

그는 반지를 이용해 잠수해서 피할 것인지, 아니면 어떻게든 올라갈 것인지를 생각하다가—.

"오르크볼그, 잘 봐!!"

늠름하게 울려 퍼진 그 말로, 구원의 손길을 얻었다.

쉬익 정확히 노리고 날아온 나무 눈 화살촉의 화살이, 그의 바로 눈앞에 있는 나무판에 박혔다.

그 화살대에 묶여 있는 밧줄을 보고, 고블린 슬레이어는 망설임 없이 그것을 붙잡았다.

"정말이지, 카미키리마루는 여전히 엉망진창인 짓을 하는구나……!"

밧줄 끝은, 강변— 단단히 두 발로 땅을 디디고 있는 드워프 도사의 두 손으로 뻗어 있었다.

그의 허리에는 엘프 궁수가 손을 두르고 그 드워프가 강으로 끌려가지 않도록 힘을 주고 있었다.

두 동료들이 밧줄을 끄는 너머에는 진흙투성이가 된 여신관이 허둥지둥 달려오고 있었다.

그리고 참으로 만족스런 기색인 리자드맨 승려의 모습까지 보고서, 그는 크게 숨을 내쉬었다.

"선단과 충돌하는 것까지는, 계산 밖이었다."

그가 한 말이 과연 동료들에게까지 닿았을까?

"으랏차, 카미키리마루야! 단단히 붙잡고 있거라!"

"그래."

그는 수긍했다.

"미안하지만, 부탁한다."

"뭘, 벗이 물에 빠지고 있으면, 끌어올리거나 함께 빠지는 것이 드워프니라."

"잠깐, 좀 그러지 마!"

엘프 궁수가 참지 못하고 비명을 지르자, 여신관은 쓴웃음을 지으면서「도울게요」하고 손을 뻗었다.

더욱이 리자드맨 승려까지「영차!」하고 더해지자, 이제 걱정할 것이 없어 보였다.

"—걱정할 것이 없다고?"

고블린 슬레이어는 자신이 그렇게 생각한 것을 믿지 못하고, 철투구 안에서 작게 중얼거렸다.

돌아보자 고블린 선단이 붕괴하여 가라앉는 모습이 밤중인데도 잘 보였다.

의뢰는 이걸로 달성했으리라. 고블린 놈들은 몰살시킨다.

살아남은 놈이 있어도, 땅에 올라가면 소탕할 수 있다. 이걸로 끝이다. 그럴 것이다.

정말이지. 무엇 하나 확신할 수 없었다.

그것은 아마도 10년 전부터— 첫 해의, 그 마을을 지킨 고블린 퇴치 때부터 계속 변하지 않은 것.

정말로 나는 저택을 지켜낸 것일까?

포도 여승의 우려를 떨쳐낸 것일까?

고블린 놈들과 언제까지 싸워야 할 것인가?

나는 뭔가 해낸 것일까? 해낼 수 있다고 생각한 것일까?

이번 일에서, 그는 자신이 했던 역할을 생각했다.

그리고 그것을 달성했는지 생각했다.

전혀 알 수가 없었다.

알 수 있는 것은, 그저 이 움켜쥔 밧줄 끝에 동료가 있다는 것뿐이다.

"정말이지."

고블린 슬레이어는 몇 번째인지 모를 탄식을 흘리며, 그 밧줄을 고쳐 쥐었다.

"고블린 퇴치가, 훨씬 간단하다."

막간 「다들, 열심히 싸우고 있다는 이야기」

Goblin Slayer
He does not let anyone roll the dice.

"할 일이— 많아……!"

펄럭펄럭 옷자락을 휘날리며 숲 속을 달리던 요술사가 히이이이 비명을 질렀다.

주문술사가 쓸모없다고 생각하는 것들은 그야말로 모험가조차 아닌 녀석들이다.

그들은 그 요술사와 보관(寶冠)을 둘러싼 위업도, 회색인 자의 탐색도, 새매와 같은 술사도 모르는 것이다.

—물론, 그들은 하나같이 검기도 뛰어났다고 하지만……!

"그러니까, 그쪽 애들은 물러나! 너무 앞으로 나갔어! 죽고 싶니?!"

"아, 죄, 죄송합니다……!"

아군의 상황이 신경 쓰이는 탓인지 전선으로 지나치게 다가선 신참들에게 소리쳤다.

아무리 주문술사가 전황 전체를 파악하고 주문을 써야 한다지만, 한도가 있다.

지모신 사원의 호위라고 희희낙락 뛰어든 신참들 따위는 전혀 의지가 안 된다.

움찔거리며 겁먹은 기색으로 황급히 후퇴하는 모습마저도 부아가 치밀어서, 요술사는 거칠게 흐응 콧김을 뿜었다.

그도 그럴 것이, 현재 진행형으로 포스 필드를 유지하며 뛰어드는 만티코어를 튕겨내고 있는 것이다.

짜증은 정신 집중에 방해가 되지만, 도저히 참을 수가 없으니 어쩔 수 없다.

“잠깐, 신인들 돌보는 건 그쪽에서 하라고 했잖아……!”

콰득콰득 만티코어가 갈고리 발톱으로 벽을 긁어대는 것에 표정을 찌푸리며 동료인 승려에게 말했다.

승려는 「이거 참」 하고 여전히 고생이 많은 표정을 일그러뜨리며, 깎아낸 흔적이 남은 머리를 쓰다듬었다.

“해독용의 기적을 아끼다 보니, 치료에도 수고가 드니까 어쩔 수가 없지 않나.”

그러는 승려 주위에는 여기저기 붕대를 감은 모험가들이 몇 명인가 드러누워 신음하고 있었다.

그는 전선에서 다친 신참들의 치료를 하고 있었다. 그건 이해한다.

이해는 하지만, 약도 없이 모험에 오는 녀석은 죽었으면 좋겠어— 라는 말을 삼켰다.

넘어서는 안 될 일선이란 것 정도는 요술사도 이해하고 있었다.

그리고 주문서 같은 것은 도리가 없이 비싸다. 새내기 무렵을 생각하면 남 말을 할 수는 없다.

—이게 전부 다 군사기밀인 주제에 이국의 암시장에 흘러나간 게 잘못이야!

요술사는 머나먼 저 너머의 조국을 향해 전면적으로 올바른 분노를 뿜어내면서, 짜증난 기색으로 엄지손가락의 손톱을 깨물었다.

"어이, 버릇이 없구만."

"시끄러워어!"

요술사는 히스테릭하게 외쳤다.

"있지, 그쪽 아직 못 끝내겠어?!"

"시끄러! 이쪽도 열심히 하고 있거든!!"

외쳐서 대답한 도끼 전사가, 눈앞으로 다가오는 역겨운 망자의 융합체에 도끼를 때려 박았다.

정말이지, 혼돈 세력의 조형 센스가 의심스러운 괴물이었다.

죽은 자 여럿을 여기저기 이어서, 팔도 다리도 잔뜩 돋아난, 문자 그대로 8면6비의 괴물.

그것이 꿈틀꿈틀 움직이면서, 정체 모를 독기를 뿜어내고 팔을 휘두르며 덤비는 것이다.

도끼 전사는 마구 튀기는 부식액을 어떻게든 피하면서, 다른 모험가들과 연계를 거듭하여 전투를 지속했다.

"우와아! 힘들어어! 무서워!"

히이이이. 소리를 지르면서도 곤봉과 검을 휘두르는 전사직의 소년은 잘 버티고 있었다.

흔히 볼 수 없는 전투 스타일이지만, 그래도 필사적으로 버티고 있으니 싹수가 보인다.

그 뒤에서 긴장된 표정으로 천칭검을 겨누고 견제하는 소녀도 나쁘지 않다.

"그쪽이 얼른 못 끝내면, 이쪽에서 언제까지 《포스 필드(힘의 장벽)》를 유지하면 되는 건데?!"

"모른다니까!"

무책임한 대답에 「바보야아!!」 하고 외치고 싶은 것을 견디며, 요술사는 술법에 의식을 집중했다.

어쨌든 저 정체 모를 시체 괴물은 아무래도 독을 가진 모양이다.

거기에 더해 만티코어까지 투입됐다. 당연히 이쪽도 독이 있다.

애당초 독이 있다는 것을 감지하고 알리는 것이 지식을 가진 마술사의 역할이었다.

—물론, 호랑이도 모르는 마술사가 있기도 하다고는 하지만…….

애당초 만티코어란 무엇인가? 이것부터 말해줘야 하니까 짜증이 난다.

노인의 얼굴과 사자의 몸통에 전갈의 꼬리가 돋아난 지혜를 가진 마수다. 이건 일반상식 아닌가?

그리고 알려주면 알려준 대로, 독을 가진 괴물 둘을 상대하는 건 무리라면서 한쪽 대처를 요청한다.

정말이지 뭐가 마술사는 약하다 도움이 안 된다야. 어디서 그딴 소리를 해!

그렇게 외쳐봐야 돌아오는 건 의미도 알 수 없는 만티코어의 포효뿐이다.

"어라아?"

그래서 후위에서 주섬주섬 식량을 먹고 있던 토끼 수인의 말은, 요술사의 신경을 거스르는 것이었다.

하얀색인지 갈색인지 알 수 없는 꼴의 그녀는 가려운 기색으로 긁적긁적하면서 기다란 귀를 갸우뚱 흔들었다.

"저기 형아야. 계~속 뒤에서 우물쭈물하고 있는데, 무슨 일이 있는 걸까요?"

"뭐야—?"

쩍하고 망자의 팔 — 어째선지는 모르지만 몇 개나 더 있다 — 을 찍어서 부러뜨린 도끼 전사가 소리쳤다.

그는 도끼를 어깨에 지더니 「맡긴다!」, 「우에에?!」 하고 소년과 대화를 하고는 거친 발소리를 내며 후퇴했다.

그리고 그림자에 숨어서 우물쭈물거리는 모험가에게 거칠게 콧김을 뿜으며 다가갔다.

"야, 인마! 한 명이라도 방어벽이 필요할 때 뭐 하는 거야?!"

그 남자는 누가 부른 것이 불쾌하다는 표정을 한순간 드러내더니, 덤으로 「그게」 하고 웃었다.

"좀 배가 아파져서요……."

"복통이라고오?!"

"그것은 안 될 일이지."

슥 기회를 재고 있던 것 같은 타이밍에 승려가 일어섰다.

"저 망자가 병독을 뿜어낸 것일지도 모르지. 병에 걸리면 큰일이야. 치료비가 드니까……!"

두 사람 등 뒤에서는 어떻게 간신히 전위를 맡고 있는 소년이, 소녀와 함께 비명을 질렀다.

토끼 수인 엽병이 「이건 안 되겠어요」 하고 황급히 허둥지둥 달려가서 지원을 개시.

사원의 의뢰로 수지가 좋은 일인데, 병에 걸려서 치료에 돈이 든다면 본말전도다.

그런 하급 모험가의 희비가 교차하는 것을 곁눈질하며, 승려는 가방에 손을 넣고 들떠서 다가갔다.

"어디, 내가 봐주지. 뭐, 비용은 싸다네. 자, 엘프라면 복통 약은……."

"……엘프?"

도끼 전사 앞에서, 훌쩍 기다란 귀가 흔들리고 있었다. 그러나 인식표에 새겨진 종족명은 흄.

"너 이 자식 아무리 봐도 이거 가짜잖아!!"

주웠는지 위조했는지, 어느 쪽이든 신분증의 정밀도(레이팅)가 낮다.

붙잡으려는 도끼 전사를 상대로, 그 야매 남자는 혀를 한 번 차더니 풀쩍 뛰어서 물러났다.

"치잇! 목장을 차지했으면, 내가 이런 고생을 안 해도 되는 거였는데……!!"

남자가 얼굴을 닦으면서 단검을 뽑아 뭔가 시작했지만, 요술사에겐 아무래도 좋았다.

그녀에게 중요한 것은 전장을 보고, 포스 필드를 유지하고, 주문 쓸 곳을 간파하는 것이다.

저 망자는 그렇다 치고, 만티코어는 주문을 쓰는 일도 있다. 그렇다면 주술적 방어도 필요하다.

오늘 몇 번 주문을 외고, 앞으로 몇 번 쓸 수 있고, 존재하지 않는 주문을 말하지 않도록 기억을 확인하고.

그러면서 후위의 올해 모험가가 된 녀석들을 보살피고, 귀찮지만 어쩔 수 없다.

아아, 그러고 보니 부상자도 있는데 승려는 뭘 하고 있는 거지? 저것도 내가 봐야 돼?

그리고 도끼 전사는 뭘 하는 거야? 전위 애들을 내버려두고 정말이지.

챙챙챙. 쨍쨍쨍. 까앙까앙. 끼야~끼야~. 와아~와아~. 크르르릉 어흥~.

"—아아, 진짜아! 시끄러워어어!!"

다음 순간 전격음(ZAP)이 울려 퍼지고, 번개를 쬔 남자의 머리가 가열한 과실처럼 터져 날아갔다.

《토니트루스(뇌전)…… 오리엔스(발생)…… 야크타(투사)》

기괴하게 구부러진 손가락 끝에서 투사된 뇌정이, 일직선으로 두개골을 꿰뚫어버린 것이다.

갑자기 눈앞에 작렬한 격렬한 광경에, 무심코 다들 입을 다물었다. 괴물들까지도.

후우, 후우. 요술사는 어깨를 위아래로 들썩이며 거친 숨을 쉬더니, 사방의 모험가를 노려보았다.

그들이 무심코 한 발 뒤로 물러난 것도 깨닫지 못하고, 그녀는 피웅덩이를 철퍽 짓밟았다.

"있지, 잘은 모르겠지만 일단 죽여 버렸는데 괜찮지?!"

모두가 고개를 끄덕끄덕 위아래로 움직였다.

"그러면 얼른 자기 자리로 돌아가!"

요술사가 소리쳤다.

——할 일이 많다니까, 정말로 좀 봐달라고!

그렇게 외치고《포스 필드》유지로 돌아간 요술사에게 반론할 수 있는 자는 아무도 없었다.

그리고 그 다크 엘프가 지모신에 대한 악평을 흘리는 해결사였다는 사실 따위, 알 리도 없었다.

§

"지모신 사원 쪽에서도 시작된 모양이에요……!"

"그러냐!"

소녀 무술사가 사역마를 통해 알려준 정보를, 중장 전사는 대검을 휘두르면서 확인했다.

—아니, 사역마라고 하면 화를 내지.

숲의 동물에게 조력을 부탁한 것뿐이며, 사역하고 있는 게 아니다 뭐다 그런다.

그런 생각을 하면서, 그는 마신(데몬) 놈들의 첨병을 **대검**으로 때려 베었다.

한 칼로 두 마리, 세 마리의 몸통이 양단되고, 그 혈육을 현세에서 영계로 무산시킨다.

아무리 하위 마신(레서 데몬)이라지만 무시무시한 마신이란 것은 변함이 없다.

그것이 열 겹 스무 겹으로, 지하 영묘에 들어선 모험가들을 둘러싸고 있는 것이다.

더해서 수괴로 보이는 상위 마신(그레이터 데몬)의 모습도 드문드문 섞여 있었다.

이름 있는 고위(아크)가 없는 것만 해도 그나마 나은 편이라고 해도 될지 아닐지—.

“DDAAAAEEEMOOONNNNNNN!!”

“오, 옷!!”

부르짖는 양 머리 마신에게 마주 외치면서, 중장 전사는 스윽 발을 미끄러뜨려 간격을 쟀다.

—정말이지, 혼돈의 세력이란 놈들은……!

“그렇게 지모신 님의 술을 마시고 싶냐아!”

좌아 땅을 달려, 양 머리 마신이 내리 휘두른 우도(牛刀)를 피해 빠져나가서 창을 내뻗는 창잡이.

그가 다루는 마창은 종이 한 장 차이로 적의 칼날을 빠져나가, 날카로움을 유지하며 마신의 목젖을 찔렀다.

“DDEEEEEEEEAAAMMMMOOON!!!!”

그러나 마신이 마신인 이유는 그 생명력 때문이다.

목에 칼날이 박힌 채, 순식간에 근육이 거품을 뿜으며 부풀어 올라 그 상처를 메운다.

창잡이는 자신의 무기를 쥐고서 창날을 뽑으려고 억센 팔로 붙잡는 악마와 대치했다.

그 얼굴에는 자신의 승리를 조금도 의심치 않는 대담하고 사나운 미소가 있었다.

“그, 야…… 풍요의…… 공물, 이니, 까…….”

곧장, 공간을 휩쓸며 초차원의 폭풍이 공중을 달렸다.

지팡이를 들어 주문을 짜낸 것은 그의 파트너인 마녀였다.

“더럽……히면……. 앞으로, 1년— 수확도, 없어…… 진단, 말이……야.”

지하 영묘에 마력이 휘몰아치며, 천개 아래에 구름이 만들어졌다.

“《카엘룸(하늘)…… 에고(자신)…… 오페로(부여)》.”

곧장 우박과 서리가 뒤섞인 맹렬한 눈보라가 불어 닥쳤다.

마신 놈들은 순식간에 온몸에 서리가 내리고, 하얗게 덧칠 되어 얼어붙고, 우박에 맞아 부서졌다.

우와 위험해라. 창잡이가 투덜댔지만, 중장 전사도 같은 의견이었다. 그렇지만…….

—그러나, 정황은 아직 일진일퇴다.

지모신의 제사주를 더럽히려는 사교놈들, 그 본거지에 발을 들인 건 좋았는데 이 모양이다.

마신 놈들이 나오고 또 나온다. 그것이 앞길을 가로막아, 가장 안쪽에 도착할 기색이 없었다.

—그래도 상관없다고, 대주교는 말씀을 하셨지만 말이지.

“어이, 그쪽은 어때!”

“상당히 어렵네요.”

하프 엘프 검사가 차근차근 응답했다. 그는 소년 척후와 함께, 다른 마신 놈들을 교란하느라 분주했다.

그렇다. 이 자리에 있는 건 딱히 그들만이 아닌 것이다.

게으름을 피우거나 적당히 하는 건 논외지만, 조바심 내고 긴장할 필요는 없다.

예를 들어, 저 너머를 보면 악마 사냥으로 이름 높은 파티가 분전하고 있다.

통통한 술사가 《매직 미사일(힘의 화살)》을 발사, 여검사나 성기사가 검을 휘두르고, 치료사의 핸드 캐논도 불을 뿜었다.

"DDAAEEMMONN……!"

그러나, 그것은 모두 치명적인 타격에는 이르지 못했다.

모험가들에게 덤벼드는 건 이형의 — 마신은 다들 그렇지만 — 그레이터 데몬이다.

언뜻 보기에는 창백한 피부를 가졌고, 손에는 기다란 기병창(랜스)을 든 미모의 여전사 같았다.

단단히 조여진 육체에 체면치레 정도의 갑옷을 입어, 선정적인 몸을 드러내고 있는 모습.

그러나, 그것은 그녀를 형용하기에는 절반 정도에 지나지 않는 말이었다.

"DDDDDEEEMMMOONNDD……!"

요염하게 키득키득 웃는 여마신의 하반신은 거대한 거미였다.

흉흉하고, 독기를 품은, 솜털과 가시가 돋아난 역겨운 색의 다리가 몇 개나 꿈틀거리고 있었다.

아니, 세어 보면 사람의 손 둘과 합쳐서 다리가 여섯 개, 도합 8개이긴 하지만—.

보는 자가 제정신을 의심하게 될 법한 반충반마. 그것이 바로 이 영묘의 지휘관인 모양이다.

"좋았어. 저건 내가 맡는다!"

그때, 여기사가 희희낙락하며 앞으로 뛰어들었다. 투구까지 써서 완전무장이었다.

벌레 악마는 그 모습을 보고 조소하는 것처럼 키득키득 웃고는, 다리를 움직여 돌격의 자세를 잡았다.

"야, 방심하면 안 된다?"

"알고 있고말고. 뭘, 이쯤에서 나도 무훈을 하나쯤 세워서, 성기사의 자격을 말이다……."

아무래도 악마 사냥 파티에 성기사가 있어서 그녀의 자존심을 대단히 자극한 모양이다.

중장 전사의 기가 막힌 표정을 무시하고, 여기사는 방패를 내던지더니 십자검을 단단히 양손으로 잡았다.

"자아, 와라!"

그렇게 한 번 외치는 것과 동시에, 벌레 악마가 여섯 개의 다리를 따각따각 위아래로 움직이며 달리기 시작했다.

그 속도와 정교함은 인마일체라고 불리는 기사도 따르지 못하리라!

문자 그대로 일심동체니까 그것도 당연하지만, 맹렬한 속도로 기병창을 내뻗었다.

마신의 커다란 몸이 뿜어내는 충격은, 남방에 있다는 짐승마저도 일격으로 쓰러뜨릴 정도였다.

땅을 걷는 모험가 따위가 그것을 받아내면, 주검의 사지라도 남으면 행운이라 할 수 있었다.

그러나 서로가 스치는 그 찰나, 여기사는 스윽 거침없이 절반쯤 몸을 틀었다.

물 흐르듯 매끄러운 움직임으로 하단에 대기하던 검이, 끌어올리는 것처럼 창의 끝과 겹친다.

촤악, 소리가 났다. —소리가 난 것 같았다. 여기사의 철장화가 땅을 스치며 하얀 연기를 뿜었다.

발톱으로 영묘의 바닥을 깎아내며 달려간 마신은, 이미 상반신이 사라져 있었다.

아래쪽에서 대각선으로 양단된 창을 손에 든 여자의 몸은, 승리를 뽐내는 웃음을 지은 채 공중에 있었다.

오탁 같은 혈액이 비처럼 쏟아져 내리는 가운데, 덜커덩 소리를 내면서 여기사의 투구가 떨어졌다.

스치면서 상대의 기세를 이용해 양단했으리라 짐작하며, 중장 전사가 한숨을 쉬었다.

—오래 알고 지냈지만, 이 검만은 보이질 않는단 말이지…….

몇 번인가 물어봤었지만, 그녀는 「비검(秘劍)은 발설할 수 없다」라면서 자신만만하게 지껄일 뿐이었다.

어쩐 술리인지는 물론이고, 어디서 배웠는지도 중장 전사는 모른다.

그저 오래된— 대단히 오래된, 이미 잊혀진 기술이라고, 언젠가 취한 그녀가 살짝 흘렸다.

"인과응보란 거구만. 그건 그렇고, 정말이지……."

중장 전사가 직접 정돈해준 머리칼을 드러내고, 이마에서 한 줄기 피를 흘리며 그녀는 태연하게 말했다.

"유인하는 것도 모르고 정면으로 돌진하다니, 바보 같은 녀석이다."

"너 그런 점이 저거라고."

§

“……꽤 잘 참았어.”

“그야, 내가 돌진해서 와아~해버리면 이길 수 있지. 애당초 이기는 게 내 역할이긴 한데.”

변경의 봉분 지하 깊은 곳의 미궁을 빛처럼 달려가면서, 용사는 현자의 말에 응답했다.

손에는 성검. 입은 것은 마법의 갑옷. 그것에 동료들이 걸어준 부여의 술법이나 가호가 다수.

그 녹색 옷과 철의 창도 나쁘지 않았지만, 역시나 익숙한 것은 이 차림이었다.

“어디로 가면 된다거나, 돌진할 때까지의 길이라든가, 나는 어떻게 못하니까.”

―정말로 참, 이래저래 귀찮은 일들뿐이다.

얼마 전까지는 마신왕이나 사교가 꾸민 꿍꿍이를 좇아서, 그 거점으로 돌진하기만 하면 됐다.

그러나 지금은, 정무라거나, 복잡한 사정이나, 음모나, 그런 것이 엉켜버렸다.

생각하지 않고 돌진해도 되지 않을까― 라고, 생각하기도 한다.

그렇지만 동료가 말해주었다. 「그래선 안 된다」라고.

사람 사는 세상의 이치를 무시하면, 그것은 사람의 세상에서 배척당하는 존재가 되어 버리는 것을 의미한다.

모두를 좋아한다고 말을 할 거라면, 모두를 믿고서 맡겨야 한다.

자신이 혼자 모든 문제를 대처할 필요는 없다.

어째서냐 하면, 세상은 자기 혼자서 돌리고 있는 것이 아니니까.

아는 사람도, 모르는 사람도, 좋은 사람도, 나쁜 사람도, 모두가 필사적으로 살면서 돌리고 있다.

예를 들어 이 봉분도, 어느 모험가가 고블린 퇴치를 하는 김에 보고를 해준 것이다.

그것이 대주교님 곁에 도달한 것은, 모험가 길드 사람이 일을 해준 덕분이다.

이렇게 커다란 토벌이 되고, 사전 준비를 정돈해준 것은 상인 같은 사람들이리라.

그걸 위한 돈을 움직여준 것은 국왕 폐하이고, 세금을 내준 것은 나라 전체의 사람들이다.

막상 싸움이 되면, 유상무상의 적을 끌어들여준 것은 다른 모험가들이다.

그렇게 어딘가의 누군가가 만들어낸 길을, 지금, 용사는 전력으로 달리고 있었다.

그래서, 귀찮다고는 생각하지만…….

—이건 아주, 행복한 일일 거야.

"……헤헷."

"무슨 일인가요? 갑자기 웃다니."

"아—니, 아무것도 아냐!"

선봉을 맡으며 마신 놈들이 간격에 들어오자마자 기회 공격으로 해치우는 검성에게, 용사는 고개를 저었다.

망자를 끌어들이고, 악마를 부르고, 상인과 손을 잡고, 진짜 목적은 지하에서 사악한 의식을 하는 것.

지모신의 제사주를 더럽히려는 사교의 꿍꿍이. 이것을 쳐부수기에는 지금이 절호의 기회였다.

만약 지기라도 하면, 앞으로 1년, 그리고 그 뒤로도 서방 변경의 대지는 병들어 버릴 것이다.

이것을 놓칠 수는 없다. 놓칠 생각도 없다. 용사는 질 수 없다. 늘 있는 일이다.

"다음은 오른쪽. 직진해서, 세 번째 모퉁이에서 왼쪽."

"응!"

주문을 걸어 속도를 높인 현자가, 조금 가쁜 숨을 쉬면서 길의 순서를 가르쳐 주었다.

《게이트(전이)》의 두루마리로 쳐들어가면 편하겠지만, 저해시키는 결계가 있어서는 그것도 어렵다.

의도치 않고 차원의 틈으로 뛰어들어서, 돌아왔더니 100년이 지났다— 이런 일은 싫었다.

용사는 세계를 구하는 자다. 세계를 구할 수 있으니까 용사인 것이 아니라, 구하려고 하니까 용사.

—구할 수 있나? 라고 물어보면 쬐끔 자신은 없지만 말야.

자신이 할 수 있는 일은 한도가 있다.

그렇지만 그녀는 소중한 동료가 있고, 이 세계에는 여러 사람이 있다.

그러니까— 세계는 구해야 하고, 아마도 어떻게 될 거야. 그렇게 믿고 있었다.

“가장 안쪽, 문이 있어요! 쳐들어갈까요!”

“모험가의 전통에 따라서 걷어차 부순다!”

“전통 아냐.”

—자아, 이제는 평소처럼 대결전(클라이맥스 페이즈)이다.

용사는 한 번 외치고 거악(巨惡)의 한가운데로 뛰어들어, 땅 안쪽 깊숙한 곳의 무명(無明)을, 태양의 폭발로 꿰뚫었다.

제6장 『술과 여자와 노래를 사랑하지 않는 자는』

축제란 것은 경사스런 날이다.

떠들썩한 음악이 공간에 가득 차서 넘치고, 누구나가 거리로 나서서 열중하게 된다.

그것을 꺼리는 자도 없지는 않겠지만— 그래도 축제는 경사스런 날이다.

변경 도시가 떠들썩하고 활기를 띠는 가운데, 지모신의 사원도 예외는 아니었다.

"자아자, 여러분! 포도 밟기를 시작해요!"

신관들이 외치자, 오오오 소리가 오르면서 관객들이 모이기 시작했다.

이른 수확의 포도를 밟아서 뭉개고, 가을에 좋은 포도주를 만들 수 있도록 기원하는 제사.

그것은 신성한 것이지만, 젊은 아가씨들의 맨다리를 볼 수 있다고 기뻐하는 자도 있었다.

단순히 포도주를 마시고 싶다거나, 축제랍시고 이것저것 먹고 싶은 자도 있다.

보기 드문 것을 구경하고자 오기만 한 자도 있고— 그 모든 것이 용납되는 경사스런 날이다.

지금까지 그렇게 입이 마르도록 소문을 떠들던 사람들도, 태도가 홀랑 뒤집혀서 즐기고 있었다.

그리고 그것을 지모신을 섬기는 신관들도, 아무도, 신경 쓰지 않는 것이다.

—그것은 분명, 좋은 일이리라.

그런 인파들 틈을 조금 벗어난 장소에서, 고블린 슬레이어는 멍하니 생각하고 있었다.

눈부신 햇살을 피하는 것처럼, 나무 그늘에서 줄기에 등을 기대고 앉아 햇살을 보고 있었다.

지난번의 대소동이 있었을 때 모험가들 덕분에 살았다고 해서, 오늘은 모험가도 꽤 많이 초대했다.

그 일환으로, 부디 당신도— 라고 초청을 받아서 거절할까 생각도 했지만.

『와주시면 기쁠 것 같은데요……!』

여신관의 기세에 밀려서 승낙해 버렸으니, 오지 않을 수는 없으리라.

물론, 왔다고 해도 즐기는 법을 알고 있는 고블린 슬레이어도 아니지만.

"뭐야? 벌써 술에 져 버렸어?"

문득 누가 말을 걸기에 그는 느긋하게 철 투구를 돌렸다.

"야호."

그곳에는 한 손을 올리며 서 있는 포도 여승이 있었다.

그녀는 평소의 승복이 아니라, 포도 밟기 용으로 마련한 연지색 드레스를 입고 있었다.

고블린 슬레이어는 조금 생각하고, 「아니」라는 의미로 고개를 옆으로 흔들었다.

"나는, 별로 안 마신다."

"술을 즐기는 법을 모르다니, 인생을 상당히 손해보고 있는 건데에."

무뚝뚝하게 대답했지만, 포도 여승은 그렇게 말하며 유쾌하게 깔깔 웃었다.

"그러니까, 그래서 즐기지 못하고 있는 거구나."

"아니……."

고블린 슬레이어는 조금 생각하고서, 철 투구를 축제 풍경으로 움직였다.

신관들의 포도 밟기 모습을 보고자 하는 창잡이가 마녀에게 뭔가 잔소리를 듣고 있었다.

평복의 여기사가 술잔을 한 손에 들고 이미 벌건 얼굴로, 중장 전사에게 엉겨서 주절주절 말을 하고 있었다.

젊은 소년들은 신관들의 모습에 열중하고, 소녀들이 「이렇다니까」 하며 기가 찬 표정.

흰 토끼 엽병은 산 아래의 축제라면서 들떠 있지만, 털이 너무 빠져서 포도 밟기는 단념.

여기저기 매대 앞에서 끙끙거리는 수인여급은 공방의 도제를 끌고 다니며 축제를 돌아보는데 열중하는 모양이다.

목장 주인은 식재료를 제공했는지, 지모신의 신관장과 뭔가 이야기를 하고 있었다.

길드 직원들, 감독관 등도 휴일인지, 사복 차림으로 인파 속에 있는 것이 보였다.

리자드맨 승려와 드워프 도사 두 사람은 신이 나서 먹고 마시며 소란을 피우고 있고—.

"……즐기지 못하는 것은…… 아닐 거다."

"그렇구나."

—그럼 다행이야.

포도 여승은 그렇게 말하고 그가 기대어 있는 나무에 등을 기댔다.

힐끔 시선을 돌리자, 그녀는 어쩐지 쑥스러운 기색으로 볼을 긁적이고 조용히 중얼거렸다.

"……정말로. 이것저것, 고마워."

"……딱히 아무것도 안 했다."

고블린 슬레이어의 말에, 포도 여승이 눈만 움직여서 이쪽을 보는 걸 알 수 있었다.

"그거 겸손이야?"

목소리가 다소 날카롭다. 그곳에 담긴 감정을 고블린 슬레이어는 이해할 수 없었지만.

"아니, 사실이다. 나는—."

그는 조금 입을 다물고, 뭐라고 말해야 좋을까, 말을 공중에서 찾았다.

"고블린을 죽였을 뿐이다."

결국 좋은 말을 찾아내지 못하고, 나온 것은 평소처럼 담담한 문구였다.

포도 여승은 그 말에 벌리고 있던 입을 닫고 고개를 숙였다.

바람이 불고, 나뭇가지 끝을 술렁술렁 흔들며 지나간다. 이파리 스치는 소리가, 괜히 크게 들린다.

"……그러면, 역시 인사를 해야 하겠네……."

잠시 지나, 그녀는 드디어 그 말을 조용히 흘렸다.

분명히 포도 여승도 마땅한 말을 찾지 못했을 것이라고, 그렇게 생각했다.

"그런가."

"그런 거야."

그래서 두 사람은 고개를 끄덕이고, 결국 일련의 소동에 관한 대화는 그걸로 끝났다.

"다른 사람도 만나러 가야 돼."

잠시 지나, 포도 여승은 그렇게 말하며 나무에서 떨어졌다.

"그래."

고블린 슬레이어는 고개를 끄덕이고 그녀를 배웅했다.

시선으로 배웅한 끝에서, 포도 여승이 종종걸음으로 달려간 곳에 고귀한 차림의 청년이 있었다.

주조상의 아들이다.

초췌해진 기색은 있지만 패기가 있는 풍모는 유지하고 있으며, 포도 여승에게 뭔가 말을 걸고 있었다.

포도 여승도 당혹해하면서도 험악한 기색 없이 웃음을 짓고 있는 걸 알 수 있었다.

—그러면, 그거면 되는 거겠지.

두 사람 사이에 앞으로 어떤 대화가 오고 가며, 관계가 생기든지.

들어보니, 저 주조상도 「고블린이 퇴치된 여름의 술」이라고 이름 붙인 술을 팔기 시작했다고 한다.

듬직한 상혼이라고 해야 할까? 상인답다고 해야 할까……?

고블린 슬레이어는 조금 생각한 다음, 그 사고를 포기했다.

어쨌든지, 무엇이든, 사람이 앞으로 나아가고자 한다면 그 행위 그 자체를 평가해야 하리라.

모든 것은 「한다」이거나 「하지 않는다」이다. 스승이 입이 마르도록 말했다.

—이번 일도, 선생님이 들었다면 큰소리를 치면서 때렸겠지만—.

"……해낸, 것일까?"

"뭐어가?"

이번에는 누가 다가오는지 알고 있었다.

고블린 슬레이어는 그의 소꿉친구인 소녀, 등 뒤에서 빼꼼 앞으로 돌아온 그녀를 올려다보았다.

신이 나서 즐거운 기색의 그녀는, 포도 여승이 입고 있는 것과 같은 연지색 드레스 차림이었다.

"아아, 이거?"

그녀는 옷자락을 집어서 자랑하듯 흔들었다.

둥실 바람을 품고서 부풀어 올라서, 정성스런 작업으로 재봉된 것을 그도 한눈에 알 수 있었다.

"후후, 나도 해보지 않겠냐고 해서 입어봤습니다. 어때?"

"잘은 모르겠다."

여성의 옷이 좋은지 나쁜지, 그와는 가장 인연이 먼 일이 아닌가 생각되었다.
"나쁘지는 않다고 생각한다."
그러나 그래도 고민하면서 이끌어낸 대답은 아무래도 그녀의 기대에 맞는 것이었던 모양이다.
"그래그래."
그녀는 생글생글 웃으며, 빙글, 빙글 몇 번인가 제자리에서 돌았다.
"……이런 차림을 할 기회는 별로 없으니까, 역시 들뜨게 된단 말야."
신관들이 묘하게 들뜬 것도, 어쩌면 그 탓일까?
생각해 보면 여신관도 보통은 신관복만 입고, 사원에 틀어박혀 있으면 대개—.
"있지."
"뭔가."
그녀가, 그의 옆에 살며시 앉았다.
갑옷 너머로도, 바로 옆에 있는 그녀의 체온이 있는 것을 알 수 있을 것 같은 기분이 들었다.
"결혼…… 같은 이야기, 나왔지만 말야."
"……그래."
고블린 슬레이어는 고개를 끄덕였다.
수긍하고, 낮게 신음했다. 어떻게 말하면 좋을지는, 역시 평소처럼 그는 알 수 없는 일이었다.
"문제가 많군."
그래서 간신히 그렇게 말하고, 그녀는 「응」 하더니 어렸을 때 같은 동작으로 고개를 끄덕였다.

"……그렇구나."

작은 목소리였다. 어째선지, 아주 옛날에 싸웠을 때 나눈 대화가 떠올랐다.

"……나는 눈앞에 있는 일을, 하나씩 정리하는 것밖에 못한다."

5년 지나서, 그리고 또 2년 지나서, 뭔가 바뀐 것 같지만— 결국 이거다.

무엇을 해냈을까? 그렇게 생각하는 것마저 주제넘은 짓일지도 모른다.

"하지만."

그런 그의 옆에서, 그녀가 웃으며 밝은 목소리로 말했다.

"하나씩 정리해가면, 언젠가는 전부 정리되는 거야."

"……그런가?"

"그런 거야."

그녀는, 진심으로 그것을 믿는 것 같았다. 말에는 망설임이 없고, 분명한 목소리였다.

고블린 슬레이어는 나무들 틈을 통해 하늘을 올려다보았다. 파랗고, 하얗고, 눈부신 하늘이다.

"……그런가."

"응."

짧게 수긍하고, 그녀는 반동을 붙이더니 「에잇」 하고 기세 좋게 일어섰다.

팡팡. 손으로 두드려서 스커트에 묻은 풀을 떨어뜨리고, 고블린 슬레이어 쪽을 보았다.

“그러면, 나도 말야. 포도 밟기— 하러 갈 테니까. 너도 보러 안 올래?”

조금 생각하고서, 그는「그래」하고 수긍했다. 그녀는「기다릴게」하고 손을 흔들었다.

가벼운 발걸음으로, 그녀는 풀 위를 달려서 포도가 든 커다란 통으로 나아갔다.

그 앞에는 여신관이나 엘프 궁수, 접수원 아가씨도 익숙지 않은 의복을 입고 즐거운 기색으로 포도를 밟고 있었다.

경사스런 일이라　포도송이 맺었네
꽃이 싹터 있는　풍만한 언덕에서
하늘에 춤추는 파란 날개　가을의 보름달
지모신 님의　가슴 장신구

꽃이 피어나고　열매 맺으면
두 번의 밤하늘에　사랑스런 사람과
동틀 녘 종 울리고　숲 속의 새소리
지모신 님이　어루만지는 손길

달콤 쌉싸름한　한 방울이라
마음에 밝혀진　등불이어라
쌍둥이 달과　별이 도누나
지모신 님의　행복의 시

아가씨들이 소리 높여, 들떠서, 웃으며, 노래를 읊조리면서 포도를 밟아 술을 만든다.

분명히 올해는 좋은 포도주를 만들 수 있으리라. 신기하게도 그런 생각이 들었다.

고블린 슬레이어는 그 광경을 바라보며, 천천히 일어서서 걷기 시작했다.

오늘이 경사스런 날이라면— 지금은 그저, 그것만 생각하기로 하자.

■작가 후기

안녕하세요, 카규 쿠모입니다!

고블린 슬레이어 10권, 재미있게 읽으셨는지요?

고블린이 나와서 고블린 슬레이어가 고블린 퇴치를 하는 이야기였습니다.

드디어 두 자리로 돌입했습니다. 힘껏 정성 들여 썼으니 재미있으셨으면 좋겠습니다.

레벨 두 자리 돌입은 의외로 편해 보이지만, D&D 같은 것에서는 쩐다~ 하는 영역입니다.

드디어 나도 영웅 취급에서 전설급이 된 겁니다. 그러나 신화급은 레벨 21부터다. 위험하구만.

그런데 반년 정도 전력으로 대쉬하고서 깨달았더니 10권 발매란 느낌이라 드디어 쓸 것이 떨어진 느낌입니다.

그야 뭐 거의 달마다 후기 같은 걸 쓰고 있으니까요. 여러분들도 이걸로 다섯 번째일 겁니다.

그렇게 많이 안 읽었어요? 과연, 너는 그런 녀석이었구나……!

어쨌거나(그건 그렇다 치고).

이번에도 수많은 여러분 덕분에 무사히 책을 낼 수 있었습니다.

창작 관련 친구들. 게임 관련 친구들. 정리 블로그 관리인님.

코미컬라이즈 담당을 해주시는 만화가 선생님들. 출판사 여러분.

유통이나 판매나 선전에 연관되어 주신 여러분. 독자 여러분.

정말로 언제나, 정말로 고맙습니다.

인사말에 감사할 상대를 늘어놓다 보면 빅뱅에 대해서도 감사해야 되지 않나? 라고 하더군요.

그래서 빅뱅에게도 감사를 하려고 합니다. 여러분, 빅뱅이랑 동급입니다!

그리고 이번에는 이런 느낌의 이야기로, 여전히 좋아하는 것만 썼습니다.

시티 어드벤처는 즐거우니까 저도 충동적으로 그림자 속을 달리거나 해버리기도 하고 말이죠. 으음.

그러니까 다음에는 고블린이 나와서 고블린 슬레이어가 고블린 퇴치를 하는 이야기를 쓰겠습니다.

아마 사막이 되지 않을까아 생각합니다만, 예정은 미정이니 뭐라고 하기 어렵군요.

역시 모험가에게는 사막이 어울립니다. 전설의 모험가도 그랬었죠. 한 번은 가야 해요.

이런 말을 하다가는 설산처럼 두 번을 하게 되는 일도 있지만요. 후후, 무서워라.

어쨌든지 그런 느낌이니까요, 또 다음 권도 재미있으시다면 기쁠 겁니다.

그럼 이만.

■역자 후기

“아무도 도와주지 않았습니다! 녀석이 그러더군요. 이봐, 집에 가고 싶어. 집에 가고 싶어. 세비를 운전하고 싶어. 집에 가고 싶어. 하지만 난 그 녀석 다리를 찾을 수가 없었어요. 그 기억을 머리에서 지울 수가 없어요. 벌써 7년이나 지났는데, 매일 그 생각을 합니다. 가끔은 내가 그 자리에 있는 것 같아요. 어디 있는지도 모르겠고, 누구한테도 말을 못해요. 때때로 하루 종일…… 일주일 내내……. 그걸 마음속에서 씻어낼 수가 없어요.”

안녕하세요? 불초 역자입니다. 모 영화의 명대사로 후기를 시작해봤습니다.

M60을 들고 쏘는 장면의 임팩트가 크다 보니까 그걸로 이미지가 굳어져 버렸지만 사실 참전 군인의 PTSD를 심도 있게 잘 묘사한 명작이죠. M60을 한 손으로 들고서 쏴대는 인간병기도 전쟁 트라우마 앞에서는 무너집니다. 전쟁은 나쁜 거예요. 절대 일어나선 안 되는 일이죠. 집으로 돌아가는 길이 머나먼 겁니다.

그런 면에서 요리를 합시다. 요리를. 아무리 전쟁에서 활약한 강력한 군인이라도 먹지 않으면 싸울 수 없는 법. 특수부대 출신의 요리사도 있지 않습니까? 어쩐지 목 꺾기를 굉장히 잘 할 것 같군요.

분명히 전장에서 활약했던 전설의 명검을 이용해 맛있는 수프나

스튜를 만들어줄 겁니다. 구체적으로는 2.25마력에 23,500RPM과 트라이탄 용기에 고강도 4중 칼날이 장착되어서 뜨거운 재료도 안전하게! 많은 양의 재료도 손쉽게 블렌딩이 될 겁니다. 멋진 성능이군요. 과연 Blade Cuisinart입니다.

어쩌면 분명히 마법사인데 어쩐지 STR이나 검술 트리를 탄 것 같은 그 분들도 요리를 잘하지 않을까 싶습니다.

생각해 보면 백색의 그 분이 회색 시절에 같이 여행했던 일행들도 먹는 거에 깐깐한 종족이 꽤 많았죠. 가끔 혼자 다니실 때도 있었으니까 뜻밖에 요정 요리 경력 1만년의 간판을 내세울 수 있을지도 모릅니다.

새매 씨도 또 모르죠. 이 분은 멀쩡하게 결혼도 하긴 했지만 혼자 산 세월도 길고, 결혼 뒤에도 부인이 집을 비운 기간이 꽤 되니까 어쩌면 자취의 달인일지도 모릅니다. 허허허.

소서러 씨는 글쎄요? 일행 중에 드루이드 소녀도 있고, 쬐그만 드래곤도 데리고 다니니까요. 어쩌면 이 분은 드래곤 브레스를 이용한 통구이 요리를 선호했을지도 모르겠습니다. 소서리 왕국의 요리 문화에 대해서는 더욱 연구가 필요할 것 같아요.

그러면 여러분! 다음에 또 만나요!

고블린 슬레이어 10

초판 1쇄 발행 2019년 9월 20일

지은이_ Kumo Kagyu
일러스트_ Noboru Kannatuki
옮긴이_ 박경용

발행인_ 신현호
편집국장_ 김은주
편집진행_ 최은진 · 김기준 · 김승신 · 원현선 · 권세라
편집디자인_ 양우연
국제업무_ 정아라 · 전은지
관리 · 영업_ 김민원 · 조은걸 · 조인희

펴낸곳_ (주)디앤씨미디어
등록_ 2002년 4월 25일 제20-260호
주소_ 서울시 구로구 디지털로 26길 111 JnK디지털타워 503호
전화_ 02-333-2513(대표)
팩시밀리_ 02-333-2514
이메일_ lnovelpiya@naver.com
L노벨 공식 카페_ http://cafe.naver.com/lnovel11

ISBN 979-11-278-5237-5 04830
ISBN 979-11-278-4050-1 (세트)

값 9,800원